भारत की महान् राष्ट्रीय विभूतियाँ

प्रो. (डॉ.) गोविंद सिंह राठौड़

प्रभात प्रकाशन

प्रकाशक
प्रभात प्रकाशन प्रा. लि.
4/19 आसफ अली रोड, नई दिल्ली–110002
फोन : 011–23289777 • हेल्पलाइन नं. : 7827007777
इ–मेल : prabhatbooks@gmail.com ❖ वेब ठिकाना : www.prabhatbooks.com

संस्करण
2026

पेपरबैक मूल्य
तीन सौ रुपए

मुद्रक
नरुला प्रिंटर्स, दिल्ली

———————— ★ ————————

BHARAT KI MAHAN RASHTRIYA VIBHOOTIYAN
by Prof. (Dr.) Govind Singh Rathore

Published by **PRABHAT PRAKASHAN PVT. LTD.**
4/19 Asaf Ali Road, New Delhi-110002

ISBN 978-93-5562-857-2

₹ 300.00 (PB)

प्राक्कथन

कुछ समय पूर्व सन् 2021 में मैंने महापुरुषों के चरित को केंद्र में रखकर 'ऐतिहासिक कहानियाँ' लिखी थीं। सुधी पाठकों को जब यह पुस्तक मिली तो उन्हें कहानियाँ रोचक लगीं। कुछ समय बाद मेरे इष्ट-मित्रों की ओर से सुझाव आया कि भारत की महान् विभूतियों पर कुछ और संक्षिप्त इतिवृत्त लिखे जाएँ तो श्रेष्ठ रहेगा। अत: किशोर और युवा विद्यार्थियों को भारत के प्राचीन इतिहास से लेकर इतिहास के उत्तर-मध्य काल तक की चयनित विभूतियों के इतिवृत्त एक ही पुस्तक में सुलभ हो सकें, जिन्हें पढ़कर वे प्रेरणा ग्रहण कर सकें और अपना जीवन सफल बना सकें। मुझे उनका सुझाव उचित लगा, अत: मैंने यत्न कर भारत की महान् राष्ट्रीय विभूतियों के संक्षिप्त इतिवृत्त लिखने का प्रयास किया है।

भारत में असंख्य विभूतियाँ हुई हैं, पर मैंने यहाँ उन्हीं विभूतियों का चयन किया है, जिन्होंने स्वदेश की स्वतंत्रता-अखंडता, मान बिंदुओं, सनातन धर्म-संस्कृति, नारी अस्मिता, गौरवमय इतिहास-परंपरा, शरणागत की रक्षार्थ विदेशी आततायियों की विशाल सेनाओं के अधीन न होकर उनसे लोमहर्षण युद्ध कर उनका डटकर मुकाबला किया।

पुस्तक में वर्णित कई विभूतियों ने राष्ट्र के शत्रु के विरुद्ध युद्ध में जौहर और साका कर विश्व में स्वर्णिम इतिहास रचा। वस्तुत: विश्व इतिहास के ये अलौकिक और स्वर्णिम पृष्ठ हैं। जौहर और साकों का ऐसा बिरला इतिहास विश्व में अन्यत्र अप्राप्य है। पुस्तक के ऐसे धीरोदात्त-नायक भी हैं, जिन्होंने

देश की स्वतंत्रता-अखंडता के लिए शत्रुओं से भीषण युद्ध कर उन्हें देश से बाहर खदेड़ दिया, साथ ही देश का चहुँमुखी विकास कर सुख-शांति स्थापित की। देश की विश्व में सर्वोपरि प्रतिष्ठा और मान बढ़ाया। ऐसी ही विभूतियों के चरित्र और उनके जीवन की सर्वोत्कृष्ट उपलब्धियों से प्रभावित होकर मैं इस पावन लेखन की ओर अग्रसर हुआ।

इतिहास ज्ञाता भली-भाँति जानते हैं कि भारत पर लगभग ढाई हजार वर्षों से कुछ काल को छोड़कर लगातार विदेशियों के आक्रमण होते रहे हैं, जिनमें यूनानी, हूण, कुषाण, शक, तुर्क, म्लेच्छ आदि प्रमुख थे। इन दीर्घकालीन शत्रुओं के आक्रमणों के विरुद्ध हमारे राष्ट्र के असंख्य शूरवीरों और वीरांगनाओं ने देश की स्वतंत्रता हेतु अपना बलिदान देकर भी उनकी अधीनता स्वीकार नहीं की। भारतवासियों ने स्वदेश की सुरक्षा हेतु विदेशी आक्रांताओं के विरुद्ध जितने महायुद्ध डटकर लड़े, विश्व के किसी अन्य देश ने नहीं लड़े हैं।

पर बड़े खेद का विषय है कि राष्ट्रहित में देशवासियों के असंख्य बलिदान और त्याग के बावजूद कतिपय स्वदेशी सामंतों व राजाओं के शत्रुओं से मिल जाने, आपसी फूट, द्वेष और संगठन के अभाव में उन बर्बर-धर्मांध शत्रुओं ने देश की केंद्रीय सत्ता पर अधिकार जमा लिया। उन विदेशियों ने तलवार के बल पर सनातन धर्म-संस्कृति का विनाश करने में कोई कसर नहीं रखी।

वस्तुतः विदेशियों ने जब भी भारत की स्वतंत्रता पर आक्रमण किया अथवा देश को परतंत्र बनाया, तब से ही 'भारतीय स्वतंत्रता आंदोलन' हर काल में अनवरत चलता ही रहा है। इस संदर्भ में प्रसिद्ध इतिहासकार राधाकुमुद मुखर्जी के 'प्राचीन भारत' पुस्तक के शब्दों को उद्धृत करना उचित होगा कि 325 ई.पू. में सिकंदर के भारत से वापस लौटने पर भारतीय स्वतंत्रता का आंदोलन, जिसके चिह्न अनेक स्थानों पर यूनानी क्षत्रप की हत्या के रूप में प्रस्फुटित हो चुके थे, जोर पकड़ गया। उसी समय इस आंदोलन का नेतृत्व करने वाला और समय का इंगित पहचानने वाला एक योग्य व्यक्ति सामने आया। उसका नाम था चंद्रगुप्त।

इस प्रकार भारत में 'स्वतंत्रता आंदोलन' तो विगत करीब ढाई हजार वर्षों से चल रहा है, पर आज के तथाकथित प्रगतिवादी प्रबुद्ध नेतागण केवल अंग्रेजों के शासन के विरुद्ध किए गए स्वतंत्रता आंदोलन का तो बखान करते हैं, परंतु इस आंदोलन से पूर्व देश की स्वतंत्रता के लिए जिन असंख्य राष्ट्ररक्षकों ने आततायियों से युद्ध कर आत्मबलिदान दिया, उनके नाम लेना कभी उचित नहीं समझते या उन्हें परंपरा का ज्ञान भी है या नहीं? ऐसे राष्ट्ररक्षकों को तो विद्वेषपूर्वक भुलाया जा रहा है और जो युगों से हिंदू धर्म-संस्कृति व राष्ट्र को समूल नष्ट करने में लगे हैं, उनको मिथ्या पढ़ाया जा रहा है।

हमारे सनातन धर्म-संस्कृति को विनिष्ट करने के विरुद्ध समय-समय पर अगर भारत में ऐसी विभूतियाँ नहीं होतीं तो हमारे धर्म-संस्कृति का सर्वनाश निश्चित रूप से हो जाता। जैसा कि कर्नल जेम्स टॉड कृत 'राजस्थान का पुरातत्त्व एवं इतिहास' (प्रथम खंड, पृ. 29-30, हिंदी अनुवाद) पुस्तक की प्रस्तावना में विलियम क्रुक सी.आई.ई. ने लिखा है—'इसलामी हमलों की बाढ़ के दौर में यदि उनका संरक्षण नहीं मिलता तो हिंदू संस्कृति के अध्ययन के लिए आवश्यक सभी सामग्रियाँ नष्ट हो चुकी होतीं।' जेम्स टॉड ने भी ऐसा ही विचार व्यक्त किया है, "एक के बाद एक आने वाले ऐतिहासिक युगों में यहाँ की वीर जनता ने अपनी स्वतंत्रता को बचाने के लिए प्रचंड संघर्ष किया और अपने पूर्वजों के धर्म को बचाने के लिए अपना सबकुछ न्योछावर कर दिया। प्रत्येक वीर अनेक प्रकार के प्रलोभनों पर विजय पाता हुआ राष्ट्रीय स्वतंत्रता एवं अधिकारों की रक्षा के लिए मृत्युपर्यंत दुर्दांत विषमताओं से जूझता रहा।" (प्रथम खंड, पृ. 47-48)

उपर्युक्त दोनों इतिहासकारों के मतानुसार यह निश्चित रूप से कहा जा सकता है कि भारत पर विदेशियों के प्रलयंकारी आक्रमणों के विरुद्ध समय-समय पर ऐसी विभूतियाँ उनसे युद्ध नहीं करतीं तो निस्संदेह माना जा सकता है कि हिंदूकुश से आसाम के आगे तक तथा कश्मीर से केरल तक भारत एक ही राग और रंग में रँग दिया जाता, जिससे देश का राजनीतिक, सामाजिक,

सांस्कृतिक और धार्मिक मूल स्वरूप ही बदल जाता।

राष्ट्र के अनगिनत वीर नागरिकों के वर्षों से संगठित संघर्ष, त्याग और बलिदान के बावजूद भारत के अंतिम हिंदू सम्राट् पृथ्वीराज चौहान की मृत्यु के बाद (1192 ई.) देश विदेशी गुलाम, खिलजी, तुगलक, लोदी वंशों; अंग्रेजों आदि के पराधीन हो गया, जो युगों के लंबे संघर्ष के बाद आखिर 1947 में पुन: स्वतंत्र हुआ। पर अत्यंत खेद है कि स्वतंत्रता-प्राप्ति के साथ ही दो-चार लोगों की क्षुद्र महत्त्वाकांक्षा, स्वार्थ व कायरता ने देश को खंडित कर दिया। जिसके कारण देश की स्वतंत्रता और अखंडता के लिए करीब ढाई हजार वर्षों से देशवासियों द्वारा किए जा रहे संघर्ष और कोटि-कोटि वीरों के त्याग-बलिदान पर सदा के लिए पाट फेर दिया। जिसके दुष्परिणाम देश न मालूम कितने और वर्षों तक सहन करता रहेगा?

यहाँ प्रसंगवश मैं कहना चाहूँगा कि कुछ इतिहासकारों के मतानुसार भारत के विदेशियों के शासनकाल में देश का इतिहास कुछ अशुद्ध रूप में लिखा गया। पर बड़े शर्म की बात है कि स्वतंत्र भारत में एक सुनियोजित योजनानुसार देश के सुनहरे व गौरवमय इतिहास में फेर-बदल कर उसकी आभा को हलका किया गया। अहिंसावादियों और वामपंथियों का मिथ्या इतिहास लिखकर उन्हें महिमा मंडित किया गया। केवल चार-पाँच लोगों के नाम पर वे अपनी राजनीतिक रोटियाँ आज भी सेंक रहे हैं। उन्हीं लोगों में से किसी को पितामह, चाचा, माता, चाची और गरीबों के उद्धारक का पद दे दिया गया।

कतिपय प्रगतिवादी इतिहासकार तो भारत के विदेशी शासकों को भी श्रेष्ठ साबित करने से नहीं चूके। जिन विदेशी शासकों ने निर्दोष असंख्य भारतीयों को कत्लेआम करवाया, कुलीन नारियों का मान भंग किया, हजारों मंदिरों-मूर्तियों को ध्वस्त किया, जबरन धर्म-परिवर्तन करवाया, पराई संपत्ति को लूटा, गौ-ब्राह्मणों का वध किया और वैष्णवों पर नाना प्रकार के अत्याचार किए। विदेशी आततायियों द्वारा भारतीयों पर क्रूरतापूर्वक किए गए असंख्य अत्याचारों में से एक दृष्टांत डॉ. मोहनलाल गुप्ता द्वारा लिखित

पुस्तक 'मध्यकालीन भारत का इतिहास,' पृ.195–97 से यहाँ उद्धृत किया जाना उचित रहेगा—

एक लाख हिंदू-बंदियों की हत्या

उस समय तक उसने एक लाख हिंदुओं को बंदी बना लिया था। इतने सारे बंदियों के रहते वह दिल्ली पर आक्रमण नहीं कर सकता था। इसलिए उसने अपनी सेना को आदेश दिया कि एक लाख हिंदू-बंदियों का कत्ल कर दिया जाए। तैमूर की सेना ने यह काम सफलतापूर्वक संपादित कर लिया।

दिल्ली में प्रवेश

दिल्ली का सुल्तान नासिरुद्दीन महमूद तथा उसका प्रधान मंत्री मल्लू इकबाल खाँ अपनी विशाल सेना लेकर तैमूर का सामना करने के लिए दिल्ली से निकले, परंतु जब उन्होंने सुना कि तैमूर ने एक लाख हिंदू बंदियों का कत्ल करवा दिया, तो दिल्ली की सेना बुरी तरह घबरा गई और युद्ध के मैदान से भाग खड़ी हुई। मल्लू इकबाल बरान की ओर तथा नासिरुद्दीन महमूद गुजरात की ओर भाग गया। 7 सितंबर, 1398 को तैमूर ने दिल्ली में प्रवेश किया। उसने फीरोजशाह तुगलक की कब्र के पास अल्लाह को धन्यवाद दिया।

दिल्ली में कत्लेआम

तैमूर पंद्रह दिन तक दिल्ली में रहा। यद्यपि उसने दिल्ली वालों को यह आश्वासन दिया था कि वह दिल्ली में कत्लेआम नहीं मचाएगा, किंतु दिल्ली में प्रवेश करते ही उसने अपनी सेना को कत्लेआम करने का आदेश दिया। यह कत्लेआम पूरे तीन दिन तक चलता रहा। उसने असंख्य स्त्रियों तथा पुरुषों को गुलाम बनाया। कई हजार शिल्पकार और यंत्रकार शहर से बाहर लाए गए और युद्ध में सहायता देने वाले राजाओं, अमीरों और अफगानों में बाँटे गए। 'जफरनामा' के अनुसार शहरपनाह तथा सिरी के महल नष्ट कर दिए गए। हिंदुओं के सिर काट कर उनके ऊँचे ढेर लगा दिए गए और उनके धड़ हिंसक

पशु-पक्षियों के लिए छोड़ दिए गए। जो निवासी किसी तरह बच गए, वे बंदी बना लिए गए। लेनपूल ने लिखा है—इस लूट के पश्चात् तैमूर का प्रत्येक सिपाही धनवान हो गया तथा उन्हें बीस से दो सौ तक गुलाम अपने देश ले जाने को मिले। तैमूर लिखता है—'काबू के बाहर हो मेरी सेना पूरे शहर में बिखर गई और उसने लूटमार तथा कैद के अतिरिक्त और कुछ परवाह न की। यह सबकुछ अल्लाह की मर्जी से हुआ है। मैं नहीं चाहता था कि नगरवासियों को किसी भी प्रकार की तकलीफ हो, पर यह अल्लाह का आदेश था कि नगर नष्ट कर दिया जाए।'

उत्तर भारत में भारी तबाही

दिल्ली को नष्ट-भ्रष्ट कर तैमूर मेरठ और हरिद्वार की ओर बढ़ा। स्थान-स्थान पर हिंदुओं तथा मुसलमानों में भीषण संग्राम हुआ। इसमें लाखों हिंदू मारे गए। स्त्रियों तथा बच्चों को गुलाम बनाया गया। हरिद्वार में उसने घाट पर गाय का वध करवाया। लेनपूल लिखता है कि कत्लेआम के यथार्थ उत्सव के उपरांत धर्म के सैनिक तैमूर ने अल्लाह को धन्यवाद दिया और समझा कि उसका भारत आने का उद्देश्य पूरा हुआ। तैमूर ने शिवालक की पहाड़ियों पर विजय प्राप्त कर ली और वहाँ से लूट का माल लेकर वह जम्मू की ओर बढ़ा। तैमूर ने जम्मू के राजा को पराजित कर उसे मुसलमान बनने के लिए बाध्य किया। तैमूर ने खिज्र खाँ सय्यद को सुल्तान, लाहौर तथा दिपालपुर का शासक बनाया। 19 मार्च, 1399 को तैमूर ने फिर से सिंधु नदी पार की तथा समरकंद चला गया। इसी प्रकार राज्य विस्तार की लिप्सा, लूटमार तथा मिथ्या धर्मांधता के वशीभूत अलाउद्दीन खिलजी तथा अकबर ने चित्तौड़ पर किए गए अलग-अलग आक्रमणों के समय तथा नादिरशाह ने दिल्ली में हजारों निरपराध प्रजा का क्रूरतापूर्ण कत्लेआम करवाया।

नारे रटने और अनशन करने से कोई भी देश न तो कभी स्वतंत्र हुआ है और न वह भविष्य में इस मिथ्या नीति पर अपनी स्वतंत्रता और अखंडता सुरक्षित रख सकता है। स्वदेश की स्वतंत्रता-अखंडता और प्रजा की सुख-

शांति के लिए त्याग और आत्मबलिदान ही सर्वोपरि है, जिसके लिए देश के हर नागरिक को सदैव तत्पर रहना उसका परम कर्तव्य है। जब कि शत्रु देश और आतंकवादी राष्ट्र की स्वतंत्रता और स्वायत्तता को छीनने में रात-दिन लगे हुए हैं। व्यक्तिगत अथवा राष्ट्र सुरक्षा के लिए अहिंसा आत्मघाती कही जाती है।

मैं यहाँ कायर अहिंसावादियों का एक ऐतिहासिक प्रसंग, जो शर्मा व व्यास द्वारा लिखित पुस्तक 'भारत का इतिहास', पृष्ठ 500-501 पर दिया गया है, उसे भी उद्धृत करना चाहूँगा—'इसी अवधि में ऐबक के एक सेनानायक इख्तियारुद्दीन-मुहम्मद-बिन-बख्तियार खलजी ने बिहार पर धावा मारा। उन दिनों बिहार में बौद्ध धर्म की प्रधानता थी। बख्तियार खलजी ने केवल 200 घुड़सवारों के साथ बिहार में प्रवेश किया था, परंतु अहिंसा के उपासक बौद्धों ने उसका सामना करना उचित नहीं समझा और खलजी ने बिना किसी प्रतिरोध के समूचे बिहार को जीत लिया। 1205 ई. में उसने बंगाल पर आक्रमण किया। इस बार वह अपनी मुख्य सेना को पीछे छोड़कर केवल 18 घुड़सवारों के साथ राजधानी नदिया (नवद्वीप) में जा घुसा और चारों तरफ मारकाट मचा दी। बंगाल के राजा लक्ष्मन सेन ने वास्तविक स्थिति की जाँच-पड़ताल किए बिना राजधानी से निकल भागने में ही अपना कल्याण समझा। तब तक खलजी की मुख्य सेना भी आ पहुँची और नवद्वीप पर मुसलमानों का अधिकार हो गया। ऐबक ने खलजी को बंगाल का सूबेदार नियुक्त किया। उसने लखनौती को अपनी राजधानी बनाया। बंगाल और बिहार की विजय हिंदुओं के लिए एक लज्जाजनक एवं कायरता की कहानी है।'···गोरी का लक्ष्य ही भारत में मुसलिम राज्य की स्थापना करना था। उसके द्वारा स्थापित मुसलिम साम्राज्य भारत में लगभग 600 वर्षों तक विद्यमान रहा।···ऐबक की सेना ने अन्हिलवाड़ा के समृद्ध नगर को बुरी तरह से लूटा तो बख्तियार खलजी ने बिहार के विश्वविख्यात विश्वविद्यालयों, पुस्तकालयों और मठों को भूमिसात् कर दिया। बख्तियार खलजी ने बंगाल में भी जोरदार लूटमार तथा तोड़-फोड़ की थी। यही हाल अन्य स्थानों पर रहा।'

मैं उन विद्वान् इतिहासकारों का हृदय से आभारी हूँ, जिनकी पुस्तकों से इन इतिवृत्तों की जानकारी जुटाई गई है। इस पुनीत लेखन कार्य में इनके अतिरिक्त जिन महानुभावों का परोक्ष/अपरोक्ष सहयोग रहा, उनके प्रति भी मैं हृदय से आभार व्यक्त करता हूँ।

इतिवृत्तों के लेखन में कोई कमी/त्रुटि के लिए सुधी पाठकों से मैं क्षमा चाहता हूँ।

महर्षि वेदव्यास ने इतिहास की महत्ता वर्णित करते कहा है—

वृतं यत्नेन संरक्षते वित्तमायाति यातिश्व।

अक्षीष्णोवितत: क्षीण: वृत्रतस्तुहतोहत: ॥

"इतिहास की यत्नपूर्वक रक्षा करनी चाहिए। धन तो आता और जाता रहता है। धन से हीन होने पर कोई नष्ट नहीं होता किंतु इतिहास और प्राचीन गौरव नष्ट कर देने पर विनाश निश्चित है।"

इसी प्रकार डॉ. गौरीशंकर हीराचंद ओझा ने भी 'राजपूताने का इतिहास' नामक पुस्तक में इतिहास के महत्त्व को निम्न शब्दों में अभिव्यक्त किया है—

"इतिहास मनुष्य जाति का एक सच्चा शिक्षक है…यह कथन बहुत उपयुक्त है कि यदि किसी राष्ट्र को सदैव अध:पतित एवं पराधीन बनाए रखना हो तो सबसे अच्छा उपाय यह है कि उसका इतिहास नष्ट कर दिया जाए।"

अत: नई राष्ट्रीय शिक्षा नीति के तहत प्राथमिक, माध्यमिक व उच्च शिक्षण संस्थानों के पाठ्यक्रमों में ऐसी राष्ट्रीय विभूतियों के इतिवृत्त अध्यापन के लिए सम्मिलित किया जाना निश्चित रूप से राष्ट्रहित में उचित रहेगा।

— प्रो. (डॉ.) गोविंद सिंह राठौड़

हरि कुंज

चौपासनी, जोधपुर (राज.)

चैत्र शुक्ल राम नवमी

वि.सं. 2080

30 मार्च, 2023

अनुक्रम

अपराजेय महाराजा पोरस (पौरव)

उत्तरी भारत में झेलम तथा चिनाब नदियों के मध्य 327 ई.पू. में पौरव का राज्य था, जिसमें प्राचीन कैकेय प्रदेश भी सम्मलित था। यूनानियों ने इसे पोरस के नाम से पुकारा है, जो संभवतः पौरव का विकृत रूप है। इतिहासकार ईश्वरी प्रसाद ने पौरव को यदुवंशी बताया है। पोरस क्षत्रियोचित गुणों से विभूषित एक स्वाभिमानी-शक्तिशाली राजा था। इस काल में भारत की पश्चिमी सीमा पंजाब, सिंध और अफगानिस्तान में राजनीतिक स्थिति कमजोर थी। यह प्रदेश करीब चौबीस-पच्चीस छोटे-छोटे स्वतंत्र राज्यों में विभक्त था। कुछ राज्यों में एकतंत्र और शेष में लोकतांत्रिक विधान था। इन राज्यों में संगठन का सर्वथा अभाव होने के कारण वे प्रायः परस्पर लड़ते रहते थे। जिसके फलस्वरूप विदेशियों को आक्रमण का अवसर मिल गया।

उस काल में मकदूनिया (मेसीडोनिया) में सिकंदर का राज्य था। जिसके लिए 'Porus, in the shadow of Betrayals' के लेखक रूपेश तिवारी ने लिखा है—"He is nothing more than a war addict, who travels from one place to another to keep himself engaged. He knows nothing better than battle." वस्तुतः वह क्रूर आततायी प्रवृत्ति का युद्ध व्यसनी था, जो पराई भूमि, धन-दौलत को लड़-झगड़कर हड़पने की दुर्भावना से सदैव ग्रसित रहता था। उसने भारत के अपार वैभव और विपुल धन-संपदा के बारे में बहुत पहले से ही सुन रखा था। अतः भारत पर आक्रमण करने का निश्चय कर एक विशाल सेना के साथ 327 ई.पू. में वह

हिंदूकुश पर्वत को पार कर भारत की ओर बढ़ा।

आक्रमण अभियान से पूर्व उसने भारत के स्थानीय राजाओं को अधीनता स्वीकार करने का आह्वान किया। उसके आह्वान पर देशद्रोही तक्षशिला के राजा आंभी (आम्भी) ने उसका निमंत्रण स्वीकार किया। आंभी ने सिकंदर को बहुमूल्य वस्तुएँ तथा हाथी भेंट किए। किसी भारतीय नरेश द्वारा अपने देश के प्रति विश्वासघात किए जाने का इतिहास में संभवत: यह पहला दृष्टांत है।

आततायी म्लेच्छ यूनानी सिकंदर का सबसे पहले सीमा प्रदेश के राजा अस्टीज (अष्टक) ने पुरजोर विरोध किया, पर वह सफल नहीं हुआ। उसके पश्चात् उत्तर में अश्वायन और अश्वकायन गणतंत्रों के वीरों से सिकंदर का जबरदस्त युद्ध हुआ। जब तक भारतीयों का एक ही व्यक्ति जीवित रहा, वे लड़ते रहे। यहाँ तक कि अश्वायनों की स्त्रियाँ भी अपने देश की रक्षा के लिए लड़ीं, पर वे झुके नहीं। डॉ. रमेशचंद्र मजूमदार ने कहा है कि "भारत के सपूतों ने जैसी स्वातंत्र्यप्रियता और मृत्यु के प्रति जो निर्भीकता दिखाई, वह भारत के इतिहास को भी गौरवान्वित करती है।"

इन पहाड़ी लोगों से युद्ध कर 326 ई.पू. में सिकंदर ने सिंधु नदी को पार किया और तक्षशिला में प्रवेश किया, जहाँ का राजा पहले ही उसकी अधीनता स्वीकार कर चुका था। आंभी ने सिकंदर का भव्य स्वागत किया। यहाँ खुशियाँ मनाते हुए सिकंदर ने झेलम तथा चिनाब के मध्यवर्ती प्रदेश के शासक पोरस से आत्मसमर्पण की माँग की। पोरस जैसे राष्ट्रवादी स्वाभिमानी राजा को यह माँग राष्ट्रीय गौरव व मर्यादा के विरुद्ध लगी। पोरस ने सिकंदर को साहस भरा कड़ा संदेश भेजा कि "वह यूनानी आक्रांता आततायी से रणक्षेत्र में ही मिलेगा।" यह संदेश सिकंदर के लिए युद्ध की खुली चुनौती थी। अत: वह युद्ध के लिए तैयार हुआ।

पोरस तथा सिकंदर की सेनाएँ झेलम नदी के पूर्वी तथा पश्चिमी तटों पर आ डटीं। पोरस की सेना में चार हजार बलिष्ठ अश्वारोही, तीन सौ रथ, दो सौ हाथी और तीस हजार पदाति थे। जबकि सिकंदर की सेना में 35 हजार

सिपाही थे, जिनमें अश्वारोही अधिक थे।

झेलम में बाढ़ आई हुई थी। दोनों पक्ष कुछ दिनों तक अवसर की प्रतीक्षा करते रहे। अंत में एक रात भीषण आँधी व वर्षा हुई। सिकंदर ने धोखे से अपनी सेना को झेलम नदी के पार उतार दिया।

पोरस ने सबसे पहले अपने पुत्र को 2,000 पदाति और 120 रथों के साथ सिकंदर का सामना करने भेजा, पर वह रणखेत रहा। तब पोरस अपनी पूरी सेना सहित युद्ध के लिए अग्रसर हुआ। राजा पुरु, जिसको स्वयं यवनी 7 फुट से ऊपर का बताते हैं, अपनी शक्तिशाली गजसेना के साथ यवनी सेना पर टूट पड़ा। पोरस की हस्ती सेना ने यूनानियों का जिस भयंकर रूप से संहार किया था, सिकंदर और उसके सैनिक आतंकित हो उठे थे।

ऐसा विवरण भी मिलता है कि इस युद्ध में राजा पोरस के भाई अमर ने सिकंदर के घोड़े बुकि फाइलस (संस्कृत-भव कपाली) को अपने भाले से मार डाला और सिकंदर को जमीन पर गिरा दिया। सिकंदर जमीन पर गिरा तो सामने राजा पुरु (पोरस) तलवार लिए खड़ा था। सिकंदर बस पल भर का मेहमान था कि तभी राजा पोरस ठिठक गया। यह डर नहीं था, शायद यह आर्य राजा का क्षात्रधर्म था, बहरहाल तभी सिकंदर के अंगरक्षक उसे तेजी से वहाँ से भगा ले गए।

परंतु उस वक्त प्रकृति ने पोरस का साथ नहीं दिया। अधिक वर्षा के कारण दलदल भूमि में धनुषों का प्रयोग असंभव हो गया, घोड़ों को चलने में दिक्कत हुई, रथ कीचड़ में फँस गए और उसके हाथी उलटे फिरकर भागने लगे। हाथियों ने पोरस के ही असंख्य सिपाहियों को रौंद डाला। पोरस की सेना रणांगण में तितर-बितर हो गई। पर पोरस हाथी पर सवार होकर अदम्य वीरता के साथ नौ गहरे घाव लग जाने पर भी अंत तक लड़ता रहा। पर विजय की सब आशाएँ जब क्षीण हो गईं तो उसने युद्धभूमि से अपने हाथी मोड़ दिए। वास्तव में पोरस का युद्ध से पलायन नहीं था, यह तो थोड़ा हटकर आगे बढ़ने की तैयारी थी।

सिकंदर ने पोरस को युद्ध से प्रत्यावर्तित होते हुए देख आंभी के साथ

उसे संदेश भेजा कि वह आकर साक्षात्कार करे। देशद्रोही आंभी को देखते ही पोरस का खून खौल उठा, भुजाएँ फड़कने लगीं। उसने आंभी पर भाले का प्रहार किया, आंभी बच गया। पोरस अंतिम क्षण तक दृढ़ रहा। आंभी के पश्चात् सिकंदर ने यूनानी दूतों को फिर पोरस के पास भेजा। उन्होंने पोरस को सिकंदर का संदेश सुनाया। सिकंदर के निमंत्रण पर पोरस शिष्टाचार के नाते उससे जाकर मिला।

जिस धीरता, निर्भयता, साहस और आत्मविश्वास के साथ पोरस जब सिकंदर से मिला तो सिकंदर उसे देखकर दंग रहा गया। सिकंदर ने पोरस से पूछा कि 'आपके साथ किस तरह का व्यवहार किया जाए?' इस पर पोरस ने गर्वोक्तिपूर्वक जबाव दिया कि "जिस तरह का व्यवहार एक राजा दूसरे राजा के साथ करता है।" सिकंदर पोरस के जबाव, निर्भयता और उसकी वीरता से अत्यंत प्रभावित हुआ। सिकंदर ने उससे मित्रता का संबंध स्थापित कर लिया और उसे उसका राज्य लौटा दिया। साथ ही 5,000 नगर और असंख्य ग्रामों का प्रदेश तथा 15 गणतंत्रों का भू-भाग उसके राज्य में मिलाकर विस्तार कर दिया। इस प्रकार पोरस की यह विजय कहलाई।

सिकंदर अपने अभियान में आगे बढ़ा, जहाँ उसको कैठेयाय (कठ) लोगों से अत्यंत कठिन युद्ध करना पड़ा। व्यास नदी के किनारे पहुँचने पर सिकंदर के सिपाहियों ने विद्रोह कर दिया। उन्होंने आगे बढ़ने से बिल्कुल मना कर दिया। सिकंदर ने सिपाहियों को जोशीला भाषण दिया, कई प्रलोभन दिए, पर उसके सब प्रयास विफल रहे। सिकंदर स्वयं इतना लज्जित हुआ कि तीन दिन तक अपने शिविर में पड़ा रहा। अंततोगत्वा उसको सैनिकों की वापसी का आदेश देना ही पड़ा। यहाँ डॉ. रमेशचंद्र मजूमदार का मत उद्धृत करना उचित होगा कि "यह बतला सकना तो कठिन है कि सिपाहियों का यह विद्रोह लड़ते-लड़ते थक जाने से हुआ, जैसा कि यवन लेखक बतलाते हैं—अथवा व्यास के पार नंदों के विशाल साम्राज्य के भय से।"

सिकंदर अपने उच्च अरमानों के वशीभूत भारत में घुस तो गया, पर अब उसका वापस लौटना भी उतना ही कठिन था। जैसा कि मुखर्जी ने कहा

है, "जैसे ही यह बेड़ा झेलम और चिनाब के संगम पर पहुँचा, मालवा और क्षुद्रक के नेतृत्व में गणतंत्रों के एक संघ ने सिकंदर का कड़ा विरोध किया। एक नगर में ब्राह्मण रहते थे, जिन्होंने लेखनी को छोड़कर तलवार उठाई और लड़ते-लड़ते वीरगति को प्राप्त हुए।" इसी प्रकार शिवि, क्षत्रिय, वसाती, शूद्र आदि गणतंत्रों ने उसका विरोध किया। एक ही नगर में 20 हजार नागरिकों ने अपने बाल-बच्चों के साथ आत्म-समर्पण के बजाय अग्नि की लपटों में कूदना उचित समझा।

सिकंदर 325 ई.पू. भारत से निराश होकर खाली हाथ चला गया और 323 ई.पू. बेबिलोन में पहुँचने पर अचानक अकाल मौत को प्राप्त हुआ।

कुछ विद्वानों का मत है कि आततायी क्रूरतम सिकंदर ससैन्य घोड़े पर सवार होकर मध्य एशिया के विस्तृत रेगिस्तान और उत्तरी-पश्चिमी भारत के पर्वतीय दर्रों को मापने और लाखों निरपराध लोगों की हत्या करने के सिवाय अपने जीवन में कुछ भी हासिल न कर सका, न कोई स्थायी राज्य और न कोई विपुल धन-दौलत। कोई बड़ी विजय और पराई भूमि को हड़पने के स्वप्न, इरादे और आकांक्षाएँ धूल-धूसरित हो गईं।

सिकंदर के भारत पर आक्रमण के बारे में 'प्राचीन भारत' में राधाकुमुद मुखर्जी ने उचित ही कहा है कि "यूनानी इतिहासकारों में सिकंदर के भारतीय आक्रमण को अतिरंजित महत्त्व देने की प्रवृत्ति दृष्टिगत होती है।" जबकि अनेक विद्वानों ने इस आक्रमण को बिल्कुल महत्त्वहीन बताया है। वह आँधी की तरह आया और चला गया। किसी भी भारतीय लेखक ने उसके आक्रमण का रत्तीभर भी प्रभाव नहीं बताया। डॉ. मजूमदार के अनुसार, 'उसे महान् सैनिक सफलता भी नहीं कह सकते। जो कुछ भी सफलता उसके हाथ लगी, वह छोटी-छोटी जातियों और राज्यों पर धीरे-धीरे प्राप्त विजय मात्र थी। भारतीय सैनिक शक्ति का दुर्ग समझे जाने वाले स्थान के निकट तो क्या, उसकी छाया तक भी बढ़ने का साहस वह (सिकंदर) न कर सका।"

सिकंदर उस काल का विश्व में क्रूरतम हत्यारा था। उसकी नृशंसता के बारे में 'प्राचीन भारत' में डॉ. मजूमदार ने स्पष्ट कहा है, "यद्यपि सिकंदर

को नादिरशाह और तैमूर लंग की तरह सैनिक सफलता नहीं मिली तो भी उसकी नृशंसता को परवर्ती वीर आक्रामकों की नृशंसता की तुलना में किसी प्रकार कम नहीं कहा जा सकता। मसग की सेना की विश्वासघातपूर्वक हत्या और खून के प्यासे यवन सैनिकों द्वारा विजित नगरों के निहत्थे निवासियों के कत्ल की लिखित घटनाएँ अपनी कहानियाँ स्वयं कहती हैं। उन्होंने स्त्री-पुरुष, बूढ़े, बच्चे किसी को भी नहीं छोड़ा।" वस्तुतः अधिकांश लोगों ने उसको हिंसक पशु प्रवृत्ति का बताया। इस आक्रमण में यह तथ्य उजागर हुआ कि सिकंदर का विभिन्न स्थानों पर विविध गणतंत्रों, जातियों और राजाओं ने युद्धों में डटकर मुकाबला किया, आक्रांताओं का संहार किया, पर वे शत्रु के विरुद्ध राष्ट्रीय एकतापूर्ण मोर्चा नहीं बना सके। इस कारण सिकंदर थोड़ा आगे बढ़ पाया। प्रकृति ने भी भारतीय हाथियों और रथों को युद्ध में विफल कर शत्रु की सहायता की।

सिकंदर के आक्रमण के समय अगर भारत के तत्कालीन गणतंत्र, राजतंत्र राज्य संगठित होकर उसका प्रतिरोध करते तो वह स्वयं और उसकी सेना इसी मिट्टी में मिल जाती।

वैसे ही सिकंदर भारतभूमि पर करीब वर्ष-डेढ़ वर्ष संघर्षरत रहा और उसके जाते ही उसने जिन भारतीय प्रदेशों पर अधिकार किया था, वहाँ के सब लोगों ने स्वतंत्रता घोषित कर दी और पंजाब से यवनों का नामोनिशान ही मिट गया।

पोरस को पुरु तथा पुरुषोत्तम नाम से भी पुकारा गया है। वह सही रूप में पुरुषोत्तम ही था। वह एक अदम्य वीर, साहसी, सागर की तरह गहरा-गंभीर, प्रजापालक, सहिष्णु, आत्मविश्वासी, आत्म-सम्मान का धनी और अद्वितीय देश-भक्त था। भारत पर आक्रमण करने वाले आततायी म्लेच्छ सिकंदर के विरुद्ध डटकर युद्ध करने वाला वह देश का पहला संरक्षक था। उस ऐतिहासिक युद्ध में उसके पुत्र और असंख्य भारतीय वीरों ने अपना आत्मबलिदान दिया। वह किसी भी हालत में सिकंदर के समक्ष न झुका, न अधीन हुआ। वह कभी किसी युद्ध में नहीं हारा और वह भारतीय मान-

मर्यादा, आन–बान व गौरव का प्रतीक माना गया है। अपनी जन्मभूमि के संरक्षक के रूप में विश्व के इतिहास में उसका नाम सदैव स्वर्णिम अक्षरों में अंकित रहेगा। उस महान् राष्ट्रीय विभूति की 321 ई.पू. से 315 ई.पू. के बीच जीवनलीला समाप्त हो गई।

□

सम्राट् चंद्रगुप्त मौर्य

इतिहासकारों के मतानुसार भारत का क्रमबद्ध इतिहास मौर्यकाल से ही प्राप्त होता है। यद्यपि चंद्रगुप्त मौर्य के आरंभिक जीवन पर अधिक जानकारी नहीं मिलती, फिर भी मौर्य साम्राज्य का संस्थापक सम्राट् चंद्रगुप्त ही था। वह भारत के महानतम सम्राटों में से एक था, जिसने अपने व्यक्तित्व एवं कृतित्व से देश में क्रांतिकारी परिवर्तन किया।

चंद्रगुप्त मौर्य का जन्म 345 ई.पू. में क्षत्रिय कुल के मोरिय वंश में हुआ था, जो सूर्यवंशी शाक्यों की एक शाखा थी। चंद्रगुप्त के पूर्वज नेपाल की तराई में स्थित पिप्पलिवन राज्य पर शासन करते थे। चंद्रगुप्त का पिता इन्हीं मोरियों का प्रधान था। पिप्पलिवन मोरों के लिए प्रसिद्ध था, अत: वहाँ के निवासी 'मोरिय' कहलाए। ये ही कालांतर में मौर्य कहलाए। बौद्ध और जैन ग्रंथों में भी चंद्रगुप्त को क्षत्रिय वंश का कहा गया है और प्रसिद्ध साहित्यकार जयशंकर प्रसाद ने अपने सुप्रसिद्ध नाटक 'चंद्रगुप्त' में तो इसका कई जगह क्षत्रिय के रूप में उल्लेख किया है।

चंद्रगुप्त साधारण कुल में उत्पन्न हुआ था। दुर्भाग्यवश जब वह अपनी माता के गर्भ में था, तभी उसके पिता की युद्ध में मृत्यु हो गई। उसकी असहाय माता सुरक्षा कारणों से उसके भाइयों द्वारा पाटलिपुत्र पहुँचा दी गई। वहाँ चंद्रगुप्त का जन्म हुआ। उसका पालन-पोषण एक गोपालक के यहाँ हुआ। वह कुछ बड़ा हुआ तो उसने चंद्रगुप्त को एक शिकारी के हाथों बेच दिया। संयोगवश इस बालक पर चाणक्य की नजर पड़ी और उसने अपनी तीव्र बुद्धि

से उस बालक के क्षत्रियोचित गुणों को देखकर शिकारी को 1,000 कार्षापण देकर बालक को खरीद लिया।

चाणक्य उन दिनों देश के सुविख्यात तक्षशिला विद्याकेंद्र में आचार्य थे। वे चंद्रगुप्त को अपने साथ ले गए और वहाँ उसको आठ वर्षों तक विभिन्न कलाओं तथा विद्याओं की समुचित शिक्षा दी। कहते हैं कि चंद्रगुप्त की वहाँ सिकंदर से भेंट हुई थी। सिकंदर उसकी स्पष्टवादिता से बड़ा नाराज हुआ तथा उसे मार डालने का आदेश दिया, परंतु सौभाग्यवश वह वहाँ से निकल गया।

चंद्रगुप्त और चाणक्य का योग कब और कैसे बैठा, इस संबंध में ऐतिहासिक स्रोतों से पता चलता है कि नंदराज पुष्पपुर नगर में एक भुक्तिशाला में बैठकर ब्राह्मणों को दान दिया करता था। चाणक्य भी वहाँ पहुँचा और मुख्य ब्राह्मण के आसन पर बैठ गया। नंदराज इस कुरूप ब्राह्मण को उच्च आसन पर बैठा देखकर कुपित हुआ और उसने प्रतिहार को कहा, "इसकी शिखा पकड़कर इसे बाहर करो।" प्रतिहार ने चाणक्य की शिखा पकड़कर उसे घसीटा। तब चाणक्य ने नि:शंक दृढ़ता से कहा था, "खींच ले ब्राह्मण की शिखा! शूद्र के अन्न से पले हुए कुत्ते? खींच ले! परंतु यह शिखा नंदकुल की काल-सर्पिणी है, यह तब तक न बंधन में होगी, जब तक नंदकुल नि:शेष न होगा।" नंदों के विनाश की इस प्रतिज्ञा के बाद चाणक्य किसी योग्य क्षत्रिय लड़के की तलाश करने लगा, जो नंदों के बाद मगध का सम्राट् बनाया जा सके। जैसा पहले कहा गया है, संयोग से चंद्रगुप्त उसे मिल गया और उसने उसको शिकारी से खरीद लिया था, उसे शिक्षा-दीक्षा में प्रवीण कर नंदों को समूल नष्ट करवाया और चाणक्य ने ही चंद्रगुप्त को वहाँ सिंहासन पर बैठाया।

नंदों के प्रति चंद्रगुप्त का विद्धेष होने के कारण के लिए कहा जाता है कि मौर्य अत्याचारी नंदों की विशाल वाहिनी सेना में सेनापति थे। उन पर किसी कारण विशेष से राजकोप हो गया। उन दिनों उनके पुत्र चंद्रगुप्त ने नंदों की सभा में अपना समय बिताया था। अत: इस अत्याचार पर उसके हृदय में नंदों के प्रति घृणा और विद्धेष होना स्वाभाविक था।

देश की तत्कालीन परिस्थितियों और चाणक्य के द्वारा की गई पूर्व-प्रतिज्ञा के पालन में उसने अपनी भावी योजना बनाई, जिसका उद्‌देश्य था—

यूनानियों के विदेशी शासन से देश को मुक्त करना और नंदों के घृणित एवं अत्याचारपूर्ण शासन की समाप्ति।

अपने उद्‌देश्य की पूर्ति के लिए चाणक्य ने शूरवीर और महत्त्वाकांक्षी अपने शिष्य चंद्रगुप्त को तैयार किया। उन दोनों ने क्रांति का झंडा लहराया और पंजाब तथा सिंध के विजय अभियान पर निकल पड़े। वहाँ की राजनीतिक परिस्थितियाँ अनुकूल थीं। सिकंदर के प्रस्थान के साथ ही इन प्रदेशों में विदेशी आततायियों के विरुद्ध विद्रोह भड़क उठे। अनेक यूनानी मौत के घाट उतार दिए गए। वे आपस में भी लड़ने लगे। ऊपरी सिंधु घाटी के प्रमुख यूनानी क्षत्रप फिलिप द्वितीय की हत्या कर दी गई। सिकंदर की मृत्यु (323 ई.पू.) के बाद परिस्थितियाँ ज्यादा खराब हो गईं। इस विनाश के पीछे चंद्रगुप्त का ही मुख्य हाथ था।

चंद्रगुप्त ने एक सेना एकत्र कर अपने को राजा घोषित किया। उसने यूनानी सेनानायक यूडेमस को भारत छोड़ने के लिए बाध्य किया। ऐसा माना जाता है कि चंद्रगुप्त और मेसीडोनियन क्षत्रपों के बीच भीषण युद्ध हुआ। जिसमें भारत में शेष रही सिकंदर की सेना को खत्म कर दिया गया। अब चंद्रगुप्त सिंध तथा पंजाब का एकच्छत्र शासक था।

सिंध तथा पंजाब पर अपना आधिपत्य जमाकर चंद्रगुप्त ने मगध राज्य पर आक्रमण के लिए अपनी विशाल सेना के साथ प्रस्थान किया। उसकी सेना ने मगध साम्राज्य की पश्चिमी सीमा पर भयंकर आक्रमण किया, जिसको रोकने में मगध नरेश पूर्णरूपेण असफल रहा। अंत में नंद-राज धननंद की पराजय हुई और वह सपरिवार मारा गया। इस प्रकार 322 ई.पू. में चंद्रगुप्त पाटलिपुत्र के सिंहासन पर बैठा और चाणक्य ने उसका राज्याभिषेक किया। चाणक्य की प्रतिज्ञा पूर्ण हुई। पुराणों में पहले ही लिखा जा चुका था कि ब्राह्मण कौटिल्य नवनंदों का नाश करेगा तथा कौटिल्य ही चंद्रगुप्त का राज्याभिषेक करेगा। वस्तुतः उन दोनों के योग ने इतिहास की धारा को ही बदल दिया। चंद्रगुप्त

शूरवीर, प्रतिभावान एवं महत्त्वाकांक्षी युवक था। चाणक्य विभिन्न विद्याओं के ज्ञाता एवं कुशल कूटनीतिज्ञ थे।

चंद्रगुप्त का सिकंदर के पूर्व सेनापति सेल्यूकस निकेटार के साथ संघर्ष हुआ। उसने भारत पर आक्रमण किया, पर युद्ध में सेल्यूकस की बुरी तरह हार हुई और हारकर उसे चंद्रगुप्त से संधि करनी पड़ी। सेल्यूकस ने अपने चार प्रांत आरकेशिया (कंधार), काबुल, हेरात और बिलोचिस्तान चंद्रगुप्त को दिए। सेल्यूकस ने अपनी पुत्री का विवाह चंद्रगुप्त के साथ कर दिया। चंद्रगुप्त ने सेल्यूकस को 500 हाथी दिए।

सेल्यूकस पर विजय पाने के बाद चंद्रगुप्त ने 6,00,000 सैनिकों की सेना लेकर समस्त भारत को जीतकर अपने अधीन कर लिया। इतिहासकारों का मत है कि चंद्रगुप्त के राज्य की दक्षिणी सीमा मैसूर और श्रवणबेलगोला (कर्नाटक) तक थी।

इस प्रकार चंद्रगुप्त मौर्य का साम्राज्य हिंदूकुश पर्वतमाला से लेकर बंगाल तक और हिमालय से लेकर दक्षिण में उत्तरी मैसूर तक विस्तृत था। वह संपूर्ण भारतीय साम्राज्य का सम्राट् था, जिसके अंतर्गत अफगानिस्तान, बिलोचिस्तान, पंजाब, सिंध, कश्मीर, नेपाल, गंगा-यमुना का दोआब, मगध, बंगाल, मालवा, गुजरात तथा उत्तरी मैसूर के भू-भाग सम्मिलित थे।

जैन अनुश्रुतियों के अनुसार चंद्रगुप्त ने 24 वर्षों तक शासन करने के बाद संन्यास ग्रहण किया। वह अपना राज्य अपने पुत्र बिंदुसार को सौंपकर स्वयं कर्नाटक के पर्वतों की ओर चला गया, जहाँ उपवास करके स्वेच्छापूर्वक प्राण त्यागे।

चंद्रगुप्त एक महान् विजेता, साम्राज्य निर्माता तथा अत्यंत कुशल प्रशासक था। वह भारत का प्रथम महान् ऐतिहासिक सम्राट् था, जिसके नेतृत्व में चक्रवर्ती आदर्श को वास्तविक स्वरूप प्रदान किया गया। वह एक निपुण तथा लोकोपकारी शासन व्यवस्था का निर्माता था। उसने भारत को विश्व के मानचित्र में प्रतिष्ठित स्थान दिलाया। वह साधारण घर और साधनविहीन होने पर भी अपने पौरुष, अदम्य साहस-वीरता, विवेक और सत्य के मार्ग पर

चलकर विशाल साम्राज्य का शासक बना। भारत की प्राकृतिक सीमाओं के बाहर शासन करने का श्रेय उसी को है। उसने एक सुसंगठित तथा सुसज्जित सेना का संगठन किया, जिसमें 6,00,000 पैदल सिपाही, 30,000 घुड़सवार, 9,000 हाथी और लगभग 8,000 रथ थे। उसकी उपलब्धियों के लिए माना जाता है कि उसने देश को यूनानी दासता से मुक्त कराया, अत्याचारी व शक्तिशाली नंदों का विनाश किया और एक उत्कृष्ट सेनानायक सेल्यूकस को नतमस्तक करवाया, जिसका श्रेय उसके गुरु चाणक्य को है।

चंद्रगुप्त मौर्य ने कौटिल्य के नीति-निर्देश के अनुसार ही प्रजा के सुख और भलाई में अपना सुख और भलाई मानी है। जैसाकि कौटिल्य ने कहा है—

प्रजासुखे सुखं राज्ञः प्रजानां च हिते हितम्।
नात्मप्रियं हितं राज्ञः प्रजानां तु प्रियं हितम्॥

(प्रजा के सुख में राजा का सुख है, प्रजा की भलाई में उसकी भलाई है। अतः जो उसको अच्छा लगे, उसे ही वह अच्छा न माने, वरन् जो उसकी प्रजा को पसंद हो, उसे ही वह अच्छा समझे।)

सम्राट् चंद्रगुप्त प्रबल धार्मिक भावना वाला था। उसने अपने राज्य में अनेक लोक-मंगलकारी कार्य किए। उसने यातायात के साधनों की समुचित व्यवस्था की तथा सड़कों के किनारे छायादार वृक्ष लगवाए। जगह-जगह कुएँ तथा धर्मशालाएँ बनवाईं। उसने औषधालय खुलवाए। शिक्षा की समुचित व्यवस्था की। वह दीन-दुखियों, असहायों तथा अकाल पीड़ितों को भी सहायता देता था। उसके राज्य में प्रजा सुखी तथा संपन्न थी।

सेल्यूकस ने अपना एक राजदूत मेगस्थनीज को चंद्रगुप्त मौर्य के दरबार में भेजा था। उसके अनुसार चंद्रगुप्त के शासनकाल में भारत में चोरी नहीं होती थी। प्रजा को न्यायालय का मुँह नहीं देखना पड़ता था। वे गवाही की आवश्यकता भी नहीं समझते थे। अपने घर और संपत्ति को प्रायः अरक्षित छोड़ देते थे।

□

चक्रवर्ती सम्राट् समुद्रगुप्त

मौर्य शासन के नष्ट हो जाने के बाद भारत की राजनीतिक एकता भंग हो गई थी। देश छोटे-छोटे राज्यों एवं गणतंत्रों में बँट गया था। देश में यह अराजकता, अव्यवस्था और दुर्बलता का काल था। उस कालखंड में देश में ऐसी कोई शक्तिशाली केंद्रीय शक्ति नहीं थी, जो विभिन्न छोटे-बड़े राज्यों को विजित कर एक छत्र शासन व्यवस्था स्थापित कर सके। देश के इसी काल में मगध के गुप्त राजवंश में ऐसे महान् सेनानायकों का उदय हुआ, जिन्होंने 320 ई. से 550 ई. तक भारत में शासन किया। इस वंश के समस्त शासकों के नाम के अंत में 'गुप्त' शब्द का प्रयोग हुआ है। इसलिए इस वंश को 'गुप्त वंश' कहा जाता है और इतिहास में यह 'गुप्तकाल' नाम से जाना जाता है। गुप्तों की जाति के संबंध में इतिहासकार एक मत नहीं हैं, फिर भी जब तक इनकी जाति के संबंध में कोई सुदृढ़ प्रमाण नहीं मिलते, तब तक कतिपय इतिहासकारों के मतानुसार गुप्त वंश को क्षत्रिय माना जा सकता है। इसी वंश में महाप्रतापी चक्रवर्ती सम्राट् समुद्रगुप्त हुआ, जो क्षत्रियोचित गुणों का पर्याय था। चंद्रगुप्त प्रथम के बाद उसका सुयोग्य होनहार पुत्र समुद्रगुप्त मगध के सिंहासन पर बैठा। इसकी माता लिच्छवियों की राजकुमारी कुमार देवी थी। हालाँकि समुद्रगुप्त के और भी भाई थे, तथापि उसके पिता चंद्रगुप्त (प्रथम) ने समुद्रगुप्त के अलौकिक गुणों को देखते हुए अपने जीवनकाल में ही उसे अपना उत्तराधिकारी नियुक्त कर दिया था। समुद्रगुप्त बड़ा महत्त्वाकांक्षी था। अतः साम्राज्य का स्वामी बनते ही उसने राज्यविस्तार का दृढ़ विचार किया

और इसके लिए उसने अपना दिग्विजय अभियान प्रारंभ किया।

'प्रयाग प्रशस्ति' में समुद्रगुप्त की विजयों की लंबी सूची है। उसके अनुसार, समुद्रगुप्त ने सबसे पहले उत्तरी भारत के राज्यों पर आक्रमण किया। इस आक्रमण में उसने नौ राजाओं—रुद्रदेव, मतिल, नागदत्त, चंद्रवर्मन, गणपतिनाग, नागसेन, नंदिन, अच्युत और बलवर्मा से युद्ध किया और उन्हें परास्त कर उनके राज्यों को अपने साम्राज्य में मिला लिया।

इस विजय के पश्चात् समुद्रगुप्त ने अपनी विजयवाहिनी के साथ मगध पर आक्रमण कर वहाँ के राजा को परास्त कर पाटलिपुत्र पर सहज ही अधिकार जमा लिया। समुद्रगुप्त की यह ऐतिहासिक उपलब्धि थी। अब गुप्तों की राजधानी पाटलिपुत्र में आ गई। इस विजय के बाद समुद्रगुप्त की साम्राज्यवादी महत्त्वाकांक्षा और बढ़ गई।

उत्तरी भारत के राज्यों पर अधिकार करने के बाद समुद्रगुप्त ने अपना दिग्विजय अभियान दक्षिण की ओर मोड़ा। उसने मध्यभारत के जबलपुर तथा नागपुर के आस-पास के 18 अटवी (घने जंगल का भू-भाग) राज्यों के राजाओं पर विजय प्राप्त की। समुद्रगुप्त ने उन राजाओं को अपना परिचारक अथवा सेवक बनाया। इससे समुद्रगुप्त का दक्षिण विजय का मार्ग प्रशस्त हो गया।

समुद्रगुप्त इन अटवी राज्यों पर विजय प्राप्त करने के बाद दक्षिणी भारत की ओर अग्रसर होते हुए, उसने 12 राज्यों पर विजय प्राप्त की। विजय प्राप्त करने के बाद उसने उदारतावश विजित राजाओं को उनके राज्य लौट दिए। विजित राजाओं ने समुद्रगुप्त की अधीनता स्वीकार कर उसे अपार धन और उपहार भेंट किए। समुद्रगुप्त ने विजित राज्यों को अपने साम्राज्य में सम्मिलित न करके बड़ी दूरदर्शिता का परिचय दिया। इससे दक्षिण के वे राज्य अधीन भी रह गए और सम्राट् के लिए वहाँ की सुदूर शासन व्यवस्था भी सुगम हो गई।

समुद्रगुप्त ने दिग्विजय के अपने चतुर्थ अभियान में सीमांत प्रदेशों—कामरूप (आसाम), डवाक (आसाम का नवगाँव), समतट (बांग्लादेश)

तथा कर्तृपुर (गढ़वाल में कुमायूँ अथवा पंजाब में जालंधर का क्षेत्र) पर विजय हासिल की।

उस काल में गुप्त साम्राज्य के पश्चिम तथा दक्षिण-पश्चिम में कुछ ऐसे राज्य भी थे, जहाँ अर्द्ध प्रजातंत्रात्मक अथवा गणतंत्रात्मक शासन व्यवस्था थी। इनमें मालव, अर्जुनायन, यौधेय, मद्रक, आमीर, प्रार्जुन, सनकानिक, काक, खार्परिक आदि प्रमुख थे। इन राज्यों ने समुद्रगुप्त के प्रचंड प्रताप से बिना युद्ध किए ही उसकी अधीनता स्वीकार कर ली। इस प्रकार इन विजयों से समुद्रगुप्त की सत्ता संपूर्ण भारत में व्याप्त हो गई और अब वह भारत का एकच्छत्र सम्राट् बन गया।

समुद्रगुप्त के दिग्विजय अभियान के समाप्त होने पर उसकी ख्याति सुदूर देशों में फैल गई। इसकी शक्ति के आगे पड़ोस के देशों ने उससे मैत्री कर उपहार में अपनी कन्याएँ दीं। इन विदेशी शक्तियों में मुख्यतः कुषाण, शक-मुरंड, सिंहल तथा अन्यान्य दीपवासी थे। ऐसा भी मत है कि समुद्रगुप्त का प्रभाव कंबोडिया, जावा, सुमात्रा, इंडोनेशिया, बर्मा तक फैल गया था। समुद्रगुप्त दिग्विजय से उसका साम्राज्य उत्तर में हिमालय की तलहटी से लेकर दक्षिण में नर्मदा नदी तक और पश्चिम में यमुना तथा चंबल नदी से पूर्व में ब्रह्मपुत्र नदी तक फैल गया था।

समुद्रगुप्त ने दिग्विजय की अपनी उपलब्धि में प्राचीन चक्रवर्तियों की परंपरानुसार क्षत्रियोचित अश्वमेध यज्ञ का अनुष्ठान किया। अश्वमेध के अवसर पर उसने ब्राह्मणों को सहस्त्रों गाएँ और स्वर्ण के सिक्के दान में दिए। समुद्रगुप्त के एरण अभिलेख में कहा गया है कि वह स्वर्णदान में 'पृथु और राघव' से भी बढ़कर था।

समुद्रगुप्त ने अपने विभिन्न प्रकार के सिक्के चलाए, जो सोने के थे। सिक्कों पर समुद्रगुप्त के लिए अनेक विशेषण व्यवहृत हुए हैं। यथा—व्याघ्र पराक्रमः (बाघ के समान पराक्रमी है जो), अप्रतिरथ (प्रतिद्वंद्वी नहीं है जिसका कोई), पराक्रमांक (पराक्रम है पहचान जिसकी)।

समुद्रगुप्त ने प्रजा के हित में अनेक सुचिर एवं अद्भुत कार्य संपन्न

किए। वह बड़ा ही उदार और दयावान प्रकृति का था, इसलिए उसने दीन-दु:खियों, अनाथों तथा असहायों की सहायता के लिए दान की समुचित व्यवस्था कर रखी थी।

समुद्रगुप्त बहुमुखी प्रतिभा का धनी था। उसमें चंद्रगुप्त मौर्य की साहसिकता, अशोक की दयालुता तथा पृथु व रघु की दानशीलता के गुण विद्यमान थे। वह शास्त्रों का धनी ही नहीं, बल्कि शास्त्रों में प्रवीण था। वह एक श्रेष्ठ विद्वान्, कवि, संगीतज्ञ था। कला और साहित्य का मर्मज्ञ था। पंडितों व विद्वानों का आश्रयदाता था। उसमें धार्मिक सहिष्णुता थी और उसने ब्राह्मण धर्म को राज्य का आश्रय प्रदान किया।

वह एक अद्वितीय सेनानायक था, जो अपनी सेना का नेतृत्व तथा संचालन करता था और सदैव रणसेना की प्रथम पंक्ति में रहता था। उसे 'समरशत' अर्थात् सौ युद्धों का विजेता कहा जाता था, उसे अजेय समझा जाता था। वह रणप्रिय सम्राट् था, जिसे विभिन्न युद्धों में सौ घाव लगे थे। उसने अपनी दिग्विजय-यात्रा में सर्वत्र विजय प्राप्त की और लगभग 40 वर्षों तक शासन किया। वह एक कुशल शासक और राजनीतिज्ञ था, जिसके शासन में कभी विद्रोह, विप्लव या अराजकता नहीं हुई। वह अलौकिक शक्तियों वाला साक्षात्देव पुरुष था। यह कहना भी उचित होगा कि लगभग पाँच शताब्दियों के राजनीतिक विकेंद्रीकरण तथा विदेशी आधिपत्य के बाद आर्यावर्त्त (समुद्रगुप्त के काल में) पुन: नैतिक, बौद्धिक तथा भौतिक उन्नति के शिखर पर जा पहुँचा। अपने दीर्घकालीन एवं यशस्वी शासन के बाद लगभग 375 ई. में समुद्रगुप्त का निधन हो गया।

□

सम्राट् चंद्रगुप्त (द्वितीय) विक्रमादित्य

समुद्रगुप्त के पुत्रों में सबसे श्रेष्ठ और योग्य चंद्रगुप्त (द्वितीय) हुआ। इस कारण पिता ने उसको अपना उत्तराधिकारी नियुक्त किया। वह समुद्रगुप्त की रानी दत्तदेवी का पुत्र था। राजा बनने के उपरांत उसने 'विक्रमादित्य' की उपाधि धारण की। जिसका शाब्दिक अर्थ होता है 'विक्रम का' अर्थात् 'पराक्रम-प्रताप' और आदित्य का अर्थ हुआ सूर्य। अर्थात् वह व्यक्ति, जो सूर्य के समान प्रतापी हो। निस्संदेह चंद्रगुप्त विक्रमादित्य ने अपने ऐश्वर्य और प्रताप से सूर्य के समान अपना प्रकाश संपूर्ण विश्व में फैलाया। वह गुप्तवंश का सर्वाधिक महत्त्वपूर्ण एवं शक्तिशाली शासक था। मथुरा स्तंभ लेख के आधार पर इसका राज्यारोहण काल लगभग 375 ई. है। चंद्रगुप्त का एक अन्य नाम 'देव' भी था। 'विक्रमांक', 'शकारी', 'विक्रमादित्य' आदि उसकी सुप्रसिद्ध उपाधियाँ थीं।

चंद्रगुप्त ने अपनी राजनीतिक शक्ति सुदृढ़ करने के लिए शक्तिसंपन्न कुलों में विवाह किए। उसने नाग-वंश की राजकुमारी कुबेर नाग से विवाह कर पुराना वैमनस्य समाप्त किया। उसने अपने पुत्र का विवाह महाराष्ट्र प्रांत के कुंतल राज्य के शक्तिशाली राजा काकुस्थवर्मन की कन्या से किया। उसने अपनी प्रभावती राज्यकन्या का विवाह बरार के वाकाटक राजा रुद्रसेन (द्वितीय) के साथ किया।

चंद्रगुप्त को अपने यशस्वी महान् पिता से विरासत में विशाल साम्राज्य मिला था। जिसे सुदृढ़ और सुरक्षित रखना अत्यावश्यक था। क्योंकि उस

काल में समुद्रगुप्त के सामने जिन राजाओं ने आत्म-समर्पण किया था, वे स्वतंत्र होने का प्रयास कर रहे थे और कहीं-कहीं छोटी-छोटी शक्तियाँ भी सिर ऊँचा कर रही थीं। अतः चंद्रगुप्त ने भी दिग्विजय के लिए प्रस्थान किया।

चंद्रगुप्त ने गुप्त साम्राज्य के पश्चिमोत्तर भाग की ओर प्रयाण किया, जहाँ गणराज्यों की एक पंक्ति विद्यमान थी। ये राज्य स्वतंत्रता प्रेमी थे, जो स्वयं को स्वतंत्र बनाए रखने का प्रयास कर रहे थे। अतः चंद्रगुप्त ने इन गणराज्यों पर आक्रमण कर उन्हें गुप्त साम्राज्य में मिला लिया।

मालवा, गुजरात और सौराष्ट्र में शक-क्षत्रप शासन कर रहे थे। ऐसे कमजोर राज्यों की अपने साम्राज्य की सीमा पर उपस्थिति उसे उचित प्रतीत नहीं हुई। अतः चंद्रगुप्त ने आक्रमण कर शक राजा रुद्रसिंह को परास्त कर उसका वध कर दिया और उसके राज्य को गुप्त साम्राज्य में मिला लिया। इस विजय से गुप्त साम्राज्य की सीमा पश्चिमी समुद्र तट तक पहुँच गई। फलस्वरूप गुप्त साम्राज्य की सीमाओं का विस्तार हुआ। साथ ही भारत का विदेशों के साथ व्यापारिक तथा सांस्कृतिक संबंधों में विस्तार हुआ।

गुप्त साम्राज्य की पूर्वी सीमा पर छोटे-छोटे राज्य थे, जो गुप्त साम्राज्य पर आक्रमण करने के लिए संगठित हो रहे थे। चंद्रगुप्त ने उनको परास्त कर कीर्ति अर्जित की।

भारत के पश्चिमोत्तर प्रदेश पर कुषाण शासन कर रहे थे। चंद्रगुप्त ने सिंध नदी की सहायक नदियों को पार कर वाह्लीकों पर आक्रमण कर उन्हें परास्त किया। पंजाब तथा सीमांत प्रदेश पर अधिकार किया और वाह्लीकों को काबुल के पार खदेड़ दिया।

रामगुप्त के शासनकाल में दक्षिण भारत के राज्यों ने गुप्त साम्राज्य की सत्ता को अमान्य कर दिया था। तब चंद्रगुप्त ने अपने पराक्रम व साहस के बलबूते पर दक्षिणी भारत के राज्यों पर गुप्त साम्राज्य की सत्ता पुनः स्थापित की।

चंद्रगुप्त अपनी विजयों के फलस्वरूप विशाल गुप्त साम्राज्य का सम्राट् बन गया। उसका राज्य पश्चिम में गुजरात से लेकर पूर्व में बंगाल तक तथा

उत्तर में हिमालय की तलहटी से दक्षिण में नर्मदा नदी तक विस्तृत था।

भारत के उत्तरीपूर्वी और पूर्वी प्रदेश, जो समुद्रगुप्त के काल में गुप्त साम्राज्य में नहीं लिए जा सके, उनको चंद्रगुप्त ने अपने साम्राज्य में सहज ही मिला लिया। चंद्रगुप्त मध्यभारत के गणों व नागों, सौराष्ट्र, पंजाब, अफगानिस्तान और बल्ख के शक-कुषाणों तथा पूर्व के विद्रोही बंग-शासकों को पराजित कर भारत का एक छत्र सम्राट् बन गया। अपनी महान् दिग्विजय के उपलक्ष्य में उसने अपने पिता की भाँति अश्वमेध-यज्ञ का अनुष्ठान किया। इस पुनीत अवसर पर उसने ब्राह्मणों को अनके गाएँ और कोटि सहस्र स्वर्ण दान में दिया।

चंद्रगुप्त के शासन-काल में व्यापार की बड़ी उन्नति हुई। उस काल में बंगाल से सूती तथा रेशमी वस्त्र, बिहार से नील, हिमालय प्रदेश से अंगराग तथा दक्षिणी भारत से कपूर, चंदन और गरम मसाले भारत के पश्चिमी समुद्र तट से रोम भेजे जाते, जहाँ से बहुत सा सोना प्रतिवर्ष भारत आता था।

चंद्रगुप्त के शासनकाल में साधारण व्यापार में कौड़ी का प्रयोग किया जाता था, परंतु बड़े व्यापार में धातु मुद्राओं का प्रयोग होता था। चंद्रगुप्त ने तीन प्रकार की मुद्राएँ चलाईं। उत्तरी भारत में सोने तथा ताँबे की मुद्राएँ प्रचलित थीं, जबकि गुजरात, काठियावाड़ में चाँदी की मुद्राओं का प्रयोग किया जाता था। उसके सिक्कों के कई प्रकार मिले हैं—धनुर्धर प्रकार, पीठिकारूढ़ प्रकार, छत्र प्रकार, सिंहहंता प्रकार, अश्वारोही प्रकार, चक्रविक्रम प्रकार।

चंद्रगुप्त के शासन-काल में चीनी यात्री फाह्यान भारत आया था। वह पाटलिपुत्र में 3 वर्ष तक रहा। उसने अपने यात्रा-विवरण में चंद्रगुप्त के नाम का एक बार भी उल्लेख नहीं किया। फिर भी उसके विवरण में तत्कालीन राजनीतिक, सामाजिक तथा धार्मिक दशा का पता चलता है। उसने अपने विवरण में लिखा कि चंद्रगुप्त का शासन बड़ा अच्छा था। उसकी प्रजा बड़ी सुखी तथा संपन्न थी। क्रय-विक्रय में कोडियों का उपयोग होता था। बड़े नगरों में औषधालय थे, जहाँ निःशुल्क दवा मिलती थी। राजद्रोहियों का दाहिना हाथ काट दिया जाता था। लोगों को चोरी-ठगी का भय बिल्कुल

नहीं था। राज्य में सड़कें बनी हुई थीं, जिनके सहारे छायादार वृक्ष लगे थे। जगह-जगह कुएँ और धर्मशालाएँ बनी हुई थीं, जहाँ यात्रियों को नि:शुल्क भोजन मिलता था। महाकवि कालिदास ने भी इसी शांति और व्यवस्था की ओर संकेत करते हुए लिखा है—जिस समय वह राजा शासन कर रहा था, उपवनों में मद पीकर सोती हुई सुंदरियों के वस्त्रों को वायु तक स्पर्श नहीं कर सकता था तो फिर उनके आभूषणों को चुराने का साहस कौन कर सकता था।

चंद्रगुप्त (द्वितीय) एक महान् विजेता, कुशल शासक, कूटनीतिज्ञ, विद्वान् था। वह बहुमुखी प्रतिभावान था। उसका 40 वर्षों का दीर्घकालीन शासन शांति, सुव्यवस्था एवं समृद्धिकाल रहा, जिसमें गुप्त साम्राज्य की चहुँमुखी प्रगति हुई। वह धर्मनिष्ठ था, जिसने 'परम भागवत' की उपाधि धारण की। वह अन्य धर्मानुयायियों के प्रति सहिष्णु था।

वह न्यायप्रिय राजा था, जिसका शासन उदार था, वहाँ मृत्युदंड निषेध था। चंद्रगुप्त के शासनकाल में दो राजधानियाँ—पाटलिपुत्र और उज्जैन थीं। ये नगर विद्या के प्रमुख केंद्र थे। उसके दरबार में नौ विद्वानों की एक मंडली थी, जिसे 'नवरत्न' कहा जाता था। महाकवि कालिदास इनमें अग्रगण्य थे। उसके शासनकाल में संस्कृत भाषा-साहित्य की बड़ी उन्नति हुई।

चंद्रगुप्त के पिता ने, जो विशाल साम्राज्य निर्मित किया, वह इसके समय में पूर्णतया संगठित, सुव्यवस्थित एवं सुशासित होकर उन्नति की चोटी पर जा पहुँचा तथा प्राचीन भारत में 'स्वर्ण युग' का दावेदार बन गया। उस काल में प्रजा की संपन्नता, राज्य में पूर्ण शांति तथा कला-संस्कृति के अपार विकास से ही गुप्तकाल को भारतीय इतिहास का स्वर्णयुग तथा पुनर्जागरण का युग कहा गया है। भारत का यह सर्वतोमुख विकासकाल था। महर्षि अरविंद ने भी गुप्त साम्राज्य की प्रशंसा में कहा, "भारत ने अपने इतिहास में कभी भी जीवन की शक्ति का इतना बहुमुखी विकास नहीं देखा।"

□

स्कंदगुप्त 'विक्रमादित्य'

कुमार गुप्त प्रथम की मृत्यु के बाद 455 ई. में उसका सुयोग्य पुत्र स्कंदगुप्त गुप्त साम्राज्य के सिंहासन पर आसीन हुआ। इसने कुल 12 वर्षों तक राज किया। एक वीर सम्राट् की वीरता उसमें बचपन से ही भरी थी। उसने युवराज की स्थिति में अपने पिता की ओर से युद्धों में भाग लिया।

स्कंदगुप्त को सिंहासन पर बैठते ही घोर विपत्तियों का सामना करना पड़ा। क्योंकि हूणों ने सिंधु नदी को पार कर उसके साम्राज्य पर आक्रमण कर दिया। हूण, मध्य एशिया की एक बर्बर जाति थी, जिसका मुख्य धंधा लूटपाट करना था। यह एक खानाबदोश जाति थी, जिसकी अपनी विशाल सेना थी। ये लोग बड़े ही असभ्य, निर्दयी, रक्तपिपासु और लड़ाकू थे, जो शत्रु का रक्तपात करने, संपत्ति लूटने, संपत्ति को जलाकर नष्ट करने में कभी संकोच नहीं करते थे।

हूणों का प्रथम आक्रमण स्कंदगुप्त के काल में हुआ। यह युद्ध अत्यंत भयंकर था, जिसका संकेत 'भितरी स्तंभलेख' से मिलता है, जिसमें कहा गया है कि 'हूणों के साथ युद्धक्षेत्र में उतरने पर उसकी भुजाओं के प्रताप से पृथ्वी काँप गई तथा भीषण आवर्त (बवंडर) उठ खड़ा हुआ।'

यह युद्ध पश्चिमी भारत के किसी भाग पर बताते हैं। युद्धस्थल चाहे कहीं रहा हो, स्कंदगुप्त ने हूणों को पराजित कर अपने साम्राज्य से बाहर खदेड़ दिया।

हूणों को पराजित करना तथा उनको देश से बाहर निकाल देना निश्चित

रूप से एक महान् सफलता कही जाती है, जिसके कारण गुप्त साम्राज्य भीषण संकट से बचा लिया गया। स्कंदगुप्त द्वारा हूणों का प्रतिरोध उस युग की महानतम उपलब्धियों में गिना जाता है। इस साहसिक तथा अप्रितम वीरता के लिए उसे चंद्रगुप्त द्वितीय और समुद्रगुप्त के समान 'विक्रमादित्य' की उपाधि धारण करने का अधिकार स्वत: ही प्राप्त हो गया।

स्कंदगुप्त द्वारा हूणों को पराजित कर देश से बाहर खदेड़ने की अद्‍भुत सेवा के लिए बी.पी. सिंह ने लिखा—"यदि चंद्रगुप्त मौर्य ने यूनानियों की दासता के बंधन से देश को मुक्त किया तो चंद्रगुप्त (द्वितीय) ने शकों की शक्ति का विनाश किया और स्कंदगुप्त ने हूणों से साम्राज्य तथा देश की रक्षा की। यदि स्कंदगुप्त जैसे पराक्रमी व्यक्ति गुप्त साम्राज्य की गद्दी पर आसीन नहीं होता तो हूणों द्वारा देश को पूर्णतया छिन्न-भिन्न कर दिया जाता। हूणों द्वारा इस देश के विनाश को लगभग आधी शती तक रोककर उसने महान् सेवा की। इस वीर कृत्य के लिए वह 'देश रक्षक' के रूप में जाना जाता है।"

एक बार मध्य भारत की पुष्यमित्र शासक जाति ने गुप्त साम्राज्य पर आक्रमण किया, स्कंदगुप्त ने उसे बुरी तरह पराजित किया। इस पराजय के बाद पुष्यमित्रों का भारत के इतिहास में कोई उल्लेख ही नहीं मिलता।

स्कंदगुप्त हूणों को खदेड़ता हुआ उनके एशियाई ठिकानों में भी घुस गया और वहाँ विजय प्राप्त की। खूँखार हूणों ने ईरान व रोम पर हमले किए तो उन्होंने घुटने टेक दिए, परंतु हूणों की दूसरी शाखा को स्कंदगुप्त के सामने घुटने टेकने पड़े। स्कंदगुप्त ने हूणों के आक्रमण को ध्वस कर भारतीय सभ्यता और संस्कृति को नष्ट-भ्रष्ट होने से बचा लिया। स्कंदगुप्त ने हूणों पर की गई महान् विजय के उपलक्ष्य में भित्तरी में भगवान् विष्णु की मूर्ति स्थापित की और उसके मंदिर के विजय-ध्वज भितरी-स्तंभ पर अपना लेख अंकित करवाया।

जूनागढ़-लेख से विदित होता है कि "उसने शत्रुओं का दर्प इस तरह आमूल भग्न कर दिया था कि म्लेच्छ देशों में भी उसके रिपुगण (हूण) उसकी विजय का सुयश उद्‍घोषित किया करते थे।"

स्कंदगुप्त ने अपने पिता एवं पितामह के साम्राज्य को पूर्णतया अक्षुण्ण बनाए रखा। उसका संपूर्ण उत्तरी भारत पर आधिपत्य था। उत्तर में हिमालय से लेकर दक्षिण में नर्मदा नदी तक तथा पूर्व में बंगाल से लेकर पश्चिम में सुराष्ट्र तक की विस्तृत भूमि पर शासन करने वाला वह अंतिम गुप्त सम्राट् था।

स्कंदगुप्त एक अप्रितम वीर के साथ कुशल प्रशासक भी था। उसने अपने विशाल साम्राज्य को प्रांतों में विभाजित कर रखा था। प्रांत पर शासन करने वाले राज्यपाल को 'गोप्ता' कहा जाता था। प्रमुख नगरों पर शासन चलाने के लिए नगर प्रमुख नियुक्त किए जाते थे।

स्कंदगुप्त का शासन बहुत उदार था। जिसमें प्रजा पूर्णरूपेण सुखी एवं समृद्ध थी। किसी को कोई नष्ट नहीं था। वह दीन-दु:खियों के प्रति दयावान था। जूनागढ़ अभिलेख में कहा गया है कि 'जिस समय वह शासन कर रहा था, उसकी प्रजा में कोई ऐसा व्यक्ति नहीं था, जो धर्मच्युत हो अथवा दु:खी, दरिद्र, आपत्तिग्रस्त, लोभी या दंडनीय होने के कारण अत्यंत सताया गया हो।'

स्कंदगुप्त ने अपने राज्यकाल में तीन प्रकार के सिक्के चलाए—

1. धनुर्धर, 2. राजा और लक्ष्मी तथा अश्वारोही प्रकार के। उसने पश्चिमी और मध्य भारत के लिए चाँदी के सिक्के भी जारी किए।

स्कंदगुप्त एक श्रेष्ठ लोकोपकारी शासक था, उसके शासनकाल में अतिवृष्टि से ऐतिहासिक सुदर्शन झील का बाँध टूट गया था। इसने अतुल धन का व्यय करके बाँध का पुनर्निर्माण करवाया। इस झील से सिंचाई होती थी। ऐसा विश्वास है कि स्कंदगुप्त ने भी अपने पूर्वजों की तरह धर्मशालाएँ, औषधालय, वृक्षारोपण जैसे जनकल्याणकारी कार्य संपन्न करवाए होंगे।

स्कंदगुप्त एक महान् विजेता एवं कुशल प्रशासक था, जो अपने महान् वंश का अंतिम महान् सम्राट् था। उसने 'विक्रमादित्य' व 'देवराज' की उपाधियों से प्रसिद्धि प्राप्त की। वह चंगेज खाँ व नेपोलियन की तरह नृशंस व क्रूर साम्राज्यवादी विजेता मात्र नहीं था, अपितु वह उच्च आदर्शी धर्म-विजेता था, जिसने पराजित शत्रुओं के प्रति भी दयाभाव से व्यवहार किया। मंजुश्री मूलकल्प के लेखक ने उसे श्रेष्ठ, बुद्धिमान और उस अधर्म युग का

धर्मवत्सल नृपति कहा है। राष्ट्र की सुरक्षा व शांति के लिए वह जीवनपर्यंत पुरुषार्थ व पराक्रम करता रहा। इस कारण उसके बहुत से सिक्कों में उसे 'कर्माजीत' व 'कर्मादित्य' विरुदों से अलंकृत किया गया है।

स्कंदगुप्त का चरित्र निर्मल तथा उज्ज्वल था। उसकी प्रजा में उसकी अमल कीर्ति का गान बालक से लेकर प्रौढ़ तक प्रसन्नतापूर्वक किया करते थे। वह एक महान् विजेता, मुक्तिदाता और प्रजावत्सल सम्राट् था और गुप्त वंश के महानतम राजाओं की श्रृंखला में अंतिम कड़ी था।

काहौम के स्तंभ-लेख में स्कंदगुप्त की महानता के बारे में कहा गया है—"सैकड़ों राजाओं के सिर दरबार में नमस्कार करते समय उसके चरणों में नत हुए। वह सैकड़ों नरपतियों का सम्राट्, इंद्र का समकक्ष और अपने साम्राज्य में शांति का संस्थापक था।"

स्कंदगुप्त एक धर्मनिष्ठ वैष्णव था। उसकी उपाधि 'परम भागवत' की थी। वह धार्मिक मामलों में पूर्णरूपेण उदार एवं सहिष्णु था। उसने अपने साम्राज्य में अन्य धर्मों को विकसित होने का भी अवसर दिया।

गुप्तकाल को भारतीय इतिहास में 'स्वर्णयुग' कहा जाता है। इस युग में भारत का राजनीतिक, सामाजिक, आर्थिक, धार्मिक तथा सांस्कृतिक दृष्टि से चूड़ांत विकास हुआ। देश के उस विकास में स्कंदगुप्त का महत्त्वपूर्ण योगदान रहा। उसकी मृत्यु 467 ई. के लगभग हुई।

□

महाराजा दाहरसेन

राजा चच की मृत्यु के बाद सिंध के सिंहासन पर दाहर (दाहिर) सेन बैठा। उस काल में सिंध की राजधानी अलोर में थी, जो एक प्रसिद्ध नगर था। दाहरसेन ने अपने शासन को पाँच भागों में बाँट रखा था—नीरुन, देवल, लोहाना, लक्खा और सम्मा। वह काल अरब के विदेशी आक्रमणकारियों का था, जिनका मुख्य उद्देश्य धन-धान्य से परिपूर्ण सिंध प्रदेश को लूटना, हिंदू धर्मस्थलों को खंडित कर वहाँ मसजिदें बनवाना, प्रजा को बलात् इसलाम धर्म स्वीकार कराना और नारियों का अपहरण कर उनका मान भंग करना।

711 ई. में सिंध के समुद्री डाकुओं द्वारा अरबी जहाजों को सिंध के देवल बंदरगाह पर लूट लिये जाने से इराक का सूबेदार हज्जाज बहुत नाराज हुआ और उसने सिंध के राजा दाहर से क्षतिपूर्ति की माँग की। दाहर ने उसकी माँग को ठुकरा दिया। तब हज्जाज ने उबैदुल्ला नामक सेनानायक के नेतृत्व में एक सेना सिंध पर आक्रमण के लिए भेजी, वह युद्ध में परास्त हुआ और मारा गया। दूसरी बार हज्जाज ने बुदैल को सिंध पर ससैन्य आक्रमण के लिए भेजा। उसका भी वही हाल हुआ, जो उबैदुल्ला का हुआ। हज्जाज ने तीसरी बार मुहम्मद-बिन-कासिम के नेतृत्व में शक्तिशाली सेना सिंध पर आक्रमण करने भेजी। उसके पास 15 हजार की शक्तिशाली सेना थी, जिसमें 6 हजार अश्वारोही, इतने ही ऊँट सवार तथा 3 हजार की संख्या में भारवाहक ऊँट थे। इसके अलावा आस-पास से उसके पास और सैनिक सहायता प्राप्त हुई, जिससे उसके पास 50 हजार सैनिक हो गए। उसने दाहर से असंतुष्ट बौद्धों,

जाटों और मेड़ों को अपनी ओर मिला लिया। दूसरी ओर दाहर के पास सेना और संसाधन कम थे।

मुहम्मद ने देवल पर आक्रमण कर उसे अपने अधिकार में लिया और उसने 17 वर्ष से अधिक की आयु के समस्त पुरुषों की हत्या कर दी। वहाँ के मंदिरों को ध्वस्त करा दिया। उसने वहाँ अपार लूट मचाई, जिससे उसे खूब संपत्ति मिली। दाहर ने देवल में उसका सामना करने कोई सेना नहीं भेजी। इस प्रकार मुहम्मद को बिना किसी प्रतिरोध के सिंध का दक्षिणी भाग प्राप्त हो गया। इसके बाद उसने तिरुन, सेहवन, सिसम पर विजय प्राप्त कर सिंधु नदी को पार किया।

दाहर उस समय ब्राह्मणावाद में था। भावी युद्ध का अंदाजा लगाकर वह मुहम्मद का सामना करने के लिए रावर पहुँचा। जहाँ दोनों सेनाओं के बीच भीषण युद्ध हुआ। दाहर वीरतापूर्वक लड़ता हुआ वीरगति को प्राप्त हुआ, रणखेत अरब की सेना के हाथ रहा। दाहर की वीरगति के बाद उसकी विधवा रानी लाडीबाई ने रावर किले के भीतर से अपने 15 हजार सैनिकों के साथ अरबों के विरुद्ध युद्ध जारी रखा। उसने शत्रु पर पत्थरों तथा प्रक्षेपास्त्रों की भारी वर्षा कर अत्यधिक नुकसान पहुँचाया। परंतु लाडीबाई के साधन सीमित थे, अतः प्रतिरोध अधिक नहीं चल सका। आखिर उसने सतीत्व और पवित्रता की रक्षा के लिए राजपूत परंपरानुसार सिंध की अन्य नारियों के साथ जौहर कर आत्मोत्सर्ग किया।

वीरांगना रानी लाडीबाई के जौहर के बाद दाहरसेन की वीर कन्याएँ—सूर्यकुमार और परमाल देवी भी युद्ध मैदान में कूद पड़ीं। उन्होंने साहस के साथ अरब सैनिकों का नाश किया। परंतु आखिर में मुहम्मद ने उनको बंदी बना लिया और दोनों कन्याओं को खलीफा की सेवा के लिए भेज दिया। मुहम्मद ने ब्राह्मणावाद, अलोरा, सिक्का और मुल्तान पर अधिकार कर पूरे सिंध पर अरबों का अधिकार कर लिया। अब जहाँ कहीं भी प्राचीन महल, नगर शहर थे, वहाँ मसजिद, मीनार और अजान मंच बनाकर खुतबा पढ़ा जाने लगा। कुछ समय बाद खलीफा के आदेश से मुहम्मद-बिन-कासिम को बैल

की कच्ची खाल में बंद करके भिजवा दिया गया, जिससे वह मर गया। कुछ के अनुसार दाहर की दोनों पुत्रियों ने खलीफा से शिकायत की थी कि हमें वहाँ से भेजने के पूर्व मुहम्मद ने उनकी शील (अस्मिता) भंग की थी। इससे क्रोधित होकर ही खलीफा ने उपर्युक्त आदेश भिजवाया था।

दाहर ने अपने राज्य की रक्षा हेतु समुद्री सीमा पर तटरक्षक जहाज तैनात कर रखे थे। उसके संपूर्ण राज्य में धर्मस्थलों, मठों-मंदिरों में पूजा-उपासना-कीर्तन होता रहता था, साथ ही वैदिक ऋचाओं से वहाँ का वातावरण गुंजायमान रहता था। धर्म, गायों और नारी की रक्षा करना शासन की सर्वोच्च प्राथमिकता थी। वह सर्वधर्म सम्मान में विश्वास करता था। उसने अपनी प्रजा के लिए कई कल्याणकारी कार्य संपन्न करवाए। 'चच नामाह' पुस्तक के आधार पर दाहर की हुकूमत 670 ई. से 712 ई. तक मानी जाती है।

□

बापा रावल

भारतीय इतिहास में बापा रावल का महत्त्वपूर्ण स्थान है। बापा के वंश का प्रादुर्भाव अयोध्या के राजा रामचंद्र से माना जाता है। इस कारण यह सूर्यवंशी कहा जाता है। मेवाड़ राजवंश के राज्यचिह्न व ध्वज में सूर्य का चिह्न भी सूर्यवंशी होने का प्रमाण है। श्यामलदास, पं. गौरीशंकर हीराचंद ओझा, रामवल्लभ सोमानी आदि इतिहासकारों ने भी बापा को क्षत्रियवंश का होना स्वीकारा है।

बापा के पिता के बारे में कई मत हैं, जिनमें ओझा का मत वर्तमान में अधिक मान्य है। उसके अनुसार बापा का पिता महेंद्र द्वितीय था। उसकी माता के नामों में गंगा दे, धनवती, विचित्र कुँवर के नाम मिलते हैं। बापा का जन्म 712–13 ई. में घासा (मावली) या नागदा में हुआ था।

बापा रावल का कालभोज नाम भी था। 'बापा' और 'रावल' उसके विरुद (उपाधि) हैं। अत: लोक में कालभोज की जगह बापा रावल नाम प्रचलित हो गया होगा, जिसने इतिहास में गुहिलवंश के एक प्रसिद्ध शासक के रूप में अपनी पहचान बनाई। मेवाड़ राज्य के शासकों के नाम के साथ 'रावल' शब्द इसके बाद ही लगाया जाने लगा।

प्रचलित मान्यता अनुसार बापा का बाल्यकाल नागदा में बीता। रामवल्लभ सोमानी के मतानुसार बापा के पिता ईडर के भीलों के साथ युद्ध में मारे जाने के बाद बापा अकेला नागदा की पहाड़ियों में रहने लगा। तब एक ब्राह्मण महिला ने अपनी गायों को चराने के लिए उसे रख लिया। श्यामलदास

ने इस बारे में लिखा कि "बापा होशियार होकर गाएँ चराता तब भोडेला तालाब के पीछे हारीत राशि मिला। बापा तब से हारीत की सेवा में लग गया। तभी बापा को एकलिंग के दर्शन बासों में स्थित शिवलिंग के रूप में हुए। जिससे बापा को काफी बरकत (उन्नति) प्राप्त हुई।"

वस्तुत: हारीत की कृपा से ही बापा के जीवन में चमत्कारी प्रगति हुई। वह एक निरीह चरवाहे से शक्तिशाली अजेय सम्राट् के रूप में उभरता हुआ आगे बढ़ा। बापा हारीत की गुरु के स्थान पर इष्टदेव के रूप में सेवा करता था। हारीत ने बापा को समाज में शांति व सुरक्षा की व्यवस्था के दिशा-निर्देश दिए। हारीत ने बापा को सैनिक, प्रशासनिक, नैतिकता, हिंदू धर्म-संस्कृति व देश रक्षा की शिक्षा विशेष रूप से प्रदान की।

बापा ने नागदा में रहकर एकलिंग की आराधना की, तब शिव ने वरदान दिया कि तुम चित्तौड़ के स्वामी बनोगे। चित्तौड़ सदा तुम्हारे वंशजों के अधिकार में रहेगा। तुम्हारी संतति अखंड रहेगी, उसने ऐसे कई वरदान प्राप्त किए।

बापा मनुराज मोरी (मान मोरी) को परास्त कर चित्तौड़ में 22 वर्ष की आयु में राज करने लगा। तथा 'रावल' पदवी प्राप्त की। उसका राज्याभिषेक वि.सं. 791 में होना माना गया है।

बापा ने चित्तौड़ पर विजय के बाद अपने नवस्थापित राज्य को स्थायित्व दिया। बापा के समक्ष अरब के म्लेच्छ खलीफाओं का संघर्ष था। अत: उसने अपनी शैन्यशक्ति बढ़ाने के लिए मालवा, गुजरात, आबू, नागौर, सिंधुतटीय क्षेत्रों को बलपूर्वक जीतकर अपने राज्य में मिला लिया। उसने गंगा सागर संगम, सेतुबंध रामेश्वर, द्वारका, सिंधु, हिंदूकुश एवं गजनी तथा कश्मीर के नरेशों को जीतकर अपनी राज्य सीमाओं का विस्तार किया।

बापा ने परमारों, भाटी, चौहानों, प्रतिहारों के साथ मिलकर आक्रमणकारी धर्मांध खलीफाओं के विरुद्ध एक संयुक्त मोर्चा बनाकर आततायी म्लेच्छों को सिंध के उस पार खदेड़ दिया और लाहौर को उनसे मुक्त कराया। फिर परसिया पर अधिकार किया। इस प्रकार उसका राज्य मध्य एशिया

तक फैल गया। जिसकी सीमा ईरान, इराक व खुरासान तक फैली हुई थी। इस संयुक्त मोर्चे में उज्जैन के प्रथम नागभट्ट प्रतिहार, सांभर-अजमेर का शासक अजयपाल, हाड़ौती का धवल, जैसलमेर का शासक देवराज भाटी तथा तत्कालीन अन्य शासक भी थे। इन्होंने अरब के खलीफाओं की सेना को ऐसा खदेड़ा कि 400-500 वर्षों तक वे भारत की ओर मुँह भी नहीं कर सके।

बापा विशालकाय था। उसका कद 9 हाथ (करीब 14 फीट) और भुजाएँ घुटनों तक लंबी थीं। रोबीला चेहरा, जिस पर लंबी मूँछें थीं। वह शरीर पर सोलह हाथ का उत्तरीय, कटि प्रदेश में पैंतीस हाथ की धोती और कमर में एक मन (करीब 40 किलो) की तलवार बाँधता था। वह महाबली था, जो दुर्गापूजा में दो भैसों को तलवार के एक ही वार से काट गिराता।

बापा ने अपने राज्यकाल में इष्टदेव एकलिंग का मंदिर बनवाकर उसकी प्रतिष्ठा का आयोजन किया। उसने जैन और शिव मंदिरों का निर्माण करवाया, जहाँ 180 मंदिरों की झालरें बजती थीं। उसने कुएँ, तालाब, बावड़ियों का निर्माण भी करवाया। बापा ने ब्राह्मणों, चारणों, भाटों को विपुल दान दिया।

बापा रावल के सोने के सिक्कों की जानकारी मिली है। जो उसे एक स्वतंत्र व प्रतापी शासक के रूप में स्थापित करते हैं।

बापा ने अपने गुरु हारीत राशि के वचनानुसार संगठित राष्ट्रीय शक्ति से अरब के खलीफाओं को परास्त कर देश में सुख-शांति स्थापित करने के पश्चात् संन्यास लेने का निश्चय किया। उसने अपने पुत्र 'खुम्माण को राज्य शासन सौंप दिया और वि.सं. 810 में संन्यास आश्रम के लिए गुरु के पास चला गया। उसके बाद नागदा में उसकी मृत्यु हुई। बापा का वहीं दाह-संस्कार कर समाधि मंदिर स्थापित किया गया। उसका समाधि मंदिर एकलिंग मंदिर से लगभग 3 किलोमीटर उत्तर में है।

'चित्तौड़ उदयपुर पाटनामा' में बापा के 27 विवाह चित्रांग मोरी की पुत्रियों से होना बताया है और 'खुम्माण रासो' में उसके 52 पुत्रों की जानकारी मिलती है। बापा के पुत्रों में खुम्माण प्रसिद्ध शासक हुआ।

बापा की अगवानी में भारतीय संयुक्त सेनाओं ने देश पर बार-बार होने

वाले अरब धर्मांध खालीफाओं के आक्रमणों से लोहा लेकर उन्हें पछाड़ा, ध्वस्त किया। उन्होंने देश की अखंडता, स्वतंत्रता, हिंदू धर्म-संस्कृति को बचाया। बापा राजनीति व कूटनीति दोनों में निपुण था। वह उच्चकोटि का विचारक और संत था। बापा शिव भक्त के रूप में अपनी अमिट निशानी छोड़ गया। उसने मेवाड़ राज्य का स्वामी 'एकलिंग' को मानकर एकलिंगजी के 'दीवाण' (मंत्री) के रूप में अपने-आपको स्थापित किया। उसने राजधर्म की उच्चतम व्यवस्था कायम की। उसने राज्य की ऐसी नींव रखी कि करीब 1400 वर्षों तक उसके वंशजों का मेवाड़ पर अखंड राज रहा। विश्व में ऐसा कहीं कोई राजवंश नहीं हुआ, जिसने इतने सुदीर्घकाल तक शासन किया हो। देशवासियों ने बापा को चक्रवर्ती सम्राट् के रूप में प्रतिष्ठापित किया।

□

प्रतिहार नागभट्ट प्रथम

प्रतिहारों ने मंडोर से अपना राज्य विस्तार किया। उन्होंने सर्वप्रथम चावड़ा राजपूतों से भीनमाल का राज्य अधिकृत किया। उसके बाद आबू, जालोर आदि क्षेत्रों को जीता। इसके बाद उन्होंने उज्जैन में राजधानी स्थापित की। इसी वंश में लगभग ई. 720 में नागभट्ट प्रथम हुआ, जिसने अपने बाहुबल से मालवा में अपनी स्थिति मजबूत बना ली।

उस समय भारत पर अरब के म्लेच्छों के भीषण आक्रमण हो रहे थे। उनके द्वारा सिंध पर कब्जा किया जा चुका था। सिंध का सूबेदार जुनेद और आगे बढ़कर धावे मार रहा था। जुनेद की सेना भीनमाल के चावड़ों और चित्तौड़ के मोर्यों को परास्त करते हुए प्रतिहार शासक नागभट्ट की राजधानी उज्जैन तक पहुँच गई। तब नागभट्ट ने अरब सेना का डटकर मुकाबला किया, भीषण संघर्ष हुआ, अरबों को परास्त होकर रणक्षेत्र से भागना पड़ा।

नागभट्ट ने भीनमाल के चावड़ों पर चढ़ाई की। चावड़े उसकी सेना से मुकाबला नहीं कर सके और नागभट्ट का भीनमाल पर अधिकार हो गया। नागभट्ट उज्जैन से अपनी राजधानी हटाकर भीनमाल ले आया। उन दिनों भीनमाल एक समृद्धिशाली व्यापारिक केंद्र था। सिंध की ओर से म्लेच्छों के आक्रमण को रोकने के लिए सामारिक दृष्टि से भी यह नगर उपयुक्त था।

उस काल में पश्चिमी भारत के सभी राज्यों के सामने अरबों की बढ़ती हुई बाढ़ को रोकना बड़ी समस्या थी। तब गुहिलोत बापा रावल (कालभोज) ने इस संकट से देश को उबारने के लिए संकल्प लिया।

उन्होंने अरबों का मुकाबला करने के लिए एक विशाल सेना तैयार की। इस संयुक्त मोरचे के समर्थन में नागभट्ट अपनी पूरी सैन्यशक्ति सहित साथ हो गया। साँभर-अजमेर नरेश अजयपाल चौहान और माड़ (जैसलमेर) का देवराज भाटी भी इस राजपूत सेना में आ मिले।

बापा रावल तथा नागभट्ट की सेना का अरबों से मुकाबला मारवाड़ के किसी स्थान पर हुआ, जहाँ भीषण जंग हुई। भारतीय वीरों के समक्ष अरब के आततायी ठहर नहीं सके, उनके पाँव उखड़ गए। भारतीय सेना ने अरबों की भगोड़ी सेना का सिंधु नदी तक पीछा किया। इस प्रकार क्षत्रियों ने अरबों को बुरी तरह परास्त कर सिंधु नदी के उस पार खदेड़ दिया और बप्पा ने ईरान तक का प्रदेश विजित किया।

अरबों पर इस ऐतिहासिक विजय के उपरांत विजित प्रदेश पुनः मूर्तिपूजा में संलग्न हो गया। नागभट्ट बड़ा शक्तिशाली राजा था। उसने म्लेच्छों का इस प्रकार संहार किया, जिस प्रकार चतुर्भुजधारी नारायण ने असुरों का संहार कर प्रजा की रक्षा की। इस विजय के उपलक्ष्य में प्रतिहारों ने 'आदिवाराह' की उपाधि धारण की। प्रतिहारों ने इस विजय की स्मृति में अपनी मुद्राओं पर वाराहावतार की आकृति उत्कीर्ण करवाई।

नागभट्ट तथा कालभोज (बप्पा रावल) ने म्लेच्छों को सिंधु नदी के पश्चिमी किनारे के पार खदेड़ दिया, अतः ये दोनों ही महावीर भारत के धर्म-संस्कृति के बड़े रक्षक और पूज्य समझे जाते हैं। इनके आभार से आर्य कभी मुक्त नहीं होंगे। जब खलीफा सेनाओं ने भारत पर वापस आक्रमण शुरू किए, तब नागभट्ट ने बप्पा रावल के पुत्र खुमान प्रथम से मिलकर अरबों के विरुद्ध फिर वहीं संयुक्त मोर्चा खड़ा किया और मलेच्छों पर आक्रमण कर उन्हें परास्त किया। नागभट्ट ने मालवा में जो थाने राष्ट्रकूटों के थे, उन्हें हटाकर पूरे मालवा पर अपना पुनः अधिकार कर लिया। संभवतः उसने अरबों को परास्त कर भड़ौच के आस-पास का क्षेत्र छीन लिया था तथा अपनी ओर से चाहमान शासक भतृवड्ढ द्वितीय को वहाँ का शासक नियुक्त किया। इस प्रकार वह गुजरात तथा राजपूताना के एक बड़े भू-भाग का शासक बन गया।

नागभट्ट के राज्य को शक्तिशाली, समृद्धिशाली और चोर–डाकुओं से सुरक्षित बताया गया है। इसने अरब के आततायियों को भारत से बाहर खदेड़कर देश में पुनः स्वतंत्रता, सुव्यवस्था स्थापित कर राष्ट्रीय सुरक्षा को सुदृढ़ किया। इसके राज्य में कला–शिक्षा का समुचित विकास हुआ। उज्जैन और भीनमाल में उच्च शिक्षा के केंद्र स्थापित किए गए। संस्कृत भाषा-साहित्य की उन्नति हुई। सुयोग्य विद्वानों, साहित्यकारों, ब्राह्मणों को वह भूमि दान में देता था। विद्यार्थियों के लिए भोजन, वस्त्र तथा अन्य वस्तुएँ देकर पुण्य अर्जित करता। धार्मिक अनुष्ठान तथा पर्व पर दानपुण्य करता था। उसने अपने राज्य में सरोवर और जलाशयों का निर्माण करवाया। उसने सभी धर्मों एवं संप्रदायों को संरक्षण प्रदान किया। नागभट्ट के बाद ककुस्थ गुर्जर देश और मालवा के प्रतिहार राज्य का राजा बना।

□

सम्राट् मिहिर भोज (प्रथम)

रामभद्र के बाद उसका पुत्र भोजदेव 836 ई. में सिंहासनारूढ़ हुआ। इतिहास में वह 'मिहिर भोज' के नाम से विख्यात है। वह अपने समय का उत्तर भारत का सबसे महत्त्वपूर्ण और शक्तिशाली शासक था। उसे विभिन्न विरुदों से पुकारा गया है। उसे 'आदिवराह' तथा 'प्रभास' की उपाधियों से विभूषित किया गया। उसने अपने पिता के शासनकाल में प्रतिहार साम्राज्य की जो शक्ति क्षीण हुई थी, उसे सुसंगठित कर के राज्य का विस्तार भी किया।

इसके समय में बंगाल के पालवंशी शासक ने इस पर चढ़ाई की, जिसमें पालवंशी परास्त हुआ। भोज की सेना ने बिहार, त्रिभूत और उत्तरी बंगाल को विजय करके प्रतिहार साम्राज्य में मिला लिया। इसके बाद उसने आसाम को भी अधीन कर लिया। बंगाल के युद्धों से निवृत्त हो जाने पर भोज ने पंजाब पर आक्रमण किया और उस पर अधिकार जमा लिया। भोज की बढ़ती शक्ति से घबराकर अफगानिस्तान के शाही वंश ने भी इससे मित्रता कर ली, जिससे वे भोज के अधीन हो गए।

भोज ने अपनी विजययात्रा जारी रखते सिंध के सूबेदार उमराव पर आक्रमण किया। वहाँ के अरबों को परास्त पर उन्हें कच्छ से निकाल दिया। उस काल में म्लेच्छों द्वारा जबरदस्ती मुसलमान बनाए गए हिंदुओं का भोज ने देवल ऋषि से शुद्धीकरण करवाया।

भोज ने अपने राज्य का विस्तार करने के लिए नेपाल के श्रावस्ती

मंडल को विजय किया; तिब्बत को अधीन किया; कश्मीर, खेटक मंडल और गंगावाड़ी क्षेत्रों को भी जीत लिया। इस प्रकार 'प्रतिहारों का मूल इतिहास' के लेखक देवी सिंह मंडावा के अनुसार—'इसका साम्राज्य बड़ा शक्तिशाली और समृद्धशाली था। यह प्रतिहार सम्राटों में सबसे महान् और शक्तिशाली शासक हुआ। भारत के हिंदूकाल में अशोक के बाद भोजदेव तथा इसके पश्चात् कोई दूसरा महान् सम्राट् नहीं हुआ। सम्राट् भोजदेव की विजय-पताका अफगानिस्तान से लेकर आसाम तक और उत्तर में कश्मीर से लेकर दक्षिण के आंध्र तक फहराती थी।" पश्चिम में भी इसका राज्य राजपूताने के बहुत बड़े भू-भाग पर फैला हुआ था। भोजदेव के राज्य को समृद्धिशाली, शक्तिशाली और विस्तार देने में उसके सामंतों का बड़ा योगदान रहा। इसके प्रमुख सामंतों में मंडोर के प्रतिहार, दिल्ली के तोमर (तंवर), कच्छ-काठियावाड़ के चालुक्य, अजमेर-शाकंभरी के चौहान; खेड़, आमेर, खोह और माँच (जमवा-रामगढ़), पश्चिम के मांड़ (वर्तमान जैसलमेर) भाटी शासक, मत्स्य क्षेत्र के बड़गुर्जर, बयाना और तवनगढ़ के यादव, वर्तमान चुरू-बीकानेर के क्षेत्र के यौद्धेय आदि इस विस्तृत साम्राज्य के सामंत थे।

सम्राट् भोजदेव जैसा एक सुयोग्य सेनापति और उत्तम शासक था, वैसा ही वह साहित्यानुरागी और कलाप्रेमी भी था। इसके समय में मेधातिथि और राजशेखर जैसे महान् विद्वान् इसके दरबार की शोभा बढ़ाते थे। भोजदेव ने अपनी कीर्ति को चिरस्थाई करने के लिए अपने नाम से चाँदी के सिक्के प्रचलित किए थे, जो 'आदिवराह द्रम' नाम से विख्यात हुए। सिक्कों की एक तरफ 'मदादिवराह' लेख अंकित है तथा दूसरी ओर वराहअवतार का चित्र है।

भोज ने 889 ई. के आसपास अपने पुत्र महेंद्रपाल के लिए सिंहासन त्याग दिया था। अहर-शिलालेख से पता चलता है कि वह 904-905 ई. तक जीवित था।

मिहिर भोज (प्रथम) गुर्जर-प्रतिहार वंश का बड़ा ही शक्तिशाली

तथा महत्त्वपूर्ण शासक था। अरब यात्री सुलेमान ने उसकी बहुत प्रशंसा की है। उसने भारत का वर्णन करते हुए लिखा है—"वहाँ एक राज जुरज (गुर्जर) कहलाता है। उसके पास बहुत लश्कर हैं। उसके पास जैसे घोड़े हैं, भारतवर्ष में किसी भी राजा के पास वैसे नहीं हैं। वह अपार धन एवं ऐश्वर्ययुक्त है। वह अरबों का शत्रु है। भारत में उससे बढ़कर मुसलमानी धर्म का शत्रु और कोई नहीं है। भारतवर्ष में कोई भी राज्य चोरों से इतना सुरक्षित नहीं है, जितना वह राज्य है।" एक अन्य लेखक महलबी ने लिखा है—"कन्नौज भारत की राजधानी है और सबसे बड़ा नगर है। कहते हैं कि इसमें केवल जौहरियों की तीन सौ दुकानें हैं।" डॉ. आर.सी. मजूमदार ने भोज के कार्यों का मूल्यांकन करते हुए लिखा है—"भोज ने एक प्रबल शासक के रूप में ख्याति प्राप्त कर ली थी। वह अपने साम्राज्य में शांति बनाए रखने तथा बाह्य आक्रमणों से उसकी रक्षा करने में सफल रहा। वह मुसलमानों के आक्रमण के विरुद्ध एक सुरक्षा दीवार की भाँति खड़ा था और अपने उत्तराधिकारियों के लिए अपने कार्य को विरासत के रूप में छोड़ गया।" इसी प्रकार राधाकुमुद मुखर्जी ने भी उसके राज्यकाल की प्रशंसा में लिखा—"उसके लगभग 50 वर्ष के राज्यकाल में प्रतिहार-वंश का उत्कर्ष अपनी चरम सीमा पर पहुँचा।"

यद्यपि भोज का साम्राज्य त्रिराज्य (प्रतिहार, राष्ट्रकूट एवं पाल) संघर्ष का केंद्र बना रहा, परंतु उसने लगभग आधी शताब्दी तक कन्नौज के मस्तक को ऊँचा उठाए रखा। उसका सबसे अधिक श्लाघनीय कार्य यह कि उसने मुसलमानों की प्रगति को रोक दिया और उनका दक्षिण अथवा पूर्व की ओर बढ़ने का दुःसाहस नहीं हुआ। उपरोक्त विवरणों से स्पष्ट हो जाता है कि भोज ने पश्चिम में अरबों के प्रसार को रोक दिया था। अपने इस वीर कृत्य द्वारा उसने भारतभूमि की महान् सेवा की थी।

भोज की 'ग्वालियर-प्रशस्ति' में इसकी कीर्ति के लिए लिखा गया है—"राजा रामभद्र ने जगत् की तृष्णा से मुक्त होकर विशुद्ध मन और सत्त्वगुणों का पालन करते हुए कामादि दोषों से रहित पुत्र प्राप्ति की आकांक्षा

से सूर्य की उपासना की तथा सूर्य उपासना से प्राप्त इस पुत्र को मिहिर नाम से जाना गया। जनहित में किए गए कार्यों एवं यश-प्राप्ति और जनता की सम्यक् देखरेख के कारण यह 'राजा भोज' कहलाया। यशस्वी और शांत चित्त वाले तथा गर्व के कलंक से दूर रहने वाले राजा भोज ने विष्णु और ब्रह्मा की तरह प्रसिद्धि प्राप्त की।"

□

गोगाजी चौहान

गोगाजी चौहान भारत के राजस्थान, उत्तर प्रदेश, पंजाब, हिमाचल, गुजरात, मध्य प्रदेश आदि प्रदेशों में विभिन्न वर्गों द्वारा लोकदेवता के रूप में विशेष रूप से पूजे जाते हैं। वे हिंदू और मुसलिम दोनों जातियों के उपास्य हैं।

गोगाजी के पूर्वज ददरेवा (चुरू जिला) के शासक थे। इनके पिता का नाम जेवर सिंह और माता का नाम बाछलदे था। इनका जन्मस्थान गढ़ ददरेवा (ददेरा) था। इनके जन्म का दिन व वर्ष के बारे में कोई पुष्ट प्रमाण नहीं हैं। प्रो. दशरथ शर्मा ने इनका काल ई.स. की दसवीं शताब्दी के अंतिम वर्ष से ग्यारहवीं शताब्दी का दूसरा दशक माना है।

गोगाजी साँपों के देवता माने जाते हैं। जब किसी को साँप डस ले तो उस व्यक्ति को गोगाजी के थान पर ले जाते हैं। वहाँ गोगा का उपासक (भोपा) साँप द्वारा डसे गए स्थान पर अपना मुख लगाकर चूसने की प्रक्रिया करता है, लोगों का विश्वास है कि गोगाजी की अलौकिक शक्ति से विष का असर उतर जाता है। भादों मास की कृष्ण पक्ष की नवमी को भारतवर्ष के अधिकांश हिंदू-मुसलिम 'गोगा नवमी' का उत्सव मनाते हैं। राजस्थान के लगभग सभी गाँवों में इनका मंदिर या थान होता है। इसलिए यह कहावत है कि 'गाँव-गाँव गोगो अर गाँव-गाँव खेजड़ी।' गोगामेड़ी जहाँ गोगाजी ने भूमि समाधि ली थी, गोगामेड़ी के नाम से विख्यात है। गोगामेड़ी में हर वर्ष भादों मास में इनका विशाल मेला लगता है। गोगाजी का एक विशिष्ट नाम 'जाहर पीर' भी है।

गोगाजी के काल में म्लेच्छ महमूद गजनवी ने भारत में लूट मचा रखी थी। उसने भारत को लूटने के लिए 17 बार आक्रमण किए। वह अपनी विशाल सेना के साथ आक्रमण करता, हिंदू राजाओं से युद्ध करता और राजकीय खजाने, मठ–मंदिरों, सेठ–साहूकारों से जो भी धन मिलता, उसे लूटकर ले जाता, साथ में हिंदू नर–नारियों को बंदी बनाकर गजनी ले जाता, जिन्हें वह कैदियों की तरह रखता। इस संदर्भ में फरिश्ता ने लिखा है कि 'उस समय हिंदू दास–दासियों से अँटी पड़ी गजनी किसी हिंदुस्तानी नगर जैसी मालूम पड़ती थी।'

भारत में लूट के इसी क्रम में महमूद गजनवी ने सन् 1011–12 में थानेसर की लूट का अभियान प्रारंभ किया। वह मुल्तान से मूमलकोट पहुँचा। यहाँ से उसकी सेना आगे बढ़ी तो गोगाजी ने उसकी गति रोक दी। तब महमूद ने गोगाजी के पास अपने दूतों को भेजा। जिनमें उसका बेटा सालार मसऊद, जो उस समय सेना का सेनापति था तथा तिलक हज्जाम थे। वे दोनों गोगाजी की मेड़ी गए और उनके दरबार में पहुँचकर गोगाजी को अभिवादन करके हीरों से भरा हुआ एक थाल उनके चरणों में रख दिया और कहा कि 'आपकी शूरवीरता और बुजुर्गी पूजा योग्य है, गजनी के महमूद ने यह तुच्छ भेंट अपनी मित्रता के उपलक्ष्य में भेजी है।'

तब गोगाजी ने उनसे पूछा, 'अमीर क्या चाहता है?' मसऊद ने कहा, 'आप मरुस्थली के महाराज हैं, अमीर मरुस्थली में होकर कुरुक्षेत्र जाने की इजाजत चाहता है।' यह सुनते ही गोगाजी का खून खौल उठा। वे कहने लगे, 'महमूद मुझसे विनय चाहता हैं? इसलिए कि उसके सैनिक गायों को काटें, अबलाओं का मान भंग करें, ब्राह्मणों को कैदी बनाएँ, मंदिरों को तोड़ें, मूर्तियों और तीर्थ–स्थलों को अपवित्र करें, सारी संपत्ति लूटकर गाँवों को जलाकर राख करें?'

गोगाजी का रोष भरा जवाब सुनकर महमूद के दोनों दूत मुँह उतारकर लौट पड़े।

गोगाजी अपने कर्तव्य पर अटल थे। अंततः नौहर के पास आततायी

म्लेच्छों की विशाल सेना और गोगाजी के गिने-चुने 800 राजपूत वीरों के बीच निर्णायक युद्ध हुआ। महमूद के पास 12 हजार बलूची सवार थे। गोगाजी के वीरों ने शत्रु पर प्रबल आक्रमण किया, तुर्कों के होश उड़ गए। केसरिया बाना धारण किए गोगाजी की तलवार के वार से बलूचों में भगदड़ मच गई। गोगाजी की अद्भुत वीरता को देख महमूद चकित रह गया। महमूद गोगाजी को जीवित पकड़ना चाहता था, पर ऐसे शूरवीर को जीवित पकड़ना असंभव था। गोगाजी पर असंख्य म्लेच्छ टूट पड़े। देखते ही देखते 800 राजपूत और 300 अन्य वीरों ने युद्ध में प्राणोत्सर्ग किया, साथ ही गोगाजी ने भी अपनी जन्मभूमि, धर्म और प्रजा की खातिर शत्रुओं से लड़ते-लड़ते आत्मबलिदान किया।

महमूद की विशाल सेना के विरुद्ध थोड़े से हिंदुओं की हार तो निश्चित थी, परंतु उन्होंने बड़ी वीरता के साथ महमूद की सेना का विनाश तो कर ही दिया। आज भी गोगा मेड़ी पर आने वाले जातरू पीले वस्त्र धारण कर के आते हैं, जो उसी ऐतिहासिक बलिदान की याद दिलाते हैं।

गोगाजी द्वारा आततायी म्लेच्छों के विरुद्ध लड़े गए इस ऐतिहासिक धर्मयुद्ध में उनके 45 पुत्रों एवं 60 भतीजों ने भी वीरतापूर्वक लड़ते हुए अपना बलिदान दिया। इस संदर्भ में 'राजस्थान का पुरातत्त्व एवं इतिहास' में लेखक कर्नल जेम्स टॉड ने लिखा है, "देश की रक्षा करता हुआ वह (गोगा) पैंतालीस पुत्रों एवं साठ भतीजों के साथ युद्धभूमि पर वीरगति को प्राप्त हुआ। वह नवमी तिथि एवं रविवार का दिन था। उस दिन को आज भी संपूर्ण राजपूताना में छत्तीस जातियाँ पवित्र मानती हैं। मरुस्थल में तो उसका और भी विशिष्ट सम्मान है। इसके एक विशिष्ट भाग को गूगादेव का थान कहते हैं। ऐसा ही उसका घोड़ा जावड़िया भी एक स्वामिभक्त युद्ध के घोड़े के रूप में संपूर्ण राजपूताना में याद किया जाता है और वह अमर है। राजपूताना के वीर आज भी 'गूगा की साखा' के नाम से शपथ लेते हैं और सतलुज पार आते महमूद का रास्ता रोकने वाले उस वीर के पराक्रम को स्मरण करते हैं।"

लोक प्रसिद्ध है कि गोगामेड़ी से थोड़ी दूर गोगाणा तालाब के किनारे

गोरखनाथ ने तपस्या की थी। संभवत: दोनों महापुरुषों का मिलन इसी स्थान पर हुआ और गोगाजी यहीं पर गुरु गोरखनाथ के द्वारा नाथ संप्रदाय में दीक्षित हुए गए।

गोगाजी पूरे भारत में हिंदू और मुसलमानों के द्वारा लोकदेवता के रूप में पूजे जाते हैं। इनको 'पीर' (सिद्ध पुरुष) के नाम से भी पुकारा जाता है। गोगाजी का सर्पों के साथ संबंध होने के कारण लोग भय से उन्हें भगवान् से भी बड़ा मानते हैं। इस बारे में राजस्थान में यह कहावत प्रचलित है—'गोगौ बड़ो क राम?' यह तो सभी जानते हैं कि बड़ा तो जो है, वही (परमपिता परमेश्वर) है, पर गोगाजी को छोटा बताकर परड़ों (सर्पों) से वैर कौन बाँधे?

गोगामेड़ी गोगाजी का महान् श्रद्धास्थल है। उस महापुरुष का स्मारक स्थल है, जिसने स्वदेश की रक्षा, नारियों, ब्राह्मणों और धर्म की रक्षार्थ महमूद गजनवी की विशाल सेना से लोहा लेकर अपने 45 पुत्रों एवं 60 भतीजों और सैनिक वीरों के साथ रणांगण में अपना बलिदान दिया।

□

भारतेश्वर सम्राट् पृथ्वीराज चौहान

पृथ्वीराज सोमेश्वर का ज्येष्ठ पुत्र था। इसका पिता सोमेश्वर प्रारंभ से ही अपने नाना जैसिंह सिद्धराज के पास गुजरात (पाटन) में रहता था। अतः पृथ्वीराज का जन्म कर्पूरी देवी (कर्पूर देवी) की कोख से वि.1223 (1166 ई.) में गुजरात में हुआ था।

पृथ्वीराज द्वितीय की निःसंतान मृत्यु हो जाने पर सपादलक्ष के मंत्री सोमेश्वर को गुजरात से अजमेर ले आए और उसे अजमेर का शासक बना दिया। तीन वर्ष का पृथ्वीराज भी अपनी माता के साथ अजमेर आ गया। वह बड़ा हुआ तो योग्य गुरुओं द्वारा उसे शिक्षा दी गई। उसने 64 कलाओं एवं 14 विद्याओं का अच्छा ज्ञान प्राप्त किया। वह छह भाषाओं का ज्ञाता हो गया। वह धर्मशास्त्र, गणित, चिकित्सा, विज्ञान, संगीत का भी पर्याप्त ज्ञाता था। उसे आखेट का बहुत शौक था।

अपने पिता की मृत्यु के समय पृथ्वीराज की आयु मात्र 11 वर्ष की थी। कुल परंपरानुसार उसका राज्याभिषेक किया गया। शुभ मुहूर्त में उसे स्वर्ण सिंहासन पर बैठाकर पुरोहित ने उसका तिलक किया। वहाँ उपस्थित सरदारों ने उसको जुहार कर नजरें भेंट कीं। उसके सामंत भी उपस्थित थे। उस वक्त राजदरबार की सजावट अति सुंदर थी। अंत में राजधानी में शोभयात्रा निकाली गई।

पृथ्वीराज के बालिग होने तक शासन संचालन का भार उसकी माता को सौंपा गया। वह विवेकशील, धैर्य, उदारवृत्ति वाली चतुर नारी थीं। उसने अपने

प्रधान मंत्री कैमास (कदम्वास) और अन्य मंत्रियों की राय से राजकार्य उत्तम रीति से चलाया। राज्य में अमन-चैन व सुख-शांति से प्रजा खुशहाल व अपने राजा के प्रति समर्पित थी।

उस काल में नागों ने अजमेर राज्य के प्रति विद्रोह किया, पर कर्पूरी देवी ने शीघ्र ही अपनी सेना भेजकर नागों को समूल नष्ट कर दिया।

पृथ्वीराज जब युवा अवस्था में पहुँचा तो वह अपने पौरुष, निर्भीक, चतुर, राजनीतिज्ञ, कुशल शासक, शूरवीरता आदि सभी आदर्श सम्राट् के गुणों से विभूषित हो रहा था।

नागार्जुन ने पृथ्वीराज से बगावत कर गुडपुर पर अधिकार कर लिया। पृथ्वीराज ने अपनी विशाल सेना के साथ गुडपुर किले को घेर लिया, शत्रु भाग छूटे और पृथ्वीराज ने किले पर आसानी से अधिकार कर लिया। उसके सहयोगियों को बंदी बनाकर अजमेर ले आया, उनके सर कटवाकर किले के मुख्यद्धार पर लटका दिए।

नार्गाजुन की बगावत में संभवतः भदानकों का सहयोग था। इसलिए पृथ्वीराज ने उनके प्रदेश पर आक्रमण कर भीषण युद्ध किया, जिसमें भदानिकों की सेना बुरी तरह पराजित हुई। पृथ्वीराज ने संपूर्ण भदानक प्रदेश को अपने साम्राज्य में मिला लिया।

उस काल में मंडोर (जोधपुर) पर नाहड़राव (नागभट्ट) प्रतिहार का शासन था। पृथ्वीराज ने अपने राज्य विस्तार के लिए मंडोर पर आक्रमण किया। शक्तिशाली नाहड़राव ने डटकर मुकाबला किया, भीषण युद्ध हुआ, जिसमें दोनों ओर के कई वीर काम आए। अंत में प्रतिहार ने हार मानकर अपनी पुत्री का विवाह पृथ्वीराज के साथ कर दिया।

जम्मू के शासक विजयराज से पृथ्वीराज का वैमनस्य था। अतः पृथ्वीराज की सेना ने जम्मू पर आक्रमण कर उस इलाके को लूटा। इसी लूट के बदले में विजयराज तराईन के दूसरे युद्ध में गोरी के साथ जा मिला।

शहाबुद्दीन (मुहम्मद) गोरी सन् 1173 ई. में गोरी का शासक बना। गोरी अत्यंत महत्त्वाकांक्षी आततायी था। प्रारंभ में उसने मुलतान के मुसलमानों

से इलाका छीना। उसके बाद उसने उछा के भाटी शासक को धोखे से मरवा दिया और उछा पर कब्जा कर लिया। उसने गुजरात पर चढ़ाई की। वह मार्ग में लूट-पाट, अत्याचार मंदिरों को तोड़ता हुआ भाटियों की राजधानी लोद्रवा जा पहुँचा, वहाँ उसकी सेना की भाटियों की सेना से मुठभेड़ हुई, जिससे दोनों में घोर संग्राम हुआ।

वहाँ के शासक भोजदेव ने साका और वीरांगनाओं ने जौहर किया। गोरी की अत्याचारी सेना ने लोद्रवा को लूटकर नगरी को तहस-नहस कर दिया। पर भोजदेव के भतीजे वीरवर जैसल ने गोरी सेना पर रात्रि में छापा मारकर लूट का माल छीन लिया और गोरी के सेनापति को मौत के घाट उतार दिया।

गोरी नाडोल के मंदिरों को तोड़ता हुआ जालोर पहुँचा। जालोर को बरबाद किया, मंदिरों को तोड़कर गुजरात की ओर बढ़ा। वहाँ नाईको (नायल देवी) ने उसका सामना किया। आबू के परमार शासक ने भी गोरी पर आक्रमण कर उसे पराजित किया। गोरी घायल हो गया, जान बचाकर युद्धक्षेत्र से भाग गया। गोरी ने दक्षिणी सिंध पर भी हमला कर उसे दबा लिया और मालिक खुसरो को धोखे से मार दिया। उसने लाहौर पर भी कब्जा जमा लिया था।

चंदेल और पृथ्वीराज कारण विशेष से एक-दूसरे के शत्रु थे। अतः भदानकों पर विजय पाने के बाद पृथ्वीराज ने चंदेलों पर चढ़ाई का निश्चय किया। उसने अजमेर से विशाल सेना के साथ महोबा के लिए प्रस्थान किया। पृथ्वीराज ने चंदेलों के सिरसा गढ़ पर हमला किया। घमासान युद्ध हुआ, जिसमें वहाँ का किलेदार काका कन्ह के हाथों मारा गया। चंदेल सेना भाग छूटी। गढ़ पर चौहानों का अधिकार हो गया।

यहाँ से चौहान सेना महोबा की ओर बढ़ी। चंदेलों और चौहानों के बीच बैरागढ़ में युद्ध हुआ। चंदेल सेना का नेतृत्व प्रसिद्ध वीर आल्हा और चौहान सेना का संचालन काका कन्ह कर रहा था। कई दिनों तक भीषण युद्ध चलता रहा तो ऊदल भी युद्ध में उतर पड़ा। दोनों ओर से हजारों वीर मारे गए। अंत में काका कन्ह के हाथों ऊदल रणखेत रहा और आल्हा ने तो युद्धोपंरात

संन्यास ही ले लिया। चौहानों ने चंदेलों पर महान् विजय हासिल कर महोबा पर अधिकार कर लिया।

अपरिहार्य कारणों से पृथ्वीराज और गुजरात के शासक सोलंकी भीम द्वितीय के बीच अच्छे संबंध नहीं रहे। भीम ने अपने प्रधान जगदेव प्रतिहार के द्वारा पृथ्वीराज के साम्राज्य के पश्चिमी भाग पर आक्रमण करवाया। वह विजय करता हुआ नागौर तक पहुँच गया। तब पृथ्वीराज ने अपनी सेना मुकाबले के लिए भेजी। भीषण युद्ध में सोलंकी सेना पराजित हुई और जगदेव ने संधि करके गुजरात की सेना द्वारा विजित क्षेत्र वापस लौटाए और पृथ्वीराज को अच्छी राशि भेंट की।

गोरी अपना अधिकार क्षेत्र बढ़ाने, लूट-पाट करने और हिंदुओं पर अत्याचार करने के लिए बड़ी सेना के साथ तबरहिंद (सरहिंद) किले की ओर बढ़ा और उसने कुछ समय के लिए वहाँ कब्जा कर लिया। उसने आगे बढ़कर मुलतान को अपनी राजधानी बनाया और पश्चिमी भारत के अनेक नगरों को उजाड़ा, महिलाओं की इज्जत लूटी।

गोरी के अत्याचारों को जानकर पृथ्वीराज क्रोधित हुआ। उसने गोरी के दमन हेतु बड़ी घुड़सवार सेना और तीन हजार हाथियों की सेना के साथ चढ़ाई की। इस रण अभियान में पृथ्वीराज के साथ समूचे भारत के राजा शामिल हुए। दोनों पक्षों की सेनाओं ने ई. 1191 में तराईन के मैदान में पड़ाव डाला।

राजपूत सेना ने शत्रु पर प्रचंड वेग से आक्रमण किया, जो म्लेच्छ सेना झेल नहीं सकी और वह युद्धक्षेत्र से भाग खड़ी हुई। पलायन करती सेना को देखकर गोरी भौचक्का रह गया। उससे रहा नहीं गया। उसने राजपूत सेना के हरावल में घुसकर गोविंदराज के हाथी पर अपना घोड़ा कुदाकर गोविंदराज पर भाले से प्रहार किया, जिससे उसके दो दाँत टूट गए। गोविंदराज ने आवेश में आकर गोरी पर साँग मारी, जिससे उसका हाथ बहुत जख्मी हो गया, वह मूर्च्छित होकर भूमि पर गिर पड़ा। राजपूत सेना ने गोरी को बंदी बना लिया और उसका उपचार किया।

गोरी की पराजित सेना भागती गई, जिसका राजपूतों ने 40 मील तक

पीछा किया। पृथ्वीराज की सेना ने आगे बढ़कर तबरहिंद के दुर्ग को गोरी के सेनापति से छीन लिया। मुसलमानों की ऐसी बुरी पराजय कभी नहीं हुई।

गोरी द्वारा क्षमा-याचना करने और पृथ्वीराज की माता के कहने पर उसे कैद से मुक्त करके मुलतान भिजवा दिया। यह हिंदुओं की बड़ी राजनैतिक भूल थी, जिसके दुष्परिणाम बाद में देश को भुगतने पड़े। उसका खामियाजा केवल पृथ्वीराज को ही नहीं, अपितु समूचे राष्ट्र को वर्षों तक भुगतना पड़ा। राष्ट्र की स्वतंत्रता, अखंडता, धर्म-संस्कृति का ह्रास हुआ, बेहद अत्याचार भुगतने पड़े।

चौहानों के उत्कर्षकाल में कन्नौज के गहड़वाल भी बड़े शक्तिशाली थे। चौहानों का दिल्ली कर कब्जा हो जाने से गहड़वालों को बड़ी ईर्ष्या हुई। वैसे पृथ्वीराज ने चंदेलों पर चढ़ाई की, तब चंदेलों की सहायता के लिए जयचंद ने अपनी सेना भेजी थी। इससे भी चौहानों व गहड़वालों के आपसी संबंध बिगड़ गए थे। पृथ्वीराज के समय कन्नौज का राजा जयचंद था। उसने अपनी प्रतिष्ठा बढ़ाने राजसूय यज्ञ करने का निश्चय किया, जिसमें अपनी पुत्री संयोगिता का स्वयंवर रच डाला। इस स्वयंवर में जयचंद ने पृथ्वीराज को आमंत्रित ही नहीं किया। साथ ही उसको अपमानित करने के विचार से उसकी मूर्ति बनवाकर द्वार पर रखवा दी।

संयोगिता पृथ्वीराज की वीरता-शौर्य की प्रशंसा सुन चुकी थी। अतः उसने तो पहले से ही पृथ्वीराज को वरण करने का संकल्प ले रखा था। उसने पृथ्वीराज की मूर्ति को जयमाला पहनाकर उसे वर लिया। इस पर जयचंद बहुत नाराज हुआ।

पृथ्वीराज को जब यह सारी घटना मालूम हुई तो वह 1,100 सैनिकों और 106 सामंतों के साथ गुप्त रूप से कन्नौज पहुँच गया और राजकुमारी संयोगिता का हरण कर दिल्ली की ओर चल पड़ा। जयचंद को पता चलते ही उसकी विशाल सेना ने उसका पीछा किया। जयचंद की विशाल सेना से चौहानों के सामंतों ने एक-एक कर उनका सामना किया। चौहानों के लोहाना आजान बाहु, गोयंददास गहलोत, पंजवनराय कछवाहा आदि सामंत एक-एक

करके जयचंद की सेना का मार्ग में मुकाबला करते रहे, शत्रुओं का संहार करते हुए वे स्वयं भी वीरगति को प्राप्त हुए। तीन दिन के मार्ग में चौहानों के कई वीर जयचंद की सेना से लड़ते हुए काम आए। अंत में चंद बरदाई, गुरु रामदास पुरोहित तथा जैन परमार (मंत्री) एवं शेष रहे सामंतों के साथ पृथ्वीराज संयोगिता के साथ दिल्ली पहुँच गया।

तराईन के प्रथम युद्ध की बुरी पराजय से गोरी को सदमा हो गया, वह गजनी लौट गया। वहाँ कुछ ठहरकर बदला लेने की भावना से ग्रसित होकर फिर उठने की तैयारी में जुट गया। उसने एक लाख बीस हजार की सेना इकट्ठी की और 1192 में पुनः पृथ्वीराज से लड़ने के लिए उसने भारत की ओर प्रस्थान किया। जंबू का राजा भी गोरी के साथ हो गया।

पृथ्वीराज को जब इस आक्रमण का समाचार मिला तो वह भी युद्ध के लिए तैयार हुआ। हालाँकि उस समय उसकी दो सैनिक टुकड़ियाँ कहीं दूसरी जगह युद्ध में व्यस्त थीं, फिर भी वह अपनी हिम्मत व आत्मविश्वास के साथ बहुत से हाथी और 70 हजार घुड़सवारों की सेना लेकर शत्रु से लोहा लेने को तत्पर हुआ।

गोरी जब लाहौर पहुँचा तो उसने दूत भेजकर पृथ्वीराज को कहलवाया कि वह इसलाम धर्म स्वीकार कर ले और गोरी की अधीनता मान ले। पृथ्वीराज ने उसे कड़ा जबाव भेजा कि "वह गजनी लौट जाए, अन्यथा उसकी भेंट युद्धस्थल में होगी।" गोरी ने इस पर पुनः दूत के साथ पृथ्वीराज को कपट के साथ कहलवाया कि वह युद्ध की अपेक्षा संधि को अच्छा मानता है, अतः इस संबंध में वह अपने भाई से पूछेगा। उसे ज्यों ही गजनी से आदेश मिलेगा, वह लौट जाएगा और पंजाब, मुल्तान एवं सरहिंद को लेकर संतुष्ट हो जाएगा।"

गोरी का यह मात्र छलावा था। पृथ्वीराज की सेना इस भ्रम में कि कोई संधि या सुलह हो जाएगी, यह सोचकर थोड़ी निश्चिंत सी हो गई और कई दिनों तक सेनाएँ पड़ी रहीं। गोरी ने छलावे की आदतानुसार पृथ्वीराज की सेना पर अचानक आक्रमण किया, जिसकी उम्मीद भी नहीं थी। पृथ्वीराज

की सेना ने जमकर मुकाबला किया। वीरवर चामुंडराय ने जंबू के राजा को मार गिराया। पृथ्वीराज के कई वीर सामंत मारे गए, जिनमें बग्गरीराय लोहाना, चामुंडराय दाहिमा, जैत परमार (मुख्यमंत्री) दिल्ली का सामंत गोविंदराज, पंजवनराय कछवाहा का पुत्र बलभद्र, पावस पुंडीर, आदि प्रमुख थे। इन सामंतों के वीरगति पाने पर पृथ्वीराज को लगा कि युद्ध हाथ से निकलने वाला है, तब वह हाथी से उतरा और गुरु रामदास को अपने कानों के कुंडल दान कर घोड़े पर सवार होकर युद्ध करने लगा।

युद्ध में गुरु रामदास भी मारे गए। पृथ्वीराज युद्ध कर रहा था। उसको बचाने के लिए नाहड़राव पड़िहार ने घोर युद्ध किया, पर वह भी वीरगति को प्राप्त हुआ, तब पृथ्वीराज युद्धक्षेत्र से बाहर निकला। गोरी की सेना ने उसका पीछा किया और आखिर में गोरी की सेना ने उसे पकड़ लिया। पृथ्वीराज को बंदी बनाकर गोरी ने अजमेर के लिए कूच किया। मार्ग में आने वाले मंदिरों को उसने तुड़वा दिया।

अजमेर पहुँचने पर किले की रक्षार्थ छोड़ी गई चौहान सेना ने गोरी से डटकर युद्ध किया, हजारों वीरों ने बलिदान दिया, उसके बाद ही गोरी अजमेर पर अधिकार कर सका। अजमेर में गोरी ने सभी मंदिरों को तुड़वा दिया।

ऐसा कहते हैं कि गोरी ने पृथ्वीराज को अजमेर में कैद से मुक्त कर दिया था। परंतु पृथ्वीराज की इसलाम के प्रति घृणा तथा किसी संभावित षड्यंत्र की आशंका से पृथ्वीराज का अजमेर में ही सर कटवा दिया था। उस समय पृथ्वीराज की आयु केवल 26 वर्ष थी। हम्मीर महाकाव्य में भी पृथ्वीराज को अजमेर में मारा जाना लिखा है। 'पृथ्वीराज रासो' में पृथ्वीराज को गजनी ले जाना, उसे अंधा किया जाना, शब्द भेदी बाण चलाना, पृथ्वीराज के बाण से गोरी का मारा जाना आदि जो विवरण मिलते है, उन्हें अधिकांश विद्वान् क्षेपक मानकर अस्वीकार करते हैं।

ठाकुर सवाईसिंह धमोरा द्वारा 'पृथ्वीराज रासो' आधारित लिखित 'सम्राट् चौहाण पृथ्वीराज' पुस्तक की कुछ पक्तियाँ यहाँ उद्धृत करना प्रासंगिक होगा—

सूर गहनु टरि गयौ, सूरगह भयौ राज तन।
भारथ भर बित्तयौ, भार उत्तयौं भुअन थन॥
हर हरनि मंड्यौ, सार संभरि तन तुट्यौ।
रे हिंदू रे मुसलमान, बग्गह खल खुट्यौ॥
सचरिग गल्ह संसार सिर, खरह संझ ग्रम्भह भरिय।
घन घाय साहि चहुआन दिय, गज्जनेस दिसि संचरिय॥

अर्थ—पृथ्वीराज के घायल अवस्था में पकड़े जाने का अपवाद समाप्त हुआ, क्योंकि उसका कुछ ही समय में स्वर्गवास हो गया, वह वीर मारा गया। फिर भी उसके द्वारा पृथ्वी का भार हलका हुआ, वह शिव की माला को शोभा स्वरूप हो गया और उस वीर संभरी नरेश का शरीर शस्त्रों द्वारा नष्ट हुआ। कवि कहता है—हे हिंदू और मुसलिम वीरो! वह दुष्टों का संहारकर्ता सिंह आज समाप्त हो गया। गर्व से भरा हुआ वह वीर सायंकाल होते-होते इस संसार से विदा हो गया, किंतु उस वीर की ख्याति संसार में फैल गई। उस चहुआन राजा ने शहाबुद्दीन को भी घावों से छका दिया। अत: वह भी गजनी की ओर लौट गया।

प्रथा सथ्थ सह गवनि, खनि सज्जिय सुराज दह।
सघन कुसम सुर वास, सिलियमुख गुंज मुंज तह॥
मुकता मनि उच्छार, झार आवास समुज्जल।
अंग-रख्खि-दुव सत्त, तिके आ वरिय अप्प हल॥

अर्थ—प्रथा कुमारी के साथ-साथ पृथ्वीराज की दस रानियाँ भी अपने पति के साथ सती होने के लिए सुसज्जित हुईं। उनके वचनों से पुष्पों की सी सरस सौरभ फैल रही थी। जिससे उन पर श्रेष्ठ भँवरे गुंजार करते हुए मँडरा रहे थे। वे मोती और मणि राशि उछालती हुई प्रज्वलित चिता की उज्ज्वल ज्वालाओं में, जो आकाश को छू रही थीं, अपने प्रिय के शरीर को अंक में लेकर प्रवेश कर गईं और भस्म होती हुई (पृथ्वीराज से) जा मिली।

पृथ्वीराज और गोरी के बीच हुए युद्धों के बारे में लेखक एक मत नहीं हैं। कुछ इतिहासकार उनके बीच केवल एक तराईन का युद्ध होना मानते हैं तो

दूसरे दो युद्ध मानते हैं, जबकि 'पृथ्वीराज रासो' के अनुसार पृथ्वीराज और मुहम्मद गोरी के बीच 21 लड़ाइयाँ हुईं, जिनमें चौहान विजयी रहे। 'हमीर महाकाव्य' में पृथ्वीराज द्वारा सात बार गोरी को परास्त करना बताया गया है। 'पृथ्वीराज प्रबंध' में 8 बार हिंदू-मुसलिम संघर्ष का उल्लेख हुआ है। प्रबंधकोष का लेखक 20 बार गोरी को पृथ्वीराज द्वारा कैद करके मुक्त करना बताता है। 'सुर्जन चरित्र' में 21 बार और 'प्रबंधमणि' में 23 बार गोरी का हारना अंकित है।

निष्कर्ष रूप में माना जा सकता है कि ये सभी युद्ध गोरी और चौहानों के बीच सीधे नहीं हुए हों और उनकी सेनाओं के साथ हुए हों।

कई इतिहासकार पृथ्वीराज का एक ही पुत्र गोविंद राज को मानते हैं, परंतु अन्य ऐतिहासिक स्रोतों से पृथ्वीराज के रेणसी, बलभद्र, भरत, अक्षयकुमार, जोध एवं लाखन पुत्रों की भी जानकारी मिलती है।

पृथ्वीराज की उज्ज्वल कीर्ति भारतीय इतिहास के नभ में ध्रुवतारे की भाँति आज भी देदीप्यमान है। आठ शताब्दियों के बाद भी वह कोटि-कोटि हिंदुओं का हृदयसम्राट् है। वह भारत का अंतिम हिंदू सम्राट् कहा जाता है। लोगों की धारणा है कि उसके बाद इतना पराक्रमी हिंदू राजा यहाँ पर नहीं हुआ।

पृथ्वीराज ने 14 वर्ष की आयु में शासन सँभालते ही कई शत्रुओं को परास्त किया। युद्ध का संचालन वह स्वयं करता था। वह अपने युग का अद्वितीय शासक उद्भट वीर एवं उच्चकोटि का सेनानायक था। वह एक हजार प्रदेशों का स्वामी था। उसका राज्य सतलज नदी से बेतवा तक तथा हिमालय के नीचे के भागों से लेकर आबू तक विस्तृत था। उसका संपूर्ण जीवन आतताइयों एवं विद्रोहियों के दमन और उनसे युद्ध करते बीता। उसने अपने छोटे से जीवनकाल में अनेक छोटे-बड़े युद्धों में विजय हासिल की।

पृथ्वीराज केवल विजेता, कुशल प्रशासक तथा राज्य निर्माता ही नहीं था, वरन् गहरा साहित्य-प्रेमी था। वह विद्वानों का आश्रयदाता था। उनका यथोचित मान-सम्मान करता था। वह स्वयं छह भाषाओं का ज्ञाता था तथा विद्वानों के शास्त्रार्थ में स्वयं निर्णायक के रूप में बैठता था। अल्प आयु में

सभी विषयों में पारंगत होना उसकी उच्च कोटि की प्रतिभा का प्रमाण था। वह विराट् व्यक्तित्व का धनी था।

पृथ्वीराज यदि तराईन के प्रथम युद्ध में गोरी को सदा के लिए खत्म कर देता तो वह सदैव अविजित शासक बना रहता। परंतु राष्ट्रशत्रु के प्रति उसकी निरर्थक उदारता, दया और पराजय ने मिलकर राष्ट्र के भावी इतिहास को भी बदल दिया। वस्तुतः गोरी केवल पृथ्वीराज का व्यक्तिगत शत्रु ही नहीं था वरन् संपूर्ण हिंदू राष्ट्र-धर्म-संस्कृति एवं परंपरा का घोर दुश्मन था।

जब तक विश्व में शौर्य एवं वीरता की पूजा होगी, तब तक पृथ्वीराज भी पूजा जाएगा।

□

हठी हमीर रणथंभौर

पृथ्वीराज (तृतीय) की मृत्यु के बाद उनके पुत्र गोविंदराज ने रणथंभौर (रणथंभौर) में अपनी नई राजगद्दी स्थापित की। उनकी सातवीं पीढ़ी में महावीर हमीर (हम्मीर) उत्पन्न हुए। हमीर के पिता जैतसिंह (जैत्रसिंह) थे। उनकी माता का नाम हीरा देवी था।

राजस्थान में हमीर और रणथंभौर एक-दूसरे के पर्यायवाची शब्द कहे जाते हैं। इस दुर्ग को विजित करने मुसलिम सत्ता बार-बार प्रयास करती रही। इसका इतिहास आक्रमण, प्रत्याक्रमण, स्वतंत्रता और पुनः आक्रमण का इतिहास रहा है। दुर्ग के अधिपति हमीर और दिल्ली के अलाउद्दीन के बीच जो ऐतिहासिक युद्ध हुआ, वह चिरस्मरणीय बन गया और इसी कारण हमीर 'हिंदू शिरोमणि' भी कहलाने लगे।

हमीर का राज्याभिषेक वि.सं. 1339 में हुआ। राज्यारोहण के कुछ समय पश्चात् हमीर ने चतुरंगिणी सेना लेकर दिग्विजय के लिए प्रयाण किया। सर्वप्रथम भीमरस के शासक अर्जुन को परास्त किया और उज्जैन एवं धार के परमार शासक भोज को हराया। अनंतर वह चित्तौड़, आबू, पुष्कर, शाकंभरी होता हुआ स्वदेश लौटा। हमीर ने महाराष्ट्र, खंडिल्ल और चंपा को लूटा। कुछ समय बिताकर हमीर ने पुरोहित विश्वरूप के कहने पर कोटि-यज्ञ करवाया। कोटि-यज्ञ के बाद हमीर ने एक महीने का मुनिव्रत स्वीकार किया।

हमीर ने अपने राज्यकाल में दुर्ग के चारों ओर चूने की दीवार बनवाई। दुर्ग में भवनों का निर्माण इतना ठोस करवाया, जैसे कि वे ताँबे और काँसे से

बने हों। दीवारें मनुष्य की कल्पना से भी परे थीं तथा दृढ़ता और मजबूती में वे संसार प्रसिद्ध थीं। उसने बाजार, चौक, भव्य भवन, नहरों आदि का निर्माण करवाया। दुर्ग के चारों ओर कुएँ, बावड़ी तथा पानी के नाले बहते थे। हमीर के राज्य में प्रजा अमन-चैन, सुख-शांति से जीवन निर्वाह करती थी। वह ब्राह्मणों, चारणों, भाटों, याचकों, दीन-दुखियों को अकूत दान देता था।

इन्हीं दिनों एक विशेष घटना घटी। हुआ ऐसा कि गुजरात और सौराष्ट्र की विजय के बाद जब उलूग खाँ दिल्ली वापस जा रहा था तो जालोर राज्य के सिराणा गाँव के निकट उसने सैनिकों को लूट का सब माल वापस करने के लिए विवश किया। इससे क्रुद्ध होकर महिमाशाह (मेहमानशाह, मुहम्मद शाह), कामरु (काबरु), यलचक और बर्क रात को उलूग खाँ (अलाउद्दीन की सेना का सेनापति) के तंबू में जा घुसे, किंतु भाग्यवश उलूग खाँ बच गया। फिर वे चारों नव मंगोल मुसलिम कान्हड़दे की सेना में जा मिले।

महिमाशाह क्रूर निर्दयी अलाउद्दीन का स्वभाव भली प्रकार जानता था कि वह अब मुझे जिंदा नहीं छोड़ेगा। अत: उसने कई जगह शरण लेने का प्रयास किया, पर अलाउद्दीन से सीधी दुश्मनी लेने वाला उसको कोई शरणदाता नहीं मिला। आखिर वह हताश होकर अपनी विवशता में हमीर के वहाँ रणथंभौर पहुँचा और हमीर के दरबार में हाजिर हुआ। बड़े अदब से उसने राव को अभिवादन किया। राव ने पूछा, "कहो भाई मीर ! इतनी दूर कैसे आना हुआ?" तब महिमाशाह ने अर्ज की—"हुजूर, शरणागतों के पनाहगार! क्या बताऊँ? मैं अलाउद्दीन की सेना में था। वे मेरे से नाराज हो गए और उन्होंने मेरे को खत्म करने का हुक्म दे दिया है। इस पूरे जहान में आपके सिवाय मेरी रक्षा करने वाला कोई मिला नहीं, तब आपकी शरण में आया हूँ। राज की जैसी इच्छा वैसा करावें, चाहे मारें, चाहे तारें।"

ऐसी दर्द भरी परिस्थिति में हमीर ने एक आदर्श क्षत्रिय के नाते महिमाशाह को अभयदान देते हुए कहा, "तुम मेरे रहते निर्भय और निश्चिंत रहो। यह तुम्हारा घर है। मैं हर प्रकार से रक्षा करूँगा, तुम्हारे लिए मैं मेरा शरीर, परिवार, किला, राज्य, धन-दौलत सब त्याग सकता हूँ।" तुम मेरे वचनों पर एतबार

करो और अब अपने डेरे पर जाकर सुख-चैन से रहो। राव ने उसे पाँच लाख की जागीर का पट्टा दिया। महिमाशाह ने हमीर को पाँच घोड़े, एक हाथी, दो मुल्तानी कमान, एक तलवार, मोती, ऊनी वस्त्र भेंट किए। उसने सहर्ष कहा कि "आज से यह शरीर और गरदन आपके और इस दुर्ग के लिए है।"

उधर उलूग खाँ कई दिनों के लिए रण अभियान से हारा-थका दिल्ली पहुँचा। उसने अलाउद्दीन को अपना सारा दु:खड़ा सुनाया और उसे यह भी बताया कि अब उस विद्रोही महिमाशाह ने रणथंभौर के राव हमीर के वहाँ शरण ली है। सुनकर अलाउद्दीन क्रोध से भर गया। वैसे अलाउद्दीन की हमीर पर पहले से टेढ़ी नजर थी। वह अपने राज्य विस्तार के साथ रणथंभौर जैसे शक्तिशाली हिंदू राज्य को समूल नष्ट करना चाहता था।

अधिकांश इतिहासकारों के मतानुसार अलाउद्दीन अपने दुष्कृत्यों के लिए कुख्यात था। वह प्रलयकाल सर्जक, भारतीय संस्कृति और समृद्धि का सर्वनाशक, क्रूर, धर्म-विध्वंसक, निकृष्ट, पापिष्ट था, जिसमें न मनुष्यता थी, न मानवता के प्रति कोई सद्भाव। केवल साम्राज्य-तृष्णा को संतुष्ट करना, ऐहिकभोग विलासी लालसा को तृप्त करना ही उसका जीवनलक्ष्य था।

उलूग खाँ की जालोर में हार और महिमाशाह को हमीर द्वारा शरण दिए जाने से अलाउद्दीन की रणथंभौर को विनष्ट करने की बेचैनी दिनोदिन बढ़ती जा रही थी। अत: उसने अपने वजीर मेहलनसी (मोलण) को बुलाया और कहा कि राव हमीर को मेरी ओर से एक खास पत्र भेजो, जिसमें लिखो कि मेरे शत्रु महिमाशाह को शरण देकर आपने मेरा घोर अपमान किया है, उसे अविलंब रणथंभौर से निष्कासित करो, अन्यथा तुम्हारे राज-पाट, सेना, रनिवास, धन-दौलत सब मिट्टी में मिला दिए जाएँगे। मेहलनसी बादशाह का खास पत्र लेकर राव हमीर के दरबार में पहुँचा और उसने राव को पत्र नजर किया। राव ने तो पत्र देखते ही उसका आशय समझ लिया कि आलाउद्दीन क्या चाहता है ? पत्र को पढ़कर राव ने मेहलनसी को गर्वोक्तिपूर्वक कहा।

अपने बादशाह को स्पष्ट कह देना कि वह मुझे हस्तिपुर, ठठा और तिलंगाना प्रदेश दे और उलूग खाँ को मेरी सेवा में भेजे, ताकि मैं उससे घोड़ों

के लिए घास कटवाऊँ।" तब मेहलनसी ने बादशाह के साम्राज्य के विशाल सैन्यबल की बड़ाई की। तो राव ने कुछ रोष के साथ कहा, "मिथ्या बकवास मत करो, अब यहाँ से अविलंब निकल जाओ, तुम अभी बादशाह के दूत हो, इसलिए क्षम्य हो अन्यथा तुम्हें कभी की बेड़ियाँ पहना दी जातीं, हम युद्ध के लिए सहर्ष तैयार हैं।"

मेहलनसी राव का जवाब लेकर उदासमना दिल्ली पहुँचा और बादशाह से मिला। उसने बादशाह को राव का जवाब बता दिया। कहा कि राव आपकी इतनी बड़ी सल्तनत को तुच्छ समझता है और आपका राज्य छीनने की कोशिश में है। वह शेर की तरह दहाड़ता है और हर विपदा में युद्ध के लिए तत्पर रहता है। ऐसा हठी राजा मैंने न देखा न सुना। उसके शौर्य-तेज के सामने अपनी फौज तो क्या अपने पीर-ओलिया भी कोई सहायता नहीं कर सकेंगे। उसने आपकी सभी माँगों को ठुकरा दिया है।

मेहलनसी की बातें सुनकर बादशाह तिलमिला उठा। आवेश में आकर उसने अपना दरबार लगाया और अपने भाई उलूग खाँ को हुक्म दिया कि रणथंभौर पर आक्रमण करो और उसे पूर्णतः नष्ट कर दो।

उलूग खाँ ने रणथंभौर पर चढ़ाई की। उसने बनास नदी के किनारे डेरे डाले और देश को लूटना शुरू किया। राव के सेनापति भीमसिंह ने मुसलमान सेना पर भीषण आक्रमण किया। मुसलिम हारकर भाग छूटे। भागने वालों में उलूग खाँ सबसे आगे था। भीमसिंह ने इस युद्ध में वीरगति पाई। उलूग खाँ ने फिर गढ़ को विजय करने का असफल प्रयास किया।

रणथंभौर के छोटे राज्य से युद्ध में करारी हार खाकर दिल्ली का बादशाह अलाउद्दीन भड़क उठा। उसने अपना दरबार बुलाया और सबको रणथंभौर रण अभियान का पुनः हुक्म दिया। सेना ने बादशाह के नेतृत्व में दिल्ली से कूच किया और कई दिनों के पड़ाव के बाद रणथंभौर के पास पहुँचकर डेरा डाल दिया, पर मन-ही-मन उसे राव से हार जाने का भय था। अतः उसने राव को पत्र भेजा कि "मैं मेरी सब माँगें निरस्त करता हूँ, आप मुझे महिमाशाह को सौंप दो। मैं बिना युद्ध के ही दिल्ली वापस लौट जाऊँगा, आप अपने राज्य

में अमन-चैन से रहो।" इस पर राव ने अलाउद्दीन को कहलाया—"आकाश और पृथ्वी मिल जाएँ, पर हमीर अपने वचन पर अटल है। सूर्य चाहे पश्चिम से उगे, चाहे गंगा उलटी दिशा से बहने लग जाए। मुझे चाहे सारे विश्व का राज्य मिल जाए तो भी मैं महिमाशाह को शरण देने के वचनों पर हिमालय की तरह अडिग हूँ, इस प्रतिज्ञा पर अटल हूँ। तुमें ललकारता हूँ कि आओ, मेरे से युद्ध करो, तुम्हारी फौज के टुकड़े-टुकड़े करना चाहता हूँ। मृत्यु से मुझे कतई भय नहीं है। विपदा में प्राणिमात्र की रक्षा करना क्षत्रिय का पावन कर्तव्य है, फिर महिमाशाह के लिए तो कहना ही क्या है? अब धर्म युद्ध के सिवाय न कोई वार्त्ता न कोई समझौता। युद्ध और केवल धर्मयुद्ध।"

हारे हुए हताश अलाउद्दीन के पास अब युद्ध के सिवाय दूसरा कोई विकल्प नहीं रहा, तब हैरान होकर मजबूरी में उसे राव से युद्ध छेड़ना पड़ा।

संवत् 1358 की ग्रीष्म ऋतु में राव और अलाउद्दीन की सेनाओं के बीच युद्ध शुरू हो गया। घमासान युद्ध में तलवारों, बाण, अग्निबाण, पत्थर आदि दोनों ओर से चलाए गए। दोनों पक्षों के हजारों सैनिक मारे गए। अलाउद्दीन की सेना का गढ़रोध कई महीनों तक जारी रहा, पर दुर्ग अभी भी हासिल न हो सका।

एक दिन दुर्ग के सबसे ऊँचे महल पर राव ने सभामंडल सजाया। सामने मंच पर गायिका धारू नृत्य कर रही थी। उसका नृत्य अलाउद्दीन अपने डेरे से देख रहा था कि धारू ने नृत्य करते-करते बादशाह की ओर अपमानसूचक पदाघात करके उसे एड़ी दिखाई, जिससे वह जल उठा। उसने कहा, "कोई इस नर्तकी को मार गिराए तो मैं उसे कोई अच्छा ईनाम दूँ।" इस पर अलाउद्दीन के एक सैनिक ने नर्तकी के पैर में तीर मारा, जिससे वह गिर पड़ी। यह देख राव बड़ा क्रोधित होकर चारों ओर देखने लगा। इतने में ही महिमाशाह ने कहा, "आप कोई अफसोस न करें, मैं अभी प्रतिशोध लेता हूँ।" उसने एक ऐसा तीर मारा कि बादशाह के सिर का ताज उड़कर धूल में पड़ा।

बादशाह का ताज गिरते ही डेरे में हायतोबा मच गई। बादशाह के दिल

में मौत का भय बैठ गया और उसने अपनी फौज को कूच करने का हुक्म दे दिया।

दुर्भाग्यवश इसी समय राव के दो कृतघ्न विश्वासघाती उच्च अधिकारी रणमल और रतिपाल प्रलोभनवश अलाउद्दीन से जा मिले। 'हमीरायण' काव्य में इनके नाम रयौंपाल और ख्योंपाल बताए गए हैं।

लंबा गढ़रोध, विश्वासघात व दुर्ग में खाद्य सामग्री के अभाव में आखिर राव को जौहर-साके का निर्णय करना पड़ा। तब युद्ध की भावी परिस्थितियों को देखते हुए राव ने बड़ी आत्मीयतावश रुँधे कंठ से महिमाशाह से कहा, "हम तो अपनी मातृभूमि के लिए प्राणों का त्याग कर रहे हैं, पर तुम विदेशी हो, आपत्ति के समय तुम्हारा यहाँ रहना उचित नहीं है। जहाँ उचित समझो, वहाँ जा सकते हो।" महिमाशाह ने राव से अर्ज किया, "ऐसा ही होगा।" वह घर गया, अपने परिवार को तलवार की धार उतार दिया। फिर आकर राव से कहा, "आपकी भाभी विदा से पूर्व आपसे मिलना चाहती है, बिना मिले सदा पश्चात्ताप रहेगा। राव उसके घर गया और जब स्त्रियों और बच्चों के सिरों को खून में तैरते देखा तो वह मूर्च्छित होकर गिर पड़ा। फिर वह महिमाशाह के गले लगकर बहुत विलाप करने लगा।

अब राव के पास जौहर-साके के सिवाय दूसरा कोई विकल्प नहीं था। अत: संवत् 1358 श्रावण शुक्ल पंचमी को अरुणोदय के साथ ही दुर्ग की समस्त राजपूत नारियाँ सोलह श्रृंगार कर अपने इष्टदेवों की पूजा-अर्चना कर जौहर व्रत के लिए तत्पर हुईं। उन्होंने दुर्ग की पोळों पर कुंकुम भरे अपने हाथ अंकित किए। वे सभी रानी रंग देवी की अगवानी में हर्ष व प्रसन्न मुद्रा में हरि स्मरण करती हुई धधकती चंदन चिताओं में समा गईं।

नारियों का जौहर व्रत संपन्न होते ही दुर्ग के द्वार खोल दिए गए। अपनी मातृभूमि, धर्म-संस्कृति की रक्षार्थ केसरिया बाना पहने राजपूत रणबाँकुरे 'हर-हर महादेव' युद्धघोष के साथ मुसलिम सेना पर टूट पड़े। उन्होंने बादशाही सेना को गाजर-मूली की तरह काट गिराया। बादशाह के कई बड़े राव-उमराव भेड़ों की तरह भाग छूटे।

तब राव हमीर ने अपना हाथी बादशाह की ओर बढ़ाया। राव के सैनिकों ने बादशाह के हाथी को घेर लिया। उसको राव के सामने ले गए। बादशाह की विवशता देख राव ने अपने सैनिकों से कहा, "यह बादशाह है, अदंडनीय होता है। इस पर कोई वार न करें, इसको इसके शिविर में पहुँचा दो।"

युद्ध अविराम चल रहा था। बादशाह के मीर उमरावों ने मिलकर हमीर पर जोरदार हमला किया। हमीर ने अपने उमरावों के साथ डटकर युद्ध किया, बादशाह के कई बड़े मीर मारे गए। इसके साथ ही राव के वीरमदेव, भोजराज, भोजदेव, बच्छराज, वील्हणदे आदि उमरावों ने भी अनेक यवनों को मारकर वीरगति पाई। स्वामिभक्त महिमाशाह बड़ी वीरता से लड़ता हुआ कई शत्रुओं को मारकर रणखेत रहा।

हमीर अपने शस्त्र-प्रहारों से शत्रु के अनेक सुभटों का प्राण-संहार करता हुआ अकेला ही युद्धभूमि में तांडवनृत्य करता रहा। उसके लड़ते-लड़ते तीरों, तलवारों, भालों व बर्छियों के इतने घाव लगे कि शरीर पर तिल भर जगह नहीं रही, तब उसने देखा कि जीवन समाप्त होने वाला है, तो कहीं शत्रु उसे जिंदा न पकड़ लें, इस विचार से उसने तुरंत शंकर का स्मरण किया और अपने हाथ से अपना कंठच्छेद कर स्वर्गारोहण कर गया। हमीर के स्वर्गारोहण के बाद जाजा ने बादशाह की सेना से दो दिनों तक युद्ध लड़ते हुए वीरगति पाई।

रक्त रंजित रणांगण में कुछ ऐसे ही राजपूत सुभट सो रहे थे, जिनकी आक्रोशित नजर से डरकर पक्षी उन पर चोंच मारने का साहस नहीं कर रहे थे—

ग्रीझणियाँ रतनालिया, सिर बैठी सुहडांह।
चांच न बावै डरपती, करड़ी निजर भडांह॥

असंख्य सैनिक, हाथी, घोड़ों को मरवाकर हताश होकर अपनी बची-खुची सेना के हाथ आतताई मलेच्छ अलाउद्दीन दिल्ली की ओर चल पड़ा। उसे न महिमाशाह हाथ आया, न हमीर को अधीन किया जा सका। उस पर निर्दयता और क्रूरता की कालिख और अधिक लग गई। महावीर हठी हमीर द्वारा शरणागत की रक्षार्थ दिए वचनों की पालना में शत्रु से रण में जूझते-जूझते

अपने राज्य, सेना, धन, परिवार, प्रजा और स्वयं के प्राणोत्सर्ग का 'राजपूत कालीन इतिहास' में ही नहीं, वरन् संपूर्ण विश्व के इतिहास का एक बिरला और आदर्श चरित्र है। हिंदू समाज ने उसके नाम को अमर रखा है, उससे सिद्ध होता है कि वह अनेक भारतीय आदर्शों का प्रतीक था। युगों उपरांत भी असंख्य लोगों द्वारा अभी भी यह लोकोक्ति बड़े गर्व से कही जाती है—

सिंह संग सत्पुरुष वचन, केल फले इकबार।
तिरिया तेल हम्मीर हठ, चढै न दूजी बार॥

□

महारानी पद्मिनी

महारावल लखनसिंह का पुत्र पुण्यपाल 1274 ई. में जैसलमेर के राजसिंहासन पर बैठा। पुण्यपाल की दूसरी रानी जामकँवर की कोख से पद्मिनी का जन्म सन् 1285 ई. में हुआ। जामकँवर सिरोही के चौहानों की बेटी थी। अत: पद्मिनी सिरोही के चौहानों की दोहित्री थी। पद्मिनी अति रूपवान थी, स्वर्ग की अप्सरा तुल्य। पद्मिनी का विवाह चित्तौड़ के महाराणा समरसिंह के राजकुमार रतनसिंह के साथ 1302 ई. में हुआ था।

चित्तौड़ के किले पर टिप्पणी करते हुए अमीर खुसरो ने लिखा— "दुर्ग हिंदुओं के लिए स्वर्ग था, जहाँ प्रत्येक दिशा में झरने व हरे-भरे खेत थे। उनके राजा के पास एक अत्यंत सुसज्जित एवं सुसंगठित सेना थी। अन्य हिंदू शासकों की तुलना में उनका सिंहासन सातवें आकाश से भी ऊँचा था।"

रतनसिंह के राज्यकाल के समय दिल्ली पर अलाउद्दीन खिलजी का शासन था। अलाउद्दीन उत्तरी भारत के बहुत बड़े भू-भाग पर कब्जा जमा चुका था। अब उसे गुजरात और दक्षिणी भारत के राज्यों पर अधिकार और वहाँ से धन लूटने के अभियान में चित्तौड़ उसकी छाती में सूल की तरह चुभ रहा था। रणथंभौर को जीतने के बाद उसका अहंकार व साम्राज्यविस्तार की लिप्सा और बढ़ गई थी। वह तो अपने-आपको दूसरा सिकंदर मानने लग गया था।

अत: वह चित्तौड़ को अपने अधीन करने के लिए दिल्ली से विशाल सेना के साथ रवाना हुआ। रावल (महाराणा) को जब इस आक्रमण की

सूचना मिली तो उसने हिम्मत के साथ प्रजा और किले की सुरक्षा के लिए अपने सांमतों-सरदारों को बुला लिया और युद्ध के लिए आवश्यक अस्त्र-शस्त्र, भोज्य सामग्री आदि का काफी मात्रा में संग्रह कर लिया।

कुछ ही दिनों के बाद आततायी म्लेच्छ सेना ने चित्तौड़ पहुँचकर किले को घेर लिया। रावल की सेना के वीर युद्ध के लिए पहले से ही उत्साहित हो रहे थे। मेवाड़ी वीर किले से बाहर निकलकर शत्रुओं पर आक्रमण करते और अनेक शत्रुओं को धराशायी कर देते। दोनों पक्षों के हजारों सैनिक मारे गए। अलाउद्दीन को युद्ध करते कई दिन बीत गए, पर कोई सफलता नहीं मिली।

आखिरकार एक प्रकार से हताश और हार मानकर अलाउद्दीन ने अपने स्वभावानुसार कुटिलता और धोखेबाजी से युद्ध को जीतने की चाल चली। जैसी कि लगभग सभी विदेशी आततायियों ने भारत के ऐतिहासिक युद्धों में अपनाई थी। उसने रावल के पास यह पैगाम भेजा कि हमको थोड़े से आदमियों के साथ किले में आने की इजाजत दो, ताकि हम किला देख लें और हमारी नाक भी रह जाए। फिर हम अविलंब चले जाएँगे। उदार चरित रावल रतनसिंह ने सहजभाव से अलाउद्दीन के उक्त प्रस्ताव को स्वीकार कर सौ-दो सौ आदमियों के साथ बादशाह को किले में आने दिया। उसके हृदय में यह विचार आया ही नहीं कि बादशाह की नीयत में छल-कपट भी हो सकती है।

किला देखने की स्वीकृति मिलने पर बादशाह किले में पहुँचकर रावल के दरबार में उपस्थित हुआ, उसने रावल को झुककर अभिवादन किया और रावल के व्यक्तित्व और उसके सुशासन की प्रशंसा करने लगा कि "आप हिंदुवा सूरज हैं, सत्यवादी, धर्मात्मा, प्रजापालक, दयालु, दानी और मानवीय सद्गुणों के प्रतीक हैं।" फिर बादशाह रावल से इजाजत लेकर किला देखने निकल पड़ा। वह दिखावटी तौर पर किले में थोड़ी देर इधर-उधर घूमकर पुनः रावल के पास चला आया और उसने डेरे में जाने की अर्ज की। तब रावल ने शिष्टाचार के नाते बादशाह को पहुँचाने उसके साथ-साथ चलने लगे तो बादशाह उसका हाथ पकड़कर मोहब्बत की बातें करता हुआ आगे

ले चला। रावल निश्चिंत था, उसको न तो कोई दगा करना था और न उसे बादशाह की दगा भावना का अंदेशा था। वह चलते-चलते किले के दरवाजे से कुछ कदम आगे निकल गया, जहाँ बादशाह की फौज खड़ी थी। बादशाह का इशारा होते ही सैनिकों ने रावल को अकस्मात् गिरफ्तार कर लिया और बादशाह के डेरे पर ले गए।

बादशाह द्वारा दगा करके रावल को गिरफ्तार कर शाही डेरे में ले जाने के समाचार से पूरे चित्तौड़ में रोष छा गया। मेवाड़ी वीरों के लिए यह दुर्घटना मरण तुल्य थी। अत: चित्तौड़ के सभी सांमत एकत्र होकर सीधे बादशाह के डेरे पर पहुँचे और उन्होंने बादशाह को रोषपूर्वक कहा, "रावल को ससम्मान अविलंब रिहा करो।" इस पर बादशाह ने पूर्व नियोजित एक कुटिल पासा सांमतों के सामने फैंका—"आप महारानी पद्मिनी को मेरे डेरे में पहुँचा दीजिए। बिना पद्मिनी दिए रावल किसी भी शर्त पर रिहा नहीं किए जाएँगे।"

बादशाह का ऐसा अप्रत्याशित और धूर्ततापूर्ण जवाब सुनकर सांमतों का खून खौल उठा कि इस अन्यायी ने हमारी अस्मिता पर सीधा वार किया है। उनके बलिष्ठ हाथ सीधे अपनी कृपाणों की मूठों पर पड़े, पर वे तत्क्षण विवश हो गए कि यहाँ इतनी विशाल सेना के समक्ष न तो रावलजी को छुड़ा पाएँगे और न बादशाह को ही खत्म किया जा सकेगा। उन्होंने निश्चय किया कि अगली रणनीति किले में चलकर ही बनाएँगे। सामंत बादशाह के डेरे से अविलंब निकल गए।

किले में सब सामंतों व प्रमुख सरदारों ने एकत्र होकर इस मानहानि के प्रतिकार में विचार-विमर्श किया। महारानी पद्मिनी ने सामंतों को एक आवश्यक संदेश भेजा कि 'जब तक हमारे स्वामी मेवाड़धीश रावलजी, शत्रु की हिरासत से मुक्त नहीं कराए जाते, तब तक मेवाड़ के हर प्राणी का जीना अपमानजनक और निरर्थक है। अपना बलिदान देकर भी उन्हें मुक्त कराना हमारा पवित्र कर्तव्य है।'

सामंतों के विचार-विमर्श के समय पद्मिनी के ममेरा भाई गोरा व भतीजा बादल भी वहाँ सम्मिलित हुए। तब गोरा-बादल ने सामंत सभा में कहा

कि "महारानी पद्मिनी को डेरे में भेजने का तो प्रश्न ही नहीं है। इनके साथ वीरतापूर्वक युद्ध के साथ कूटनीति भी अपनानी चाहिए। सठ के साथ सठता ही उचित व्यवहार कहा जाता है। तब सभी ने गोरा-बादल की सलाह से आगे की रणनीति अपनाने का निर्णय किया।

इन दोनों वीरों ने बादशाह को संदेश भेजा कि "महारानी पद्मिनी को सम्मान जनक जनाने लवाजमे के साथ तुम्हारे डेरे इस शर्त पर भेज सकते हैं कि पहले वे उनके पतिदेव मेवाड़धीश रावलजी से अल्प समय के लिए आखिरी मिलन करेंगी और वहीं रह जाएगी। सामंतों के सुझाव को सुनकर बादशाह मन-ही-मन बड़ा खुश हुआ और उसने कसम खाकर उनकी शर्त को मंजूर कर लिया।

गोरा-बादल ने अपनी कूटनीति से आठ सौ डोलियाँ और एक महाडोल बनवाया। प्रत्येक डोली में शस्त्र रखकर डोली को उठाने के लिए सोलह-सोलह बहादुर राजपूतों को कहारों के वेश में साथ कर दिया। वे भी थोड़े से सैनिकों के साथ उन डोलियों के साथ हो गए। किले से रवाना होकर बादशाह के डेरे पहुँचे और बादशाह की इजाजत लेकर रावल रतनसिंह से मिले। जनाना बंदोबस्त देखकर शाही सैनिक वहाँ से दूर हट गए। उनको इस छद्म योजना का बिल्कुल पता ही नहीं चला। सामंतों ने रावल को संकेत से ही समझा दिया और वह पलक झपकते ही अपने घोड़े पर सवार हो गए। उसने घोड़े को एड़ लगाई कि वह बादशाह की लश्कर से बाहर निकलकर किले में पहुँच गया।

रावल को डेरे से निकला देख बादशाह ने रोष में आकर फौज को लड़ाई का हुक्म दिया। भीषण युद्ध हुआ। कहारों के वेश में रावल के सैनिक कम थे, फिर भी उन्होंने डोलियों से अपने शस्त्र निकालकर बादशाह की फौज में ऐसी मार-काट मचाई कि गोरा-बादल अपने साथियों सहित शत्रुओं को काटते-काटते किले में पहुँच गए।

अलाउद्दीन की विशाल सेना को लड़ते-लड़ते करीब 6 महीने हो गए, पर उसे कोई सफलता नहीं मिली। तब उसने अधिक सैन्यशक्ति जुटाई और

किले के चारों ओर मजबूज घेराबंदी करके फिर से भारी आक्रमण करना शुरू किया।

किले की सेना अपने रावल का नेतृत्व पुनः प्राप्त कर उत्साह से लड़ने लगी। दोनों सेनाओं के हजारों सैनिक मारे गए। फिर भी युद्ध अभी भी अनिर्णायक ही रहा। ऐसी परिस्थिति में गोरा-बादल ने रावल को अवगत कराया कि किले में भोज्य सामग्री समाप्ति पर है। अतः युद्ध को आगे जारी रखना संभव नहीं है। रावल रतनसिंह ने गोरा-बादल की बात मानते हुए जौहर व साका करने का निश्चय किया और कहा कि कल सवेरे ही स्त्रियाँ अपनी मान-मर्यादा, कुल-परंपरा के रक्षार्थ जौहर व्रत का पालन करें, किले के दरवाजे खोल दिए जाएँ और हम सभी अपनी मातृभूमि की रक्षा और पूर्वजों की गौरवमयी बलिदानी परंपरा को अक्षुण्ण रखते हुए शत्रुओं पर टूट पड़ें।"

18 अगस्त, 1303 को हिंदू रीति अनुसार किले में जगह-जगह सैकड़ों चिताएँ तैयार कर दी गईं। अरुणोदय के साथ ही किले में एकत्र सोलह हजार वीरांगनाओं ने गोमुख में स्नान, पूजा, तुलसी दल, गंगाजल लेकर सोलह श्रृंगार कर, अपने संबंधियों को अंतिम प्रणाम कर जौहर व्रत के लिए तैयार हो गईं। इंद्राणी सदृश महारानी पद्मिनी रण को प्रस्थान से पूर्व रावल की आरती उतारने पहुँचीं और उसने रावल की चरण वंदना की, उसके तेजस्वी मस्तक पर कुंकुम का विजय तिलक किया, गजमोती, अक्षत चढ़ाए और उनकी परिक्रमा करके मोतियों की न्योछावर की, जिससे चौक धवल हो गया। उसने मन-ही-मन प्रभु से प्रार्थना की कि मेरे स्वामी को विजय और अमर कीर्ति देने की असीम कृपा करें और मुझे जन्म-जन्म में उनकी दासी होने का सौभाग्य प्रदान करें। महारानी ने उपयुक्त पात्रों को अकूत दान-दक्षिणा देकर जीवन के पवित्रतम व्रत को पूर्ण करने जौहर चिता की ओर अग्रसर हुई। उसने किले के दरवाजे पर अपना कुंकुम मंडित सुकोमल दाहिना हाथ अंकित (मांडा) किया। हाथ में चंदन माला, हरे राम हरे कृष्ण गुनगुनाती सी महारानी आगे बढ़ रही थी, जिसका अनुसरण करती शांतचित 16 हजार राजपूत वीरांगनाओं ने चिता में प्रवेश किया तो वेदपाठी ब्राह्मणों ने धार्मिक प्रक्रिया सहित चिता

में अग्नि प्रज्वलित की। चित्तौड़ दुर्ग का यह प्रथम जौहर यज्ञ कुछ ही क्षणों में अग्नि की विकराल लपटों में संपन्न हो गया। जिसमें देवदुर्लभ सौंदर्य और स्वर्णिम काया स्वाहा हो गईं, शेष रही अक्षय कीर्ति।

किले में जौहर व्रत के पूर्ण होते ही मेवाड़ी रणबाँकुरों ने अपने शस्त्र सँभाले। उन्होंने राजपूती परंपरानुसार केसरिया बाना धारण कर गंगाजल व तुलसी-पत्र लिया, कसूंबा की डोडी मनुहारें लीं, आपस में गले मिले। इतने में रावल रतनसिंह वीर वेश में घोड़े पर सवार होकर किले के मुख्यद्वार पर आ पहुँचे। युद्ध के नगाड़े-निशान बजने लगे, तुरही-शहनाइयों की गूँज के साथ ही राजपूत योद्धाओं ने हर-हर महादेव के युद्धघोष से आकाश को गुँजा दिया।

पोळपात (बारहठजी) ने ज्यों ही किले का दरवाजा खोला कि किले से रणबाँकुरे चमचमाती तलवारें लेकर टिड्डी दल सदृश यवन सेना पर टूट पड़े। शाही फौज में हाय-तौबा मच गई, कई नबाव सदा के लिए सो गए। गोरा-बादल ने शाही फौज को चूर-चूर कर दिया। बादल तो अभी 12 वर्ष का ही था, फिर भी उसने अद्भुत वीरता दिखलाई कि सैन्य समाज चकित हो गया। वह अंतिम क्षण तक रण में शत्रुओं का संहार करते-करते स्वर्गारोहण कर गया।

बादळ बारह बरस रो, लड़ियो लाखाँ साथ।
सारी दुनियाँ पेखियो, वो खांडौ वै हाथ॥

दिन भर के घमासान युद्धोपरांत मेवाड़ के 30 हजार राजपूतों की अदम्य वीरता के सामने बादशाह ने अपने लाखों सैनिकों को खोया। आखिरकार रावल ने पूरी सेना के साथ देश की स्वतंत्रता, स्वाभिमान, मान-मर्यादा, उज्ज्वल कीर्ति-गौरव की रक्षा के लिए सहर्ष बलिदान देकर स्वर्गारोहण किया।

अलाउद्दीन द्वारा युद्ध में मेवाड़ी वीरों का भारी रक्तपात करने के पश्चात् भी रक्ततृष्णा मिटी नहीं थी। अतः उसने चित्तौड़ में रहकर एक निर्दयी व धर्मांध बादशाह जितने भी जंगली और विनाशात्मक कार्य कर सकता था, उसने कर दिखाए। उस क्रूरतम अत्याचारी बादशाह ने एक ही दिन में चित्तौड़ की 30 हजार निरपराध प्रजा का कत्लेआम करवा दिया। इसके बाद ही वह

चित्तौड़ पर कब्जा कर सका। कुछ इतिहासकारों का मत है कि मलिक काफूर, जिसका खिलजी की सेना पर पूर्ण नियंत्रण था, ने अलाउद्दीन को विष देकर मार डाला। अत्याचार, अन्याय, धर्मांधता, लूट-मार, धोखेबाज, दुष्चरित्र आदि कुकृत्यों का भोग तो उसे भोगना ही था। राज्य विस्तार करके भी उसका जीवन कलुषित कहलाया। उसकी मृत्यु से पूर्व ही राजपूतों ने चित्तौड़ दुर्ग पर पुनः अधिकार कर लिया था।

पद्मिनी भारतीय सांस्कृतिक परंपरा में आज भी अपनी मान-मर्यादा, सौंदर्य, स्त्री जाति की अस्मिता व गौरव का अजर-अमर अद्वितीय प्रतीक मानी जाती है। वह भारतीय सतवंती नारियों के तुल्य अपने देश के इतिहास में सदैव स्वर्णिम अक्षरों में अंकित रहेगी।

□

महाराज कान्हड़दे एवं वीरमदे

कान्हड़दे अपने पिता सामंतसिंह की मृत्यु के बाद वि.सं. 1362-63 (ई. 1305-6) के आस-पास जालोर की गद्‌दी पर बैठे।

उस काल में दिल्ली पर अलाउद्‌दीन खिलजी का शासन था। उसने गुजरात के प्रसिद्ध सोमनाथ मंदिर को लूटने और ध्वस्त करने का निश्चय किया। वह अपनी सेना को जालोर के मार्ग से भेजना चाहता था। अत: उसने अपने दूत के साथ जालोर के शासक कान्हड़दे को उसके राज्य से सेना को जाने की इजाजत चाही। कान्हड़दे ने साहस के साथ जवाब दिया—"हम तुम्हारी प्रार्थना किसी भी सूरत में मंजूर नहीं कर सकते। तुम्हारी सेना हमारे गाँव बरबाद करेगी, मेरी प्रजा को बंदी बनाएगी, नारियों की मान-मर्यादा भंग करेगी, ब्राह्मणों का अपमान करेगी, गायों को कत्ल करेगी।"

कान्हड़दे का कठोर और साहसी जवाब मिलने पर उसने अपनी सेना मेवाड़ के मार्ग से गुजरात भेजी। उसकी फौज ने सुप्रसिद्ध सोमनाथ मंदिर की संपत्ति लूटी, शिवलिंग को खंडित किया और अनेक गुजराती लोगों को बंदी बना लिया। अनंतर खिलजी की सेना जब गुजरात से वापस दिल्ली लौट रही थी, तब अलाउद्‌दीन ने एक सेना कान्हड़दे द्वारा मार्ग न दिए जाने के कारण उसे दंडित करने के लिए भेजी। उसकी सेना ने जालोर के पास सकराणा ग्राम में पड़ाव डाला और उसके सैनिकों ने हिंदुओं पर अत्याचार किए। हिंदुओं पर अत्याचार के समाचारों से कान्हड़दे बहुत क्रोधित हुआ। उसने प्रतिज्ञा की कि सोमनाथ की मूर्ति व गुजराती कैदियों को मुक्त कराकर ही वह अन्न ग्रहण करेगा।

उधर खिलजी के सैनिक अधिकारियों ने अपने सैनिकों के साथ अमानवीय व्यवहार कर उन्हें प्रताड़ित करने और साथ ही गुजरात से लाए गए लूट के माल के बँटवारे को लेकर शाही सैनिकों ने विद्रोह कर दिया। शाही सेना के विद्रोही कान्हड़दे की सेना से मिल गए। उन्होंने कान्हड़दे की सेना के साथ मिलकर शाही सेना पर हमला किया, भयंकर युद्ध हुआ, जिसमें असंख्य म्लेच्छ मारे गए और शेष रहे भाग छूटे। राजपूती सेना ने हिंदू बंदियों को मुक्त कराया, सोमनाथ की मूर्ति को अपने कब्जे में लिया, जिसे कान्हड़दे ने मकाना में एक भव्य मंदिर बनवाकर वहाँ पुनः स्थापित की।

खिलजी कान्हड़दे पर पहले से ही नाराज था और अब सकराना की करारी हार से वह ज्यादा क्रुद्ध हो उठा। वह कान्हड़दे को परास्त करने के लिए किसी अवसर की प्रतीक्षा में था कि एक घटना विशेष से उसका जालोर अभियान रुक गया।

कान्हड़दे के एक पंजू पायक सेवक था, जो किसी कारण विशेष से कान्हड़दे से नाराज होकर अलाउद्दीन की सेवा में चला गया। पंजू ने बादशाह के सन्मुख कुश्ती के दाँव-पेंच दिखाए तो बादशाह ने पूछा, "तेरे जैसा कोई दूसरा खिलाड़ी योद्धा है?" पंजू ने कान्हड़दे के राजकुमार वीरमदे सोनगरा चौहान का नाम बताया। बादशाह ने वीरमदे को दिल्ली आने के लिए आमंत्रित किया। वह अपने चाचा राणगदे एवं अन्य योद्धाओं के साथ दिल्ली गया।

दिल्ली में बादशाह के समक्ष वीरमदे और पंजू के बीच कुश्ती का आयोजन किया गया। पंजू ने काफी दाँव-पेंच लगाए, पर आखिर में वीरमदे ने उसे पछाड़ दिया। वीरमदे की अद्भुत वीरता देखकर बादशाह की पुत्री सिताई उस पर मोहित हो गई। उसने वीरमदे के साथ विवाह करने का निश्चय कर बादशाह को अवगत कराया। बादशाह ने बेटी को खूब समझाया कि मेरा इससे बड़ा क्या दुर्भाग्य होगा कि तुम एक हिंदू काफिर से विवाह करना चाहती हो।" सिताई ने पिता से कहा, "राजकुमार वीरमदे मेरे पूर्वजन्म का पति है।" हरसंभव प्रयत्न के बाद भी सिताई अपने निश्चय पर अड़ी रही, तब बादशाह ने लाचार होकर वीरमदे को अपनी बेटी देने का प्रस्ताव भेजा। वीरमदे ने बड़े

विवेक से बादशाह को कहलाया कि "शाही ठाट-बाट से बारात लेकर आने के लिए हमारे पास धन नहीं है।" इस पर बादशाह ने वीरमदे को भरपूर रुपए दिए। वीरमदे ने विवाह के लिए कुछ समय माँगा और राणगदे को जमानत के रूप में वहीं छोड़कर जालोर पहुँच गया।

जालोर पहुँचकर वीरमदे ने भावी युद्ध की आशंका से किले की प्राचीरों को मजबूत कराया, शहर के चारों ओर परकोटा बनवाया और किले में भरपूर खाद्य-सामग्री जमा करा ली। बादशाह तो कई दिनों से बारात की राह देख रहा था, पर जब उसे पता चला कि वीरमदे तो युद्ध के लिए तैयार है। वह किसी दबाव या लोभ में अपना धर्म बेचकर शादी करने वाला नहीं है, तब वह क्रोध से भर गया।

खिलजी स्वयं विशाल सेना लेकर जालोर पर आक्रमण करने अग्रसर हुआ। उसने पहले गोलण भाट को वीरमदे के पास भेजकर सिताई से विवाह करने को कहलाया, पर वीरमदे अपनी आन-बान पर दृढ रहा और विवाह के प्रस्ताव को ठुकराते हुए कहलाया—

मांमो लाजै भाटियां, कुळ लाजै चहुवांण।
वीरम परणै तुरकड़ी, उल्टो उगै भांण॥

शाही सेना ने सुंदर सरोवर के निकट पड़ाव डाला। कान्हड़दे ने दुर्ग पर अपने वीरों को नियुक्त कर गढ़ को सजाया, बुर्जों पर दीपक जलाकर रोशनी की और योद्धाओं के मनोरंजन के लिए नाच-गाने का आयोजन किया गया। युद्ध पूर्व कान्हड़दे का ऐसा उत्साह देख खिलजी दंग रह गया। रात्रि के समय मालदेव और वीरमदे काका-भतीजे साथियों सहित दुर्ग से उतरकर शाही शिविर पर आक्रमण करते और कई शत्रुओं का विनाश कर देते। यह रण-अभियान सात दिन तक चलता रहा।

खिलजी को जब जालोर विजय की कोई आशा नहीं रही तो वह दिल्ली कूच कर गया। उसके पीछे शाही सेना भी डेरे उठाकर मेड़ता की ओर रवाना हो गई। तब मालदेव ने शाही सेना का पीछा कर उस पर हमला किया, अनेक म्लेच्छों को मार गिराया। उनके घोड़े छीन लिये।

खिलजी ने फिर जालोर फतह करने की इच्छा व्यक्त की। उसने एक विशाल सेना जालोर पर चढ़ाई करने भेजी। इस बार कान्हड़दे ने खिलजी का मुकाबला करने के लिए आस-पास के राजपूत अधिपतियों को सैनिक सहायता हेतु संदेश भेजा। उसके आह्वान पर छत्तीस राजकुलों की सेना जालोर पहुँच गई। खिलजी की सेना ने वहाँ पहुँचकर जालोर का घेराव कर लिया। घेराव लंबे समय तक रहा, फिर भी गढ़ खिलजी को हासिल हुआ नहीं तो उसने एक और सशक्त सेना जालोर भेजी। कान्हड़दे ने शाही सेना को घेरकर उसके एक सेनापति को मार गिराया।

खिलजी युद्ध से हैरान हो गया। उसके कई सैनिक मारे गए, फिर भी गढ़ टूटा नहीं। उसने इस युद्ध अभियान को बंद करने का निश्चय कर लिया।

परंतु दुर्भाग्यवश इसी बीच एक घटना विशेष से नया मोड़ आ गया। कान्हड़दे ने पूर्व में दो दहिया राजपूतों को खून करने के अपराध में सूली की सजा दी थी। उनके कंकाल किले में लटक रहे थे, जो हवा से हिलकर आमने-सामने हो गए। इस पर कान्हड़दे हँसकर बोले, "ऐसा लग रह रहा है कि दहिए किले को लेना चाहते हैं।" पास में ही खड़े बीका दहिया को यह बात खटक गई। वह नाराज होकर खिलजी के सेनापति से जा मिला और गढ़ का सारा भेद बता दिया। खिलजी की सेना ने सुरंग बनाकर किले की दीवार को एक जगह से तोड़ा और रातोरात किले में घुस गए।

बीका की धर्मपत्नी हीरा को अपने पति की कृतघ्नता का पता चला तो वह सिहर उठी। अपने स्वामी और अपनी जन्मभूमि के प्रति विश्वासघात तथा नमकहरामी करने पर वह इतनी क्रोधित हुई कि उसने 'तासली' के वार से अपने पतिदेव को यमलोक पहुँचा दिया और सारी सूचना कान्हड़दे को दे दी।

कान्हड़दे ने अपनी सेना को किले में इकट्ठी कर साके का निर्णय कर लिया। राजपूत वीरों द्वारा साके का समाचार पाते ही रनिवास की वीरांगनाएँ जौहर व्रत के लिए तैयार हो गईं।

युद्ध प्रस्थान से पूर्व महारानियों ने कान्हड़दे और वीरमदे की आरती उतारी, कुंकुम तिलक किए, अक्षत-गजमोती चढ़ाए। वीरमदे की माताओं ने

उसके लाड़ले बेटे के शीश पर हाथ फेरते हुए सहर्ष आशीश दी। सोलह शृंगार से सुसज्जित जयंतदे, उमादे, भावदे, कमलादे कान्हड़दे की महारानियों की अगवानी में राजपूत नारियाँ हरि स्मरण करती, शांत भाव से चंदन चिताओं की ओर बढ़ती-बढ़ती उन्हीं में समा गईं।

अपनी मान-मर्यादा-धर्म की रक्षार्थ जालोर नगर की गली-गली में जौहर की ज्वाला धधक उठी। छत्तीस कौम की ललनाएँ अपने नन्हे बच्चों सहित अलग-अलग 1584 चिताओं में हर-हर महादेव करती अपना बलिदान देकर भस्म हो गईं। जौहर ज्वाला का प्रकाश सांचोर (करीब 60 किलोमीटर दूर) तक दिखाई दे रहा था।

जौहर के पूर्ण होते ही कान्हड़दे की सेना ने केसरिया वस्त्र धारण किए, कसूंबा की मनुहार ली और अपनी पागों पर तुलसी-पत्र चढ़ाए, युद्ध के लिए तत्पर हुए और ज्यों ही गढ़ के दरवाजे खोले गए, वे हाथों में तलवारें, भाले, बर्छियाँ, कटारियाँ लेकर हर-हर महादेव के युद्धघोष के साथ शत्रुओं पर टूट पड़े। उन्होंने जबरदस्त साका किया, घमासान युद्ध में असंख्य मुसलमानों को धराशायी कर दिया। इसी दौरान कान्हड़दे ने भावी परिस्थितियों का आकलन कर अपने ज्येष्ठ राजकुमार वीरमदे का राजतिलक कर दिया।

कान्हड़दे अपने घोड़े पर सवार दोनों हाथों में तलवारों के प्रहार से आततायियों को काटता-काटता बढ़ता ही जा रहा था। अंत में स्वर्णगिरी का वह वीर शिरोमणि लड़ता-लड़ता मातृभूमि के लिए अपना बलिदान देकर स्वर्गारोहण कर गया।

कान्हड़दे के साथ काँधल देवड़ा, जैता देवड़ा, सलो राठौड़, जैता बाघेला आदि योद्धाओं ने भी वीरगति पाई।

कान्हड़दे के प्राणोत्सर्ग के बाद वीरमदे अपने राजपूत योद्धाओं के साथ शाही सेना से लड़ने को अग्रसर हुआ। बादशाह ने वीरमदे को जिंदा पकड़ने का आदेश दे रखा था। परंतु वीरमदे ने खिलजी के अत्याचार से बचने के लिए अपने पेट में कटार भोंक ली और पेट पर पट्टा बाँधकर तुर्क सेना पर टूट पड़ा।

दो पहर तक लड़ता हुआ अनेक शत्रुओं को मारता रहा। आखिर में तेज प्रहारों से शीश कटने पर वह कबंध युद्ध करता हुआ तुर्कों को काटता रहा, परंतु उस पर 'गुळीका' छाटा पड़ते ही वह प्राणोत्सर्ग कर गया। इस तरह साढ़े तीन दिन राज करके वीरमदे वीरगति को प्राप्त हुआ। वीरमदे के साथ आल्हण देवड़ा, धारा सोढ़ा, भांण कांधल आदि योद्धा भी काम आए।

सिताई की धाय सनावर, जो इस युद्ध में साथ थी, वीरमदे का मस्तक सुगंधित पदार्थों में रखकर दिल्ली ले गई। सिताई ने हिंदू धर्म के रिवाज के अनुसार शीश के साथ अग्निस्नान की इच्छा प्रकट की। सैनिकों ने वीरमदे का शीश थाल में रखकर शाहजादी के सम्मुख रखा। शीश शाहजादी को देखते ही घूम गया। यह देख शाहजादी सिहर उठी, उसने कहा—

भो भो रा भरतार हो, शिव सा पूजन हार।
रूठा किंकर कंवरजी, करण हार करतार॥
चटक फाड़द्यूं चीर नैं, तोडूं नवलख हार।
सन्मुख होज्या रे सोनीगरा, भौ-भौ रा भरतार॥

सिताई ने वीरमंद को अपने पूर्व जन्म का स्मरण दिलाया, तब मस्तक उसके सम्मुख हो गया। शाहजादी ने शीश के साथ फेरे की रस्म पूर्ण की और उसे अपनी गोद में लेकर अग्निस्नान किया।

अपने देश की अखंडता, स्वतंत्रता, स्वाभिमान, कुल गौरव-परंपरा, प्रजा और धर्म की रक्षार्थ मुसलमानों से कई वर्षों तक घमासान युद्ध करते-करते एक देशद्रोही नमकहरामी के कारण आखिरकार स्वर्णगिरी जालोर राज्य की दो पीढ़ियों और उनके साथ असंख्य वीर-वीरांगनाओं के बलिदान के उपरांत ही गढ़ टूटा। नैणसी की ख्यात में गढ़ टूटने का समय वैशाख सुदि 5, वि.सं. 1368 दिया है। राजस्थान के एक छोटे से राज्य के महावीरों व वीरांगनाओं ने एक विशाल सेना के क्रूरतम बादशाह के विरुद्ध वर्षों तक भीषण संघर्ष करके जीवन का अमरत्व पा लिया।

वीरवर कान्हड़दे के शौर्य-स्वाभिमान एवं आदर्श व्यक्तित्व की विद्वानों ने भूरि-भूरि प्रशंसा की है। नैणसी ने इसे 'दसमा सालगराम गोलकनाथ' कहा।

डॉ. दशरथ शर्मा के मतानुसार—वह एक योद्धा, देशाभिमानी और चरित्रवान शूरवीर था। वह सैनिक नेतृत्व में अपने समय में किसी हिंदू शासक से कम नहीं था। जालोर को अलाउद्दीन को किसी भी हालत में देना उसने स्वीकार नहीं किया। परिणातः उसने बस लंबे संघर्ष में शाही सेना को अनेक बार धूल चटाई, उसे मुँह की खानी पड़ी।

□

महारावल दूदा

रावल जसहड़ का पुत्र रावल दूदा भाटी (दुरजणसाल) वि.सं. 1374-75 के लगभग जैसलमेर की गद्दी पर बैठा। उस काल में दिल्ली पर अलाउद्दीन खिलजी का शासन था। खिलजी ने जैसलमेर पर हमला किया था, पर गढ़ में उसे विशेष धन-माल नहीं मिला और उसके बाद कमालुद्दीन गढ़ छोड़कर चला गया।

कुछ दिनों के बाद महेवा के जगमाल राठौड़ को पता चला कि जैसलमेर का गढ़ खाली पड़ा है। तब उसने अच्छा अवसर जानकर अपने साथियों सहित गढ़ पर कब्जा कर लिया। उस समय गढ़ का हकदार तो केहर था, पर वह ननिहाल में था और उसने गढ़ को हस्तगत करने के लिए तत्काल कोई कदम नहीं उठाया। ऐसी शिथिलता में चारण बारहठ रतनू चंद्रव ने दूदा और तिलोकसी दोनों भाइयों को समाचार भेजा कि अविलंब जैसलमेर पहुँचो और पैतृक गढ़ पर कब्जा करो। दोनों भाई 'पारकर' स्थान से जैसलमेर पहुँचे, जगमाल को वहाँ से विदा किया और गढ़ पर अधिकार जमा लिया।

जनश्रुति के अनुसार दूदा अपना चेहरा दर्पण में देख रहा था कि वह दाढ़ी में श्वेत बालों को देखकर चौंक पड़ा। सोचा, अरे ! जरा तो आ गई, अब जीवन शेष रहा ही कितना है ? उसने मन-ही-मन स्वाभाविक मृत्यु पूर्व साका करके प्राणोत्सर्ग करने के लिए केंद्रीय शक्ति से लोहा लेने की ठान ली। अपने निश्चयानुसार दूदा ने भाई तिलोकसी को बादशाह के क्षेत्र में धाड़े करने भेज दिया और स्वयं गढ़ की सुरक्षा में रह गया। तिलोकसी ने काँगड़ा बलोच

पर हमला किया, उसे मारकर उसकी घोड़ियाँ जैसलमेर ले आया। लाहौर के पास आक्रमण कर वह गूजरों की भैंसियाँ ले आया। बादशाह के घोड़ों की सोबत को लूट लिया। तिलोकसी ने चारों ओर धाड़े मारकर बादशाह के क्षेत्र में हड़कंप मचा दिया। प्रजा की शिकायत जब बादशाह (शायद मुहम्मद तुगलक) तक पहुँची तो उसने जैसलमेर पर चढ़ाई करने अपनी सेना भेजी।

बादशाह की सेना ने जैसलमेर पहुँचकर गढ़ का घेराव कर लिया। इसका संक्षिप्त विवरण प्रसिद्ध इतिहासकार मुंहता नैणसी की ख्यात में इस प्रकार आया है—रावळ दूदो तिलोकसी जसहड़ोत जैसळमेर गढ़ ऊपर छै। पातसाही फोज तळहटी छै। वरस 12 विग्रह नै हुवा छै। मांमला घणा ही हुवा, पण गढ़ हाथ आवै नहीं। तरै एक दिन रावळ दूदै भँडसूरियाँ गढ़ ऊपर हुती, तिणांरी दूध री खीर कराय पातलारै खीर लगायनै वे पातळां तळहटी नांखी। पछै वे पातळां लसकर रै लोगै ले जाय मांहै सिरदार थो तिणनूं दिखाई, तरे कटक रै सिरदार विचारियो, "बारै बरस तो हुवा, अजेस गढ़ मांहै संचो अतरो जु दूध दही हुवै छै, सु गढ़ हाथ आवण रो नहीं।" तुरकै डेरो उपाड़ियो।

परंतु दूदा की यह युक्ति कारगर नहीं हुई, क्योंकि आसकरण के भीम ने शत्रुओं को गढ़ का भेद बताया और कहा, 'गढ़ तो टूटने वाला है, यह दूध तो भंडसूरियों का था, तुम वापस आ जावो, दो-तीन दिन में गढ़ के किंवाड़ खोल दिए जाएँगे।" नमकहरामी द्वारा ऐसा भेद देने पर शत्रु वापस लौट आए।

तब युद्ध की दीर्घ अवधि व अन्य परिस्थितियों को देखते हुए रावल दूदा ने अपने सरदारों को बुलाकर एकादशी को साका करने का निश्चय किया। तो दूसरी ओर दूदा की सोढ़ी रानी के नेतृत्व में स्त्रियों ने दसमी को जौहर करने का निश्चय किया।

दसमी को उषा वेला में गढ़ की सभी स्त्रियों ने पवित्र जौहर व्रत के लिए स्नान करके रेशमी पोशाकें पहनीं, देवताओं की पूजा कर गंगाजल-तुलसी पत्र लिये और गढ़ के दरवाजों पर कुंकुम के हस्त चिह्नित किए। दूदा की सोढी रानी ने अपने पतिदेव को अर्ज की—मैं सात फेरे खाकर आपके पीछे आई थी, पर आज मैं कितनी भाग्यशाली हूँ कि आपके आगे जा रही हूँ। अतः

अपने कुल की रीति–परंपरा मुजब हुजूर की कोई सहनाणी (निसानी) दिरावें, ताकि उसे लेकर मैं जौहर व्रतपूर्ण करूँ। तब दूदा ने कटार से अपने पाँव का अंगूठा काटकर दिया। रावल दूदा की रानियों के साथ गढ़ की समस्त वीरांगनाओं धधकती जौहर ज्वाला में आत्मबलिदान कर दिया। रावल की एक नौ वर्ष की कन्या भय के कारण जौहर में प्रविष्ट नहीं हो सकी। दसमी की रात्रि में वह पिता के पास आकर सो गई। दूदा को सोचवश नींद नहीं आ रही थी। धाऊ भेछला एक कुँवारा राजपूत रावल के पैर दबा रहा था। उसने साँस छोड़ा, तब रावल ने कहा कि "सूर्योदय के साथ ही हम लोग स्वर्ग के लिए प्रस्थान करेंगे, फिर यह अफसोस किसलिए?" तब धाऊ ने कहा, "धर्मशास्त्र ऐसा कहते हैं कि कुँवारों की मृत्योपरांत सद्गति नहीं होती।" रावल ने सोचा कि मेरी कन्या कुँवारी है और यह भला राजपूत है। अत: कन्या का विवाह कर दूँ तो यह चिंता और उत्तरदायित्व भी मिट जाए। दूदा ने उसी समय विवाह की रस्म पूर्ण कर दी।

प्रात:काल होते ही दूदा की कन्या ने अपने कुल–गौरव की रक्षा के निमित्त जौहर के अंगारों में कूदकर प्राणों की आहुति दी। उसी वक्त गढ़ का द्वार खोल दिया गया। दूदा और तिलोकसी हाथों में नंगी तलवारें लेकर अपने प्रतिष्ठित योद्धाओं के साथ मुसलमानों पर टूट पड़े। त्रिलोकसी के सामने पंजूपायक लड़ने आया। वह तलवार चलाने में बड़ा माहिर था। उस पर वार करना मुश्किल था। क्योंकि वह पाँवों को समेटकर गुलाची खाता था। पर तिलोकसी ने भिड़ते ही उस पर ऐसा वार किया कि उसके नौ टुकड़े हो गए। इस पर दूदा ने भाई की बडी प्रशंसा की, तब तिलोकसी ने कहा कि मैंने कई युद्ध जीते, शत्रुओं का संहार किया, पर आपने तो मेरी बड़ाई कभी नहीं की।" दूदा ने कहा, "मैं तो किसी की प्रशंसा नहीं करता, क्योंकि मेरी नजर लग जाती है।" बस देखते ही देखते त्रिलोकसी मूर्च्छित होकर गिर पड़ा और वह स्वर्गारोहण कर गया।

अब दूदा जोश के साथ लड़ते हुए आगे बढ़ा। उसके चारों ओर उसकी रक्षा के लिए योद्धा लड़ रहे थे। पर तुर्कों के भीषण हमले के सामने वे टिक

नहीं सके। दूदा अपने सौ रक्षकों और अन्य कई योद्धाओं के साथ बड़ी वीरतापूर्वक लड़ता हुआ वीरगति को प्राप्त हुआ। इसके पश्चात् ही गढ़ पर तुर्कों का अधिकार हो सका।[1]

शाही सेना ने दूदा आदि प्रतिष्ठित भाटियों के कटे मस्तक बोरों में भरे और दिल्ली की ओर रवाना हो गई। उस समय दूदा की एक रानी मांगलियाणी, जो अपने पीहर खींवसर में रहने से जौहर व्रत से वंचित रह गई थी, उसे जब ज्ञात हुआ तो उसने हूंफा सांदू चारण को कहा कि रावल का मस्तक किसी प्रकार लाया जाए, मैं उसके साथ अग्निस्नान करूँगी। हूंफा ने बादशाह के सैनिकों से मिलकर रावल का मस्तक लेने का निवेदन किया। सेनाध्यक्ष ने हूंफा से कहा कि "समय काफी निकल चुका है, इतने मस्तकों में से रावल के मस्तक की पहचान कैसे होगी ?" हूँफा को सरस्वती की कृपा से अपनी वाणी और दूदा के जूंझारपने पर पूर्ण विश्वास था। अतः उसी बल के भरोसे उसने कहा कि दूदा का मस्तक मैं पहचान लूँगा, उसके सिर को बुलवा भी दूँगा। हूंफा ने दूदा को बिड़दाना प्रारंभ किया।

कहते हैं कि हूंफा के बिड़दाने पर दूदा हँसा और बोल पड़ा। इसके साक्ष्य रूप में हूंफा सांदू द्वारा कहे गीत की दो पंक्तियाँ और एक लोक प्रचलित दोहा उद्धृत किया जा रहा है–

गढ़ां गिळेवा आदम गोरी, हड़ हड़ हड़ दूहो हंसियौ ॥4॥
व्हैता जै पग हाथ, उठर सांमी आवतौ।
मिळता बाथां घात, हींयो मिळायर हूंफड़ा॥

हूंफा ने देखा कि बिना पैर-हाथ वाला दूदा का वह मुख, जिसकी मूँछें अभी भी तनी हुई थीं और भौंहें हँस रही थीं, अपूर्व कांति से शोभित हो रहा था।

हूंफा दूदा के मस्तक के समक्ष नतमस्तक हुआ, दूदा के शीश को सम्मान के साथ अपने हाथों में लिया और दूदा की रानी को ले जाकर भेंट किया। रानी शीश को लेकर हरे राम, हरे कृष्ण का स्मरण करती अग्नि में समा गई। मारवाड़ में जब कभी दूदा-हूंफा का प्रसंग आ जाता है, तब लोगों के कंठों से बरबस यह दोहा फूट पड़ता है—

सांदू हूंफै सेवियो, साहब दुरज्जनसल्ल।
बिड़दा माथौ बोलियो, गीतां दूहाँ गल्ल॥

रावल दूदा के दो पुत्र थे—1. वीसलदे, 2. राणा। रावल दूदा का कुल करीब दस वर्ष राज्यकाल रहा, जो बड़ा ही संघर्षमय रहा।

उसने अपने पूर्वजों की भाँति राज्य में सुशासन कायम किया। उसने कभी भी आततायियों की अधीनता स्वीकार नहीं की। अंत में साका करके युद्ध में अनेक मलेच्छों को मौत के घाट उतारकर अपनी मातृभूमि पर बलिदान हो भाटी वंश की कीर्ति-ज्योति को और अधिक प्रदीप्त कर गया।

□

जोधपुर के संस्थापक राव जोधा

राव जोधा मंडोर के शासक राव रणमल (रिड़मल) की रानी कोड़मदे भटियाणी के पुत्र थे। इसका जन्म वि.सं. 1472 की वैशाख बदी 4 (ई.सं. 1415) की 29 मार्च को हुआ था।

जोधा किशोरावस्था से ही पिता के रण-अभियानों में साथ रहा। अत: उसका जीवन प्रारंभ से ही संघर्षमय रहा। मेवाड़ का महाराणा मोकल रिड़मल का भाणेज था। मोकल ने एक बार चाचा मेरा के बारे में व्यंग्यपूर्ण चुभते वाक्य कह दिए थे, उन्होंने बहुत बुरा महसूस किया। बाद में अवसर देख उन दोनों अन्यायियों ने मोकल की हत्या कर दी। तब मोकल के पुत्र कुंभा ने पिता की हत्या की खबर रिड़मल को पहुँचाई। रिड़मल खबर मिलते ही अपनी 500 वीरों की सेना लेकर चढ़ आया। जोधा भी पिता के साथ था। वे चित्तौड़ पहुँचे और चाचा मेरा, जहाँ कहीं भी थे, उनका पीछा करके उनको मार गिराया। कुंभा अभी किशोरावस्था में था। अत: चित्तौड़ की सारी शासन व्यवस्था रिड़मल ने सँभाल ली। उसने वहाँ अपना पूरा दबदबा जमा लिया। रिड़मल के बढ़ते वर्चस्व को ईर्ष्यालु सिसोदिया सहन नहीं कर पाए। उन्होंने कुंभा को सिखाकर एक रात्रि में सोते हुए रिड़मल की धोखे से हत्या करवा दी।

उस दुर्भाग्यपूर्ण कालरात्रि में जोधा के डेरे गढ़ की तलहटी में थे। किसी (दासी) ने बुर्ज पर चढ़कर जोधा के डेरे पर पुकार लगाई, "थांकौ रिणमल मारियौ जोधा नास सकै तो नास" (तुम्हारा रिड़मल मारा गया, जोधा! भाग सके तो भाग)। जोधा अपने 700 सवारों को लेकर चित्तौड़ से निकल गया।

महाराणा के दस हजार सवारों ने जोधा का पीछा किया। कपासन गाँव के पास उन्होंने जोधा पर आक्रमण किया। इस लड़ाई में जोधा के 200 तथा कुंभा के 500 सवार रणखेत रहे। जोधा के सवार मारवाड़ की ओर बढ़ रहे थे। चित्तौड़ से लेकर सोमेश्वर के घाटे के बीच दोनों ओर के सैनिकों के आपस में पाँच-सात बार भिड़ंत हो चुकी थी, जिसमें दोनों ओर के बहुत से सवार मारे गए। जोधा केवल सौ सवारों सहित घाटे तक पहुँच सका। तब सिसोदियों ने देखा कि जोधा की सैन्य टुकड़ी मारवाड़ में पहुँच जाएगी तो मारी नहीं जा सकेगी। अत: उन्होंने घोड़ों से उतरकर जोधा पर प्रबल आक्रमण किया। दोनों ओर के सैनिक मारे गए। केवल सात सवारों ने बड़ी मुश्किल से जोधा को घाट पार करवाया, शेष सभी राठौड़ वीर काम आ गए।

इस युद्ध के बाद मेवाड़ की सेना के समक्ष मंडोर पर अधिकार करने के लिए कोई सामना करने वाला नहीं रहा। यह अच्छा अवसर देखकर महाराणा ने मंडोर पर अधिकार के लिए फौज भेजी, इससे आसानी से मंडोर पर महाराणा का अधिकार हो गया। महाराणा ने मंडोर से लेकर गोडवाड़ तक अपनी चौकियाँ बैठा दीं।

जोधा इन विकट परिस्थितियों में अपना पूरा साथ लेकर बीकानेर की ओर कहुनी गाँव चला गया। उसने वहाँ अपने पिता का द्वादशा (बारवाँ) कोड़मदैसर तालाब पर संपन्न किया।

पिता के और्ध्व दैनिक कर्मों से निवृत्त होने के बाद जोधा ने अपने पैतृक राज्य को पुन: प्राप्त करने का निश्चय कर मंडोर पर दो बार हमले किए, पर सफलता प्राप्त नहीं कर सका। एक बार मंडोर पर विफल आक्रमण करके वापस लौटते समय किसी जाट के घर रुका। तब जाटणी (जाट की पत्नी) भोजन का समय जानकर अतिथि (जोधा) के लिए बाजरी के दळिये से भरी हुई थाली लाई और उसे भोजन की मनुहार की। जोधा ने ग्रास लेने के लिए थाली के बीच जल्दी से हाथ डाला तो उसका हाथ जल गया। जाटणी ने यह देखकर कहा, "बीरा! तुम ऐसे निर्बुद्धि (मूर्ख) वाले हो जैसा कि जोधा निर्बुधि वाला है।" यह सुनकर जोधा को आश्चर्य हुआ कि इसने यह कैसे

कहा ? तब जोधा ने जाटणी से पूछा कि जोधा किस प्रकार निर्बुद्धि वाला है ? जाटणी ने जोधा को कहा कि "जोधा आस-पास की धरती को तो अपने अधीन करता नहीं और पहले मंडोर पर सीधा वार करता है, जहाँ महाराणा का सैन्यबल अधिक है। इस कारण उसे सफलता तो मिलती नहीं, उलटे अपने घोड़े व सैनिक मरवाकर अपना बुरा करवाता है। इस कारण जोधा निर्बुद्धि है। जोधा ने पहले-पहल गरम दलिये में हाथ डाला। उसको पहले आस-पास का ठंडा दलिया खाकर फिर बीच में हाथ डालता तो वह जलता नहीं और दलिया भी कहीं जाता नहीं। वस्तुत: जाटनी को यह पता नहीं था कि जोधा यही है। जाटनी की यह बात सुनकर जोधा को समझ (सीख) मिल गई।

फिर जोधा ने मंडोर पर हमला करना छोड़ दिया और आस-पास के मुलक में धावा करने लगा, जिससे उसे लूट का माल मिला। उस धन से जोधा ने घोड़ों एवं सैनिकों में बढ़ोतरी करना शुरू किया। तथापि मंडोर विजय के लिए पर्याप्त सैन्य शक्ति जुटा नहीं पाया था। एक दिन वह हरभूजी पीर के पास बेंगटी पहुँचा। वह भविष्य दृष्टा था। उसको जोधा के आने का पहले ही पता चला गया था, अत: उसने जोधा के लिए भोजन का प्रबंध पहले ही कर लिया था। जोधा के पहुँचने पर हरभू ने सभी को भोजन करा दिया तो जोधा ने हरभूजी से पूछा, "कभी मेरे भी अच्छे दिन आएँगे ?" तब हरभूजी ने प्रसन्न होकर आशीर्वाद दिया, "तेरे दिन सदा के लिए अच्छे ही रहेंगे, आज ही चढ़ो, मेरे मूँग तेरे पेट में रहते, जितनी जगह आक्रमण करोगे, अपना घोड़ा फिरावोगे, उतनी ही तेरी फतह होगी, जितनी दबा लोगे, उतनी धरती तेरी होगी। तुम्हारे बेटों, पौत्रों के हाथ से धरती कभी नहीं जाएगी।"

उस समय जोधा के पास घोड़े कम ही थे, अत: वह हरभूजी का आशीर्वाद लेकर उसके निकट संबंधी सेतरावत के रावत लूणा के पास घोड़े लेने गया। जोधा ने लूणा से घोड़े माँगे, पर उदयपुर महाराणा के डर से उसने घोड़े देने से मना कर दिया। लूणा का जवाब सुनकर जोधा लूणा की पत्नी भटियाणी (जोधा की मासी) के पास गया। मासी ने पूछा, "उदास कैसे हो ?" जोधा ने कहा, "मैंने रावतजी से घोड़े माँगे थे, पर उन्होंने दिए नहीं।" इस पर

मासी ने हिम्मत कर चतुराई से रावतजी (पति) को अंदर बुलाया और कहा कि "यह वस्तु आप तोषाखाना में रख दिरावें।"

रावतजी ज्यों ही तोषाखाना में गए कि भटियाणी ने किंवाड़ बंद करके अर्गला देकर ताला लगा दिया और चरवादार को समाचार भेजा कि जोधा को टाळवाँ 140 घोड़े सजाकर (मय काठी के) दिए जाएँ। जोधा ने घोड़ों पर अपने सवार चढ़ा दिए और वहाँ से विदा हुआ। तत्पश्चात् भटियाणी ने रावतजी को तोषाखाने से बाहर निकाला।

जोधा सेतरावा से अपने घुड़सवारों सहित रवाना हुआ; उसने महाराणा के चौकड़ी मजबूत थाने पर हमला किया, महाराणा के सैनिकों को मार भगाया। उनके घोड़े व अन्य माल भी जोधा के हाथ लगा। लगे हाथ उसने कोसाणा के थाने पर भी हमला करके उस पर कब्जा कर लिया। अपनी जीत और बढ़ी हुई सैन्य शक्ति से उत्साहित होकर जोधा ने मंडोर पर आक्रमण किया। अब मंडोर पर भी जोधा का अधिकार हो गया। जोधा के आक्रमणों से महाराणा के अन्य थानेदार भी भयभीत होकर मारवाड़ से भाग छूटे। जोधा ने फिर सोजत पर आक्रमण किया, उसे भी अधीन कर लिया। यहाँ यह कहावत भली प्रकार चरितार्थ हुई कि 'बळदाँ खेती घोड़ाँ राज'।

जोधा द्वारा महाराणा की सेना को पराजित कर मंडोर पर अधिकार करना, राज्य विस्तार तथा जोधा के बढ़ते वर्चस्व को महाराणा सहन नहीं कर सका। तब वह ससैन्य जोधा पर आक्रमण करने के लिए बड़ी सेना के साथ रवाना हुआ, पाली आकर के डेरा डाला। जोधा को महाराणा के आक्रमण की खबर मिली तो वह क्रोधित हुआ। पर उसके पास घोड़े कम और दुबले थे, अतः उसने पाँच हजार बैल गाड़ियाँ जुतवाकर उन पर बीस हजार राठौड़ों को बैठाकर महाराणा से सामना करने के लिए चल पड़ा। जोधा का युद्ध का नगाड़ा ज्यों ही पाली के नजदीक पहुँचा, महाराणा ने भयभीत होकर पाली से अपने डेरे कूच कर लिये। जोधा ने महाराणा के डेरे की जगह खुद के डेरे जमा लिये। उसके बाद उसने पूरी गोडवाड़ मारकर उसे लूट लिया।

जोधा ने पिता रिड़मलजी का वैर लेने मेवाड़ पर ससैन्य आक्रमण किया,

कुंभा के राज्य को लूटा। अपने घोड़ों को पिछोला झील पर पानी पिलाया। उसकी निशनी रूप दो पंक्तियाँ—

किया पंवाड़ा राठवड़ चंद ढाढी गाया।
जोधै जंगम आपरा पीछोळै पाया॥

पिछोला पर घोड़ों को पानी पिलाकर जोधा चित्तौड़ पहुँचा, दुर्ग को घेरकर उसके किवाड़ जला दिए। फिर उसने पिता रिड़मल के महल में जाकर मस्तक झुकाया।

महाराणा ने परिस्थितियों वश जोधा से संधि करना उचित समझा। संधि के तहत महाराणा ने बावळ (बबूल) के पेड़ वाली भूमि जोधा को सौंप दी तथा आंवळ वाली भूमि महाराणा के अधिकार में रही।

जोधा द्वारा लगभग सभी अपने झगड़ों के निपटाने और मंडोर पर उसका स्थाई आधिपत्य हो जाने पर 1458 ई. में मंडोर के किले में उसका शास्त्रानुसार राज्याभिषेक किया गया। इस अवसर पर जोधा ने विपत्ति के समय सहायता देने वालों को यथायोग्य दान-दक्षिणा और मान देकर संतुष्ट किया।

जोधा ने ई.स. 1459 की 12 मई को मंडोर से 9 किमी. दक्षिण में चिड़ियानाथ पहाड़ी चोटी पर करणी माताजी के कर-कमलों से नए गढ़-मेहरानगढ़ (जोधपुर दुर्ग) का शिलान्यास करवाया। इसी के पास अपने नाम (जोधपुर) से नया नगर बसाया। जहाँ अपनी राजधानी स्थापित की और अपने राज्य के विकास, सुशासन और प्रजा की सुख-शांति के लिए सदैव यत्नशील रहता। एक दिन उसे खबर मिली कि हिसार के सूबेदार-सारंगखाँ और कांधलजी के बीच युद्ध हुआ, जिसमें कांधल ने वीरगति पाई।

जोधा अपने भाई कांधल का बदला लेने मंडोर से ससैन्य चला। मार्ग में आगे जोधा के पुत्र दूदा व बीका भी अपने-अपने सवारों के साथ इस रण अभियान में साथ हो गए। इस संयुक्त सेना ने सारंगखाँ पर भीषण आक्रमण किया। आतयायी सारंगखाँ मारा गया तथा उसकी सेना युद्ध मैदान से भाग छूटी। युद्ध से लौटते समय जोधा ने बीका को बीकानेर तथा बीदा को छापर-द्रोणपुर का स्वतंत्र शासक बना दिया।

जोधा ने अपने प्रभाव से बादशाह बहलोल द्वारा गया यात्रा पर लगाया जाने वाला शाही कर माफ करवाया। जोधा ने गया, प्रयाग, काशी, द्वारका आदि तीर्थों की यात्राएँ कीं, काशी में स्वर्णदान भी दिया।

ई. सन् 1488 की 16 अप्रैल को 73 वर्ष की अवस्था में जोधपुर में राव जोधा का स्वर्गवास हो गया। राव जोधा के 20 पुत्र थे—1. नींबा, 2. जोगा, 3. सातल, 4. सूजा, 5. बीका, 6. बीदा, 7. वरसिंह, 8. दूदा, 9. करमसी, 10. वणवीर, 11. जसवंत, 12. कूंपा, 13. चांदराव, 14. भारमल, 15. शिवराज, 16. रायपाल, 17. सांवतसी, 18. जगमाल, 19. लक्ष्मण, 20. रूपसिंह।

जोधा बड़ा धीर-वीर, साहसी, उदार, चतुर, दूरदर्शी, दानी आदि क्षत्रियोचित गुणों वाला नरेश था। उसने अपने बाहुबल, पराक्रम, नीति व विवेक से परिस्थितियों से संघर्ष कर अपने पैतृक राज्य पर पुनः अधिकार कर जोधपुर दुर्ग व नगर की स्थापना की। उसका वही जोधपुर आज विश्व के मानचित्र पर सांस्कृतिक धरोहर का सुविख्यात केंद्र बन गया है। जोधा ने अपने राज्यकाल में जोधपुर राज्य का बहुत विस्तार किया। उसके अधिकार में मंडोर, जोधपुर, मेड़ता, फलौदी, पोकरण, महेवा, भाद्राजून, सोजत, गोडवाड़ का कुछ भाग, जैतारण, शिव, सिवाना, सांभर, अजमेर और नागौर संभाग का बहुत सा भाग था। बीकानेर और छापर-द्रोण पर इसके पुत्रों के अधिकार में थे। इसके राज्य की पश्चिमी सीमा जैसलमेर तक, दक्षिणी सीमा अरावली पर्वत तक और उत्तरी सीमा हिसार तक पहुँच गई थी। वस्तुतः मारवाड़ में राठौड़ साम्राज्य के वास्तविक संस्थापक राव जोधा ही था। इसके भाइयों तथा स्वयं के वंशजों ने भारतवर्ष में राठौड़ों की 9 रियासतों की स्थापना की। जोधा ने अपने राज्य के जनहित में सुशासन की जो मर्यादाएँ और मापदंड स्थापित किए, वे अनुपम थे। वह इतिहास-गगन का एक उज्ज्वल नक्षत्र है।

□

राव सातल

राव सातल राव जोधा का तृतीय पुत्र था। इसका जन्म सन् 1435 में हुआ था। सातल 14 मई, 1488 को जोधपुर राज्य की गद्दी पर बैठा। कहा जाता है कि सातल ने अपने राज्याभिषेक के समय जोधपुर परगने का लूणावा-चारणां नामक गाँव एक चारण को दान में दिया था। पोकरण के पास इसके अपने नाम पर सातलमेर नामक शहर भी बसाया था। इसकी भटियाणी रानी फूल कँवर ने जोधपुर में फुलेलाव तालाब बनवाया था।

सातल के भाग्य में राज्यकाल बहुत अल्प लिखा था। उसने जोधपुर का राज्य तो केवल 4 वर्षों तक ही किया। अत: उसे जोधपुर नगर व राज्य के विकास के लिए बहुत ही कम समय मिला। पर अपने वतन और प्रजा के प्रति कर्तव्य पालन में उसने और उसकी सेना ने जो बलिदान दिया, उसकी स्मृति घुड़ला त्योहार के रूप में 530 वर्षों के उपरांत भी जोधपुरवासियों के हृदय में बसी हुई है। मेड़ता और जोधपुर राज्य में आततायियों द्वारा लूट-पाट, प्रजा को संताप और तीजणियों के अपहरण करने पर उसने अपनी सेना के साथ ई. 1491 में शत्रु से, जो प्रसिद्ध ऐतिहासिक युद्ध किया उस घटनाक्रम का विवरण इस प्रकार है—

उस समय वरसिंह मेड़ता का अधिपति था। उसके राज्यकाल में वहाँ एक बार अकाल पड़ा। धान के अभाव में प्रजाहित में उसने सांभर को लूट लिया। सांभर का इलाका उस समय मांडु के सुल्तान नादिरशाह खिलजी के अधीन था तथा उसकी ओर से हाकिम मल्लू खाँ अजमेर में नियुक्त था।

मल्लू खाँ वरसिंह पर आक्रोशित हुआ, पर उस समय उसकी मेड़ता पर चढ़ाई की हिम्मत नहीं हुई। परंतु कुछ समय बिताकर मल्लू खाँ ने मेड़ता पर चढ़ाई कर दी। वरसिंह के पास सैन्यबल कम था, अतः वह राव सातल के पास सहायतार्थ जोधपुर पहुँचा। पीछे मल्लू खाँ ने मेड़ता में लूट-पाट खूब मचाई। उसके बाद वह आगे बढ़ा और अपनी सेना का डेरा पीपाड़ में डाला। वहाँ यवन सैनिकों ने पूजन के लिए ग्राम से बाहर आई 140 तीजणियों का अपहरण कर लिया। यवन सेना ने कोसाणा में डेरा किया। ऐसी विपदा में राठौड़ शासकों के लिए नारी का शील बचाना परम कर्तव्य हो गया।

वरसिंह का भाई दूदा उस समय बीकानेर में था। मल्लू खाँ के इस आक्रमण की सूचना पाकर वह ससैन्य जोधपुर पहुँचा। अनंतर राव सातल, सूजा, वरसिंह एवं दूदा जोधपुर से चढ़ाई कर वीसलपुर पहुँचे। वहाँ से युद्ध अनुभवी वरजांग भींवोत को साथ लिया। वरजांग ने जासूस के रूप में शत्रु सेना में जाकर फौज की पूरी जानकारी ली। युद्ध पूर्व उसकी सलाह अनुसार राठौड़ वाहिनी के दो दल बनाए गए। उन्होंने रात्रि में यवन सेना पर अचानक आक्रमण कर दिया। यवन सेना राठौड़ वीरों के मुकाबले में ठहर नहीं सकी। मल्लू खाँ परास्त होकर भाग गया, मीर घडुला (घुड़ला) सातल के हाथों मारा गया। हालाँकि सातल को भी गहरे घाव लगे थे। इस युद्ध में दूदा ने अद्भुत वीरता का परिचय दिया। वह यवन सेना को चीरता हुआ सिरिया खान की ओर बढ़ा तथा उसके हाथी छीन लिये। इस युद्ध में दूदा को अनेक घाव लगे। वरजांग का यवन सेना की लड़ाई करने वाली सैनिक औरतों से (उड़दा वेगणियां), जो तीन हजार थीं, उनसे मुकाबला हुआ। घडुला के साथ पत्नियाँ, छोकरियाँ, उड़दा वैगणियाँ बहुत थीं। उनके बाल काटकर उन्हें छोड़ दिया गया। राठौड़ सेना ने अपहृत तीजणियों को यवनों से छुड़ाकर सकुशल उनके घर पहुँचाया। युद्ध में जोधपुराधीश राव सातल के अनेक घाव लगे। अतः वह चैत्र शुक्ल 3 वि.सं. 1548 को अपनी मातृभूमि व तीजणियों की रक्षार्थ कोसाणा के रणांगण में बलिदान देकर स्वर्गारोहण कर गए। वहीं जलाशय पर उनका अंतिम संस्कार किया गया। वहाँ उनका स्मारक भी विद्यमान है।

रणखेत दूदा वरसिंह की राठौड़ सेना के हाथ आया। सातल के सात पत्नियाँ थीं। सभी ने अग्निस्नान किया। सातल के पीछे संतान नहीं थी, अतः उनका अनुज राव सूजाजी जोधपुर की राजगद्दी पर आरूढ़ हुआ।

यह कहा जाता है कि मनुष्य के परलोक गमन के पश्चात् उसके सत् कार्यों के रूप में उसका व्यक्तित्व लोक में जीवित रहता है। जोधपुर शहर में चैत्रमास में प्रतिवर्ष मनाया जाने वाला घुड़ले का मेला (त्योहार) इस धारणा का उपयुक्त उदाहरण है। यह कहना तो कठिन है कि यह मेला पिछले कितने वर्षों से मनाया जा रहा है, पर यह निश्चित रूप से कहा जा सकता है कि यह मेला जोधपुर के राव सातल की राठौड़ सेना तथा यवन आतताइयों के बीच कोसाणा के युद्ध में राव सातल व राठौड़ वीरों द्वारा मातृभूमि एवं तीजणियों की लज्जा बचाने के लिए दिए गए बलिदान की स्मृति में मनाया जाता है। मेले में औरतें छेदयुक्त मटकी में दीपक जलाकर गीत गाती हैं। बालिकाएँ भी मटकी को सिर पर रखकर गीत गाती हैं—घुड़लो घूमेला जी, घूमेला···। मटकी के छेद यवन सेनापति घुड़ले के शरीर पर लगे घावों के प्रतीक स्वरूप होते हैं। लोक में यह संदेश देने के लिए कि देश में लूट-पाट कर प्रजा को संताप देने वालों और नारी की लज्जा पर हाथ डालने वाले आतताइयों का दमन करना राजा का परम कर्तव्य है और ऐसे दुराचारियों की यही दुर्दशा होनी चाहिए, जैसी कि घुड़ला की हई। उसके साथ किसी प्रकार की उदारता नहीं होनी चाहिए। स्वतंत्रता पूर्व के समय में यह मेला जोधपुर शहर के अलावा आस-पास के गाँव-कस्बों में भी मनाया जाता था। पर पाश्चात्य वातावरण युगों से सँजोई हुई हमारी संस्कृति को दिनोदिन विनष्ट कर रहा है। फिर भी जोधपुरवासियों ने इस स्वस्थ व सुंदर परंपरा को अद्यावधि अक्षुण्ण रखा है, जो उनकी सांस्कृतिक परंपराओं, मान्यताओं, रीति-रिवाजों, त्योहार, मेले, व्रत-उत्सव आदि के प्रति निष्ठा का प्रतीक है।

□

मेड़ताधीश राव दूदा (दुर्जनशाल)

मारवाड़ के राठौड़ों के मूल पुरुष राव सीहा की पंद्रहवीं पीढ़ी में मंडोर के अधिपति राव रिड़मल राठौड़ के महातेजस्वी राजकुमार जोधा हुए। कालांतर में जोधा ने अपने पौरुष से मारवाड़ के अधिकांश भू-भाग पर अपना आधिपत्य जमा लिया। राव जोधा ने 12 मई, 1459 ई. स. को मेहरानगढ़ (जोधपुर किला) की आधार-शिला रखी और नया 'जोधपुर' नगर बसाया।

रावजोधा की रानी सोनगरी चांपा की कोख से महायशस्वी राजकुमार दूदा का जन्म बुधवार, 15 जून, 1440 ई. (आषाढ सुदि 15, 1497) को हुआ। रानी सोनगरी चांपा पाली के सोनगरा चौहान राजा खीमा सत्तावत की सुपुत्री थी। दूदा के एक सहोदर महाभट वरसिंह थे। दोनों ही सहोदर चंद्रमा की कलाओं के सदृश्य बढ़ते-बढ़ते युवा हुए।

एक दिन दूदा पिता के दरबार में बैठा था। जोधा ने पुत्र की निर्भीकता व अदम्य वीरता के गुणों को देखते हुए उसे आज्ञा दी कि जैतारण के मेघा सिंधल में अपने पूर्वजों का वैर बाकी है, उसका चुकारा होना चाहिए। दूदा पिता की आज्ञा को सहर्ष शिरोधार्य कर जैतारण पहुँचा, मेघा को ललकारकर युद्ध किया और पाबूजी का नाम लेकर तलवार के एक ही वार से मेघा का वध कर दिया।

राव जोधा ने दोनों राजकुमारों को क्षत्रियोचित गुणों से संपन्न जानकर अपने राज्य का विकेंद्रीकरण करते हुए दोनों भाइयों को सम्मिलित रूप से मेड़ता के चारों ओर का भू-भाग प्रदान किया। दोनों भाइयों ने पिता के चरण

स्पर्श कर आशीर्वाद ग्रहण किया और पिता ने उनको घोड़े तथा सिरपाव देकर विदाई दी। वे अपने लाव-लश्कर लेकर उजड़े हुए वीरान मेड़ता में पहुँचे। उन्होंने इसी जगह को उपयुक्त जानकर वि.सं. 1518 चैत्र सुदि 6 (1519 चैत्रादि, ई.स. 1462) को वहाँ कोट की आधारशिला रखी। दूदा ने अल्प समय में अपने शौर्य-तेज से मेड़ता के चारों ओर के भू-भाग पर अपना आधिपत्य जमा लिया। उन्होंने आस-पास की छत्तीस कौम को इस भू-भाग पर बसने के लिए आमंत्रित किया, जिससे यहाँ घर और गाँवों की नींव पड़ी। इस प्रकार दूदा ने वेन कुमार महाराज पृथु की तरह इस भू-भाग को आबाद किया, साथ ही एक सुंदर नगर बसाया, जो मेड़ता के नाम से नई राजधानी के रूप में सुविख्यात होने लगा। उसने नगर की जल आवश्यकता के लिए एक अखूट सुंदर जलाशय 'दूदा सर' का निर्माण करवाया, जो अद्यावधि अस्तित्व में है।

मेड़ता नए राज्य के अभ्युदय और दूदा द्वारा आस-पास के क्षेत्रों में यवनों का दमन करने से अजमेर का हाकिम मल्लू खाँ ईर्ष्या-क्रोध से अति कुपित हुआ तो उसने मेड़ता पर ससैन्य आक्रमण कर खूब लूटमार की। मेड़ता से आगे बढ़कर मल्लू खाँ की सेना ने पीपाड़ के शिव मंदिर में गोरी पूजन कर रही 140 तीजणियों का अपहरण कर लिया। नारियों की मान-मर्यादा की रक्षार्थ राव वरसिंह, दूदा, सातल व सूजा ने यवन सेना पर ससैन्य आक्रमण किया। राव दूदा ने इस रण में अद्भुत वीरता का परिचय दिया। उसने तलवार के प्रखर वारों से शत्रुओं और मदमस्त हाथियों के शिर विदीर्ण कर दिए। स्वयं को अनेक गहरे घाव लगे। यवन सेना के मीर घडुला व सिरिया खान मारे गए। मल्लू खाँ परास्त होकर भाग गया। तीजणियों को कैद से मुक्त करवाया गया, उन्होंने नवजीवन पाया। जोधपुर के राव सातल युद्ध में बड़ी वीरता के साथ लड़ते हुए रणखेत रहे। विजय-पताका दूदाजी के हाथ लगी। आततायी घडुला के मारे जाने और वीरवर सातल के युद्ध में बलिदान की स्मृति को चिरस्थायी रखने के लिए जोधपुर शहर में विगत कई वर्षों से चैत्र मास में तीजणियों द्वारा 'घुड़ला' नामक मेला (त्योहार) मनाया जाता है।

कोसाणा युद्ध की शर्मनाक हार से मल्लू खाँ जल-भुन गया। उसने षड्यंत्र रचकर वरसिंह को अजमेर बुलाया और धोखे से उसे कैद कर लिया। इसकी सूचना मिलने पर राव सूजा, राव बीका व दूदा ने अजमेर पर चढ़ाई की, जिससे मल्लू खाँ घबरा गया। उसने वरसिंह को छोड़ दिया। पर उसने वरसिंह को भोजन में जहर दे दिया था। फलस्वरूप वरसिंह का असामयिक निधन हो गया।

राव जोधा ने कुछ पूजनीक वस्तुएँ बीका (पुत्र) को देने का वचन दे रखा था। अत: राव सूजा (जोधा पुत्र) के राज्याभिषेक होते ही बीका ने वे पूजनीक वस्तुएँ सूजा से माँगी तो वह इनकार करने लगा। तब बीका ने जोधपुर पर चढ़ाई कर शहर को लूटा एवं दुर्ग को घेर लिया। ऐसे विकट आपसी झगड़े में दूदा ने अपने प्रभाव से सूजा व बीका के बीच समझौता करा दिया, जिससे बीका को पूजनीक वस्तुएँ प्रदान की गईं। इसी प्रकार बीका द्वारा बीकानेर की स्थापना तथा काका कांधलजी का वैर लेने में हिसार के सूबेदार सारंग खाँ को खत्म करने के अभियान में दूदा का महत्त्वपूर्ण योगदान रहा।

मेड़ता से बीकानेर जाते समय दूदा की सिद्धपुरुष जांभोजी से भेंट हुई। जांभोजी के आशीर्वचन से शक्ति उपासक दूदा विष्णु उपासक बना। दूदा ने मेड़ताकोट के भक्तों को सुख देने वाला और पापों को नष्ट करने वाला चारभुजानाथ का भव्य व अति मनोहारी मंदिर बनवाकर परम हर्ष पाया। वे स्वयं मंदिर में नित्य पूजा में रत होते। यही मंदिर मेड़ता का भक्ति एवं सांस्कृतिक केंद्र है। जहाँ हर दिन प्रदेश व देश से आने वाले दर्शनार्थियों का ताँता लगा रहता है। दूदा ने अपने राज्य के स्तर व प्रतिष्ठा के अनुरूप राजकोट और घुड़साला का निर्माण भी करवा लिया था। कोट की प्रवेश पोळ एवं अंदर की पोळ बहुत ही आकर्षक हैं।

दूदाजी का यही भक्ति बिरवा विस्तृत होकर वटवृक्ष बन गया, जिसकी शीतल छाया में दूदा के पौत्र जयमल और पौत्री मीराबाई उच्चकोटि की भक्ति से वैष्णव भक्तों में अमर हो गए। मेड़ता मथुरातुल्य प्रख्यात हुआ। इनकी अनन्य भक्ति से उस काल में राजस्थान और गुजरात में कृष्णभक्ति का विशेष

प्रसार हुआ। मेड़ता स्वतंत्र राज्य का संस्थापक राव दूदा करीब 54 वर्षों तक मेड़ताधीश रहा। वह अपने इष्टदेव चारभुजानाथ की भक्ति में सदा शांतचित्त निमग्न रहता। ई.स. 1515 में 75 वर्ष की आयु में भगवान् नारायण के स्वयं प्रकाश परमधाम को सिधार गया। दूदा की स्मृति में उसके वंशजो द्वारा बनवाई भव्य छतरी मेड़ता में विद्यमान है।

दूदा की संतति—दूदा के पांडवों के तुल्य पाँच पुत्र थे—

महपत वीरम जमल, रासो रतन पंचाण।
पांचौ पांडव जेहड़ा दूद तणा दहवाण॥

इन्हीं पाँच पुत्रों से दूदा के वंश का विस्तार हुआ। दूदा के वंशज अपनी जन्मभूमि मेड़ता के साथ माता-पुत्र के आत्मीय संबंध से अपने-आपको 'मेड़तिया राठौड़' कहलाने में गौरव की अनुभूति करते हैं। मेड़तिया अपने अप्रतिम शौर्य, साहस, युद्ध-कौशल से विश्वभर में अनुपम बेजोड़ रणबंका कहलाए। जोधपुर के महाराजा जसवंतसिंह (द्वितीय) के राज्यकाल में सन् 1889 ई. में मारवाड़ में मेड़तियों के कुल 227 जागीर के गाँव थे।

दूदा की अद्भुत वीरता की प्रशंसा में कई कवियों ने डिंगल गीतों की रचना की थी। उनमें से चारणवास के पाता बारहट द्वारा रचित गीत की चार पंक्तियाँ उद्धृत की जा रही हैं—

पूरियौ परवाड़ै पेट पंचाम्रित, गहते किया सपूरित गाल।
सिरियारवान अनै दोई सिंधुर, दाढि न मूका दुजणसाल॥ 1॥
दूजणसाल बि हाथी दोमझि, सिरियाखान संग्रामी सछोहि।
डळ डळ गिल तणै मुंहि दुजड़ा, लूथि न मूका हाथल लोहि॥ 2॥

(संग्राम में अपने उदर को यश-रूप पंचामृत से भरकर हे वीर! तुमने अपने कपोलों (मुँह) को भी पूरी तरह भर लिया है। दुर्जनों (शत्रुओं) के हृदयों में शल्य (काँटे) के रूप में खटकने वाले शूरवीर (दूदा) ने सिरियाखान और उसके दो हाथियों को अपनी दाढ़ (अधिकार) से मुक्त नहीं किया॥ 1॥

शत्रुओं के लिए शल्य रूप पराक्रमी (दूदा) ने संग्राम में दो हाथियों और सिरिया खान को त्वरित गति से अपनी तलवार की धार से टुकड़े-टुकड़े कर

निगल लिया। उस शूरवीर सिंह ने उन लोथों के रक्त तक को नहीं छोड़ा॥ 2॥

दूदा के राज्य में न कोई दरिद्र था, न दुःखी और न कोई दीन था। उसकी प्रजा अमन-चैन, धन-धान्य, समृद्धि से परिपूर्ण सुख-शांति से जीवन व्यतीत करती थी। दूदा ने ब्राह्मणों व चारणों को अनेक गाँव सांसण के रूप में प्रदान किए, उन्हें अकूत दान-दक्षिणा दी।

राव दूदा क्षात्रधर्म प्रतिपालक, वीर-श्रेष्ठ प्रजापालक, उदारचरित, दानी, नीतिज्ञ, धैर्यवान, दयानिधान, आज्ञापालक, अभय, शत्रु संहारक, सत्य-क्षमा, शांत भाव आदि सर्वगुण विभूषित युगपुरुष थे। उनके व्यक्तित्व में शक्ति-भक्ति, अगम दृष्टा की त्रिवेणी धारा प्रवाहमान थी।

□

हिंदूपति महाराणा साँगा

महाराणा संग्राम सिंह, जो राणा साँगा के नाम से सर्वत्र प्रसिद्ध है। साँगा सुप्रसिद्ध महाराणा कुंभा का पौत्र और महाराणा रायमल का पुत्र था। इसका जन्म झाली रानी रतनकँवर की कोख से सं. 1538 वैशाख कृष्ण 9 (ई. 1481, 24 मार्च) को हुआ था। साँगा के दो बड़े भाई पृथ्वीराज और जयमल थे।

एक दिन बातों-ही-बातों में तीनों भाइयों ने अपनी जन्मपत्रियाँ ज्योतिषी को दिखाईं। ज्योतिषी ने जन्मपत्रियाँ देखकर कहा, "पृथ्वीराज और जयमल के ग्रह तो अच्छे हैं, पर मेवाड़ का राज तो साँगा ही करेगा।' इतना सुनते ही दोनों भाइयों ने साँगा को मारने का इरादा किया। पृथ्वीराज ने अपनी तलवार म्यान से खींच ली और साँगा को दे मारी, जिससे उसकी आँख फूट गई। इसी बीच उनका काका सूरजमल आ गया। उसने आपसी विरोध को शांत किया। सूरजमल साँगा को अपने घर ले गया, आँख का इलाज करवाया।

सूरजमल ने बाद में अपने भतीजों को समझाया कि तुम अपना भविष्य जानना चाहते हो तो नाहरमगरा के पास भीमल गाँव में बीरी नामक देवी का अवतार एक स्त्री रहती है, जाकर उससे पूछो। तीनों भाई काका के साथ बीरी के वहाँ पहुँचे। बीरी ने उनसे कहा, "आज तो तुम लोग अपने डेरे पर जाओ, कल सुबह देवी के मंदिर में आना। दूसरे दिन वे सुबह ही देवी मंदिर पहुँचे। मूर्ति के दर्शन कर पृथ्वीराज एक तरफ पड़े सिंहासन पर बैठ गया, सिंहासन के कोने पर जयमल बैठ गया। सिंहासन के सामने की गद्दी पर साँगा और

गद्दी के कोने पर सूरजमल बैठ गया। थोड़ी देर बाद बीरी वहाँ आई। सबने उसे प्रणाम किया और कहा कि 'हम एक काम के लिए आए हैं।' बीरी ने कहा, 'मैंने तुम्हारे आने का कारण पहले ही समझ लिया और उसका उत्तर भी आ गया, अब कहना शेष है। अतः कहती हूँ' गद्दी, जो मैंने मेवाड़ के मालिक के लिए बिछाई थी, उस पर साँगा बैठ गया, जो इस मुल्क का मालिक होगा। गद्दी के किनारे सूरजमल बैठा है, अतः मुल्क के थोड़े से भाग का मुख्तार होगा। पृथ्वीराज और जयमल दोनों ही दूसरों के हाथों मारे जाएँगे।' बीरी के वचन सुनते ही पृथ्वीराज व जयमल भड़क उठे। उन्होंने सूरजमल व साँगा पर शस्त्रों से वार किए, तब उन्होंने भी उन पर शस्त्रों से वार किए। इससे पृथ्वीराज और सूरजमल ज्यादा घायल होकर गिर पड़े। घायल साँगा घाव खाकर अपने घोड़े पर सवार होकर निकल गया। जयमल ने अपने साथियों के साथ उसका पीछा किया। साँगा किसी तरह सेवंत्री गाँव पहुँचा।

वहाँ मारवाड़ से राठौड़ बीदा जेतमल्लोत रूपनारायण के मंदिर में दर्शन करने आया हुआ था। उसने साँगा को खून से लथपथ देखकर उसे घोड़े से उतारा और घावों पर पट्टी बाँधी। इतने में ही जयमल वहाँ आ पहुँचा और बीदा से कहा कि "साँगा को हमारे सुपुर्द करो, अन्यथा तुम भी मारे जाओगे।" बीदा ने साँगा को सुपुर्द करने से बिल्कुल मना कर दिया तो जयमल ने लड़ाई शुरू कर दी। बीदा ने साँगा को तो मारवाड़ की ओर रवाना किया और स्वयं उनसे लड़कर रणखेत रहा।

साँगा ने अपने भाइयों के भय से अपना घोड़ा तो छोड़ दिया और मारवाड़ में एक गड़रिए के यहाँ कुछ दिन विश्राम किया। फिर साँगा अजमेर के पास श्रीनगर के ठाकुर कर्मचंद पुंवार के यहाँ जाकर रहा, जो एक बड़ा लुटेरा था। वहाँ साँगा छद्म वेष में एक राजपूत के नाम से रहने लगा।

एक दिन साँगा जंगल में सो रहा था। उसके मुँह पर धूप आ गई। तभी एक काले सर्प ने अपने फन से उसके चेहरे पर छाया कर दी। फिर थोड़ी देर बाद साँप तो अपनी बाँबी में चला गया। कर्मचंद के आदमियों ने भी यह घटना देखी थी। उन्होंने कर्मचंद को यह घटना बताई। तब कर्मचंद ने अंदाज लगाया

कि यह राजा या राजकुमार है। कर्मचंद ने साँगा से पूछा, "सच कहो, आप कौन हैं?" तब साँगा ने कहा, "मैं सिसोदिया राजपूत हूँ, संग्रामसिंह मेरा नाम है।" कर्मचंद समझ गया कि यह महाराणा रायमल के छोटे पुत्र हैं, जिनका बहुत दिनों से पता नहीं चल रहा था। फिर साँगा ने अपना सच्चा हाल सुनाया। कर्मचंद केवल लुटेरा ही नहीं था, एक चतुर बुद्धि वाला वीर राजपूत था। उसने अवसर देख अपनी बेटी का विवाह साँगा के साथ कर दिया।

साँगा के दोनों बड़े भाई पृथ्वीराज और जयमल ने अकाल मृत्यु पाई, जिससे महाराणा रायमल को शोक होना स्वाभाविक था। वह बीमार रहने लगा। अब उसकी संपूर्ण आशा-विश्वास अपने पुत्र साँगा पर जा टिका। उसने पता करके कर्मचंद के साथ साँगा को बुलवाया। वे चित्तौड़ आकर महाराणा से मिले। भारी अवसाद में पुत्र से मिलकर महाराणा अति प्रसन्न हुए।

वि.सं. 1565 में महाराणा रायमल का देहांत हुआ। उसी साल में साँगा चित्तौड़ के प्रसिद्ध गढ़ में गद्‌दी पर विराजे। साँगा ने राजगद्‌दी पर बैठते ही कर्मचंद पुंवार को अजमेर का पट्‌टा जागीर में दिया और उसे अपने उमरावों में अव्वल दर्जे का उमराव बनाया।

साँगा ने चित्तौड़ के सिंहासन पर बैठने के बाद अपने उत्कृष्ट व्यक्तित्व, राष्ट्रीय भावना, शौर्य-साहस के बल पर मेवाड़ को चरम समृद्धि पर पहुँचाया। दिल्ली पर चौहानों के बाद गजनी, गोर, खिलजी, लोदी वंश क्रम से बैठते रहे, जो छिन्न-भिन्न होकर बँट गए थे। साँगा की अपार शक्ति के समक्ष वे तुच्छ लगते थे। मालवा-गुजरात के सुल्तान साँगा के विरुद्ध पंगु हो गए थे।

साँगा जब अस्सी हजार घुड़सवार, सात उच्च श्रेणी के राजा, नौ राव तथा रावत पदाधिकारी, एक सौ चार अलग-अलग सेनाओं के सेनापति, पाँच सौ हाथियों के साथ युद्ध में प्रस्थान करता तो उससे युद्ध करने की किसी की हिम्मत नहीं होती। आमेर तथा मारवाड़ के राजा साँगा को सम्मान देते थे तथा ग्वालियर, अजमेर, सीकरी, रायसेन, कालपी, चंदेरी, बूँदी, गागरोन और आबू के राजा उसे नजराना पेश करते थे। हिंदुस्तान के लगभग सभी राजपूत उसका सम्मान करते थे।

साँगा ने अनेक युद्धों में विजय हासिल की थी। बाबर से हुए युद्ध से पूर्व वह दिल्ली और मालवा के शासकों से अठारह मैदानी युद्ध जीत चुका था। इसी क्रम में साँगा का दिल्ली के बादशाह इब्राहिम लोदी से हाड़ौती की सीमा पर खातोली गाँव के पास युद्ध हुआ। इसमें लोदी की सेना भाग छूटी। स्वयं लोदी भी लाचार होकर भाग गया। उसका शाहजादा पकड़ा गया। इस युद्ध में तलवार से साँगा का हाथ कट गया और एक पैर के घुटने में तीर लगने से वह लँगड़ा हो गया। चित्तौड़ पहुँचने पर साँगा ने शाहजादे से कुछ दंड लेकर उसे छोड़ दिया। उन्हीं दिनों चंदेरी के गौड़ राजा ने भी कुछ उत्पात किया। साँगा ने अपनी फौज भेजकर उसे पराजित किया, उसको अपना मातहत बनाया। साँगा के वीरतापूर्ण साहसिक अभियानों में मालवा के सुल्तान मुजफ्फर को कैद कर चित्तौड़ लाने और रणथंभौर पर विजय हासिल करने पर अपार यश मिला।

साँगा के शासनकाल में मेवाड़ का चहुँमुखी विकास हुआ। ऐसा लगने लगा कि चक्रवर्ती सम्राट् का मुकुट पृथ्वीराज (तृतीय) के बाद एक हिंदू के मस्तक पर सुशोभित होगा और हिंदू केंद्रीय सत्ता का केंद्र दिल्ली न होकर चित्तौड़ बनेगा। पर राष्ट्र के दुर्भाग्य से मध्य एशिया से एक भगोड़े के रूप में आए विधर्मी ने कुछ सहायकों के साथ दिल्ली का सिंहासन हथिया लिया। दिल्ली पर अधिकार करने के बाद वह हिंदुस्तान के सर्वाधिक शक्तिशाली चित्तौड़ के महाराणा साँगा का सामना करने को अग्रसर हुआ।

बाबर की ओर से मेवाड़ पर आक्रमण की सूचना पाते ही साँगा ने अपनी फौज को युद्ध के लिए हुक्म दिया और वे बयाना की ओर कूच कर गए। कूच के समय बाबर के विरोधी हसन खाँ, मोदी के कई अमीर व महमूद खाँ अपने-अपने सैनिकों के साथ साँगा से आ मिले। हिंदुस्तान के कई राव-उमराव, राजा अपनी-अपनी सेना लेकर साँगा की सहायता के लिए फौज में शरीक हो गए, जिनमें मेड़ता के राव वीरमदेव (साँगा के बहनोई), रतनसिंह (मीरांबाई के पिता), रायमल मेड़तिया, मारवाड़ से राव गांगा का सैन्यदल, आमेर का पृथ्वीराज, राजा ब्रह्मदेव, राजनरसिंह देव, चंदेरी का राजा मेदिनीराय, डूँगरपुर का रावल उदयसिंह, चंद्रभाण, माणकचंद चौहान,

रायदिलीप आदि पचास-साठ हजार राजपूतों के साथ साँगा की फौज में सम्मलित हो गए। इस तरह साँगा ने दो लाख सवार और बहुत सी पैदल फौज के साथ बयाना की ओर युद्ध के लिए प्रस्थान किया। बाबर साँगा की विशाल फौज के भय से संधि भी करना चाहता था, पर साँगा ने उसकी एक भी बात नहीं सुनी और आगे बढ़ता गया। बाबर की सेना सीकरी फतहपुर पहुँची, तब 21 फरवरी 1527 के दिन साँगा की फौज ने शाही फौज के हरावल पर हमला किया। बाबर की सेना हारकर भाग छूटी। साँगा की सेना ने बाबर को पराजित कर उसके अरबी ताशे नामक बाजे छीन लिये। इस घटना की यादगारस्वरूप निम्नलिखित दोहा बड़ा ही लोकप्रिय है—

बाजा बाबर खान रा, कोस्या सांगै राण।
नवाँ गड़ाया बाजसी, नरवर कोट नसाण॥

बाबर की सेना एक बार तो हार गई, पर वह आगे जाकर पुनः युद्ध करने के लिए ठहर गई। साँगा और बाबर के मध्य हुआ यह युद्ध 'बयाना का युद्ध' नाम से प्रसिद्ध हुआ। महाराणा की फौज यदि उसी वक्त बाबर की फौज पर दूसरा हमला करती तो निश्चित रूप से बाबर की हार होती। क्योंकि उसकी सेना तो साँगा के पहले हमले में हार मान चुकी थी, उनके हौसले पस्त हो चुके थे।

इसी हार के समय एक काबुली ज्योतिषी ने कहा कि 'इस समय मंगल का तारा सामने है, अतः बाबर की फौज जरूर हारेगी।' यह भविष्यवाणी सुनकर बाबर के कई अमीर, अधिकारी, सैनिक बादशाह का साथ छोड़कर भाग छूटे। बाबर पर साँगा का खौफ छा गया। उसने शराब पीना छोड़ दिया, सोने-चाँदी के प्याले फकीरों को लुटा दिए। दाढ़ी मूँड़ना छोड़ दिया। मुसलमानों से महसूल न लेने की प्रतिज्ञा की। सब तरह के यत्न करने पर भी उसे जीत की कोई आशा नहीं रही, तब उसने रायसेन राजा सलहदी तँवर की मार्फत साँगा के पास संधि-समझौते का पैगाम पहुँचाया और साँगा को कहलवाया कि 'महाराणा की जो शर्तें हैं, बाबर मानने को तैयार है। महाराणा को वह सालाना नजराना देगा, वह केवल दिल्ली व उसके अधीनस्थ प्रदेशों

तक सीमित रहेगा।" पर अडिग साँगा ने एक भी बात नहीं मानी। वस्तुतः साँगा के मुसाहिब सलहदी से अदावत रखते थे, अतः उन्होंने इस संधि को जमने नहीं दिया।

अब बाबर के लिए युद्ध के अतिरिक्त दूसरा कोई विकल्प नहीं रहा। उसने तोपें लेकर फौज को जमाया और घोड़े पर सवार होकर पूरी फौज में घूमा। सेना को जोश दिलाया, उन्हें बड़े-बड़े खिताब का लालच दिया। साँगा की फौज तो युद्ध के लिए उतावली हो रही थी। 16 मार्च, 1527 को दोनों ओर से पुनः हमला किया गया। राजपूतों ने खानवा (खानुआ) के मैदान में तीव्र गति से तोपों पर आक्रमण किया। ऐसा युद्ध कभी नहीं देखा गया। साँगा विजय के समीप पहुँच गए थे, पर दुर्भाग्य से साँगा का कृतघ्न मुसाहिब सलहदी महाराणा की हरावल से निकलकर 35 हजार सवारों समेत बाबर से जा मिला। कवि ने ऐसे गद्दारों के लिए उचित ही कहा है—

राजपूत कभी हारे नहीं, दुश्मन की तलवारों से।
जब कभी हारे हैं अपने ही गद्दारों से॥

इतने में ही साँगा के चेहरे पर एक तीर लगा, जिससे उन्हें मूर्च्छा आ गई। उसी वक्त मेवाड़ व मारवाड़ के सरदार साँगा को पालकी में बैठाकर रणक्षेत्र से बाहर ले गए। फौज का नेतृत्व करने हलवद के झाला अज्जा के शीश पर महाराणा का छत्र-चँवर व लवाजिमह धारण कराकर राणा की सवारी के हाथी पर बैठा दिया, ताकि मेवाड़ी सेना साँगा की उपस्थिति जानकर उसी उत्साह से लड़ती रहे। तोपों की मार से साँगा की सेना की भारी क्षति हुई। फिर भी वे जख्मी होने पर भी तलवारों से बाबर की फौज को काटते-काटते बड़े-बड़े सरदार वीरगति को प्राप्त हुए। जिनमें रतनसिंह मेड़तिया (मीराँबाई के पिता), रायमल मेड़तिया, माणकचंद व चंद्रभाण चहुवान, रावल उदयसिंह, रावत रतनसिंह चूंडावत, झाला अज्जा सजावत, सोनगरा रामदास, खेतसी, हसन खाँ मेवाती, महमूद खाँ लोदी आदि प्रमुख थे।

सरदार साँगा की पालकी लेकर जब जयपुर की उत्तरी सीमा पर गाँव बसवा पहुँचे, तब साँगा की मूर्च्छा खुली। साँगा ने सरदारों से पूछा, "फौज

की क्या हालत है और फतह किसकी और शिकस्त किसकी हुई? तब सरदारों ने अर्ज की, "बाबर की फतह हुई और आपकी कुल फौज कट गई। आपको जख्मी और मूर्च्छित समझकर हम यहाँ ले आए।" यह सुनकर साँगा ने कहा, "तुमने बहुत बुरा किया, मुझे लड़ाई के मैदान से यहाँ ले आए।" इतना कहकर साँगा ने वहीं मुकाम कर दिया और कहा कि "मैं बाबर को फतह किए बिना चित्तौड़ नहीं जाऊँगा।" शत्रु को पराजित करने से पहले खुले आकाश के नीचे रहने का निश्चय किया। साँगा ने फौज इकट्ठी करने के लिए वहीं से पत्र लिखवाए। हालाँकि कई सरदारों ने दोबारा लड़ाई के लिए साँगा को मना किया, पर वह अपने निश्चय पर दृढ़ रहा। कहते हैं कि तब नमकहराम राजहंता मंत्रियों ने जो अब युद्ध के विरोधी थे, साँगा को विष दे दिया। सं. 1584 वैशाख (ई. 1527, अप्रैल) में बसवा में राष्ट्रवादी महाराणा, वीर शिरोमणि, साहसी, उदारमना, प्रजापालक, रणकुशल, महान् नेता, जन्मभूमि-हिंदूधर्म-संस्कृति रक्षक, महानायक, हिंदूपति, जीवन के मध्याह्न में ही स्वर्गारोहण कर गया, उस महान् आत्मा के कीर्तिमय जीवन का अवसान हुआ।

संतति—महाराणा साँगा के 7 राजकुमार थे—भोजराज (मीराँबाई के पति), कर्ण, रतनसिंह, पर्वतसिंह, कृष्णदास, विक्रमादित्य और उदयसिंह।

साँगा का जीवन-चरित्र शौर्य-त्याग और बलिदान की अमर गाथाओं से विभूषित है। साँगा ने इसलामी सल्तनत को हिला दिया था, उसके सामने विरोधियों ने भी घुटने टेक दिए थे। साँगा ने देश की संस्कृति, कला-साहित्य और धर्म की जो रक्षा और अभिवृद्धि की, उसकी अमर कीर्ति का जीवंत प्रतीक है। वस्तुतः निजी वीरता और शौर्यपूर्ण सदाचार की दृष्टि से उनका स्थान भारत का शासन करने वाले सबसे महान् राजाओं में है।

एक आँख, एक हाथ के कटने व पैर से लँगड़ा होने पर भी साँगा जीवन में न कभी थका, न हारा। तलवारों-भालों के चौरासी घाव लगने पर भी वह निराश न हुआ, वह अजेय था। बाबर साँगा को काफिर तो कहता था, पर उससे डरता और उसे सम्मान भी देता था। साँगा से दुबारा लड़ने का उसमें

साहस भी नहीं रहा था। बाबर ने अपनी दिनचर्या में लिखा—"जब उसने (बाबर) ने भारत पर आक्रमण किया, हिंदुस्तान में साँगा सबसे अधिक बलवान सम्राट् था और उसने वह उच्च महत्त्व अपनी ही वीरता और तलवार से प्राप्त किया था।" विश्वासघाती नमकहरामियों ने एक अनैतिक जीत बाबर को दिला दी, जिसकी उसको कभी स्वप्न में भी आशा नहीं थी।

साँगा को अगर जीवन जीने दिया जाता तो निश्चित रूप से वह संपूर्ण हिंदुस्तान को एक हिंदू छत्रपति के अधीन करने की अपनी प्रतिज्ञा जरूर पूर्ण करता। पर राष्ट्र व उसके स्वयं के भाग्य ने साथ नहीं दिया, अवसान और पराजय ने मिलकर उसकी इहलीला समाप्त कर दी।

□

राजमाता कर्मवती व पन्ना धाय

महाराणा साँगा (संग्रामसिंह), जो तत्कालीन हिंदुस्तान में सबसे शक्तिशाली राजा थे, उनके खानुआ (खानवा) के युद्ध के बाद वीरगति पाते ही संपूर्ण देश में अँधेरा छा गया। उनके सात पुत्र थे—पूर्णमल्ल, भोजराज, पर्वतसिंह, रतनसिंह, विक्रमादित्य, कृष्णसिंह और उदयसिंह। इनमें से पूर्णमल्ल, भोजराज (मीराँबाई के पति), पर्वतसिंह और कृष्णसिंह तो महाराणा के जीवित रहते ही स्वर्गवासी हो गए थे। विक्रमादित्य और उदयसिंह अपनी माता कर्मवती के साथ ननिहाल (बूँदी) में रहने लगे। कर्मवती बूँदी के राव भांडा के दूसरे बेटे नरबद की बेटी थीं। पीछे रहे तीनों पुत्रों में रतनसिंह बड़ा था, जो ई. 29 अक्तूबर, 1527 को चित्तौड़ की गद्दी पर बैठा।

रतनसिंह आमोद-प्रमोद करते बूँदी की तरफ शिकार के लिए गया हुआ था। बूँदी के पास बाजणा गाँव के इलाके में बूँदी के राव सूर्यमल्ल से उसकी भेंट हुई। उन दोनों में पहले से ही अनबन थी। अत: वे दोनों ही आपस में लड़ मरे। रतनसिंह कुछ वर्षों तक ही मेवाड़ पर शासन कर पाया।

रतनसिंह के देहांत के बाद चित्तौड़ के सरदार व उमरावों ने माजी हाड़ी कर्मवती और उनके दोनों बेटों विक्रमादित्य व उदयसिंह को रणथंभौर से बुलवा-कर विक्रमादित्य को ई. 1531 में चित्तौड़ की गद्दी पर बैठा दिया। परंतु वह एक अयोग्य शासक सिद्ध हुआ। उसने अपने सरदारों व उमरावों का कोई मान-सम्मान नहीं रखा, न उनकी राय लेता, न उनकी सुनता था। मेवाड़ की ऐसी दुर्दशा और आपसी फूट के समय गुजरात के बहादुर शाह ने पुराना

बदला लेने के लिए राणा के खिलाफ चढ़ाई की और फौज ने किले को घेर लिया। इस आक्रमण का राजमाता कर्मवती ने बड़े धैर्य व विवेक से सामना किया। उसने अपना वकील बहादुरशाह के पास भेजा और कहलाया कि 'अब आप लड़ाई बंद रखें, मालवा का जितना इलाका पहले मेवाड़ के कब्जे में आया था, उसे छोड़ देने का हम इकरार करते हैं।" बहादुरशाह इस इकरार पर सहमत होकर चित्तौड़ से वापस गुजरात चला गया।

महाराणा का व्यवहार और मेवाड़ की शासन व्यवस्था दिनोदिन गिरती जा रही थी। अत: कुछ सरदार तो शाह के पास चले गए और कुछ सरदार महाराणा की आलोचना में ही उलझ गए। बहादुरशाह को चित्तौड़ पर पुनः चढ़ाई का सुअवसर मिल गया और उसने विशाल सेना के साथ चित्तौड़ पर दुबारा चढ़ाई का अभियान शुरू किया।

बहादुरशाह की चढ़ाई के समाचार ज्यों ही चित्तौड़ पहुँचे, राजमाता कर्मवती ने सब सरदारों-उमरावों के नाम खास रुक्के लिखवाए कि अब तक तो चित्तौड़ सिसोदियों के कब्जे में रहा, परंतु इस वक्त किला जाने का दिन आया सा मालूम होता है, मैं किला तुम लोगों को सौंपती हूँ, चाहे रखो चाहे जाने दो। विचार करना चाहिए कि कदाचित् किसी पीढ़ी में मालिक बुरा ही हुआ तो भी जो राज्य परंपरा से चला आता है, उसके हाथ से निकल जाने में तुम लोगों की बड़ी बदनामी होगी।"

राजमाता के खास रुक्कों से सरदारों की शिराओं का रक्त खौल उठा, उनका क्षात्रतेज जाग्रत् हुआ और छोटे-बड़े सभी राजपूत महाराणा के दुर्व्यवहार को अनदेखा कर जिस भी हालत में थे, चित्तौड़ पहुँच गए। इनमें रावत बाघसिंह, हाडा अर्जुन, रावत सत्ता, सोनगरा माला, डोडिया भाण, सोलंकी भैरवदास, झालासिंह, झालासज्जा, रावत नरबद आदि प्रमुख थे।

उन्होंने बड़े जोश भरे शब्दों में राजमाता को वचन दिया—"हमारे रक्त की अंतिम बूँद तक हम चित्तौड़ की रक्षार्थ अपना बलिदान देंगे। हमारे जीतेजी दुश्मन किले को स्पर्श नहीं कर सकेगा।" सरदारों ने राजमाता को यह भी सलाह दी कि भावी युद्ध की गंभीर परिस्थितियों को देखते हुए विक्रमादित्य

और उसके छोटे भाई उदयसिंह को अपने ननिहाल (बूँदी) भेज देना चाहिए। सरदारों के निर्णयानुसार दोनों भाइयों को बूँदी के लिए रवाना करने से पूर्व राजमाता कर्मवती ने उदयसिंह की धाय पन्ना से कहा, "आज मैं अपने शिशु पुत्र उदयसिंह को तेरे भरोसे छोड़ रही हूँ।" पन्ना खीची चौहान राजपूत शत्रुसाल सामंत की बेटी थी। उसका विवाह चित्तौड़ के वीर राजपूत योद्धा समरसिंह सिसोदिया से हुआ था। वह क्षत्रिय कुल परंपरा में पली थी, स्वभाव से धीर-गंभीर, मृदुभाषी एक आदर्श क्षत्राणी थी। वह राजघराने की रीति-कूटनीति भली प्रकार जानती थी। राणा की महारानियाँ कभी-कभी उससे सलाह भी लिया करती थीं। राज परिवार में उसका भरपूर मान-सम्मान था। सरदारों के निर्णयानुसार ही जब लड़ाई हो, देवलिया के रावत बाघसिंह को महाराणा के प्रतिनिधि के रूप में स्वीकार कर सब लवाजमा (ऐश्वर्य चिह्न) दिया गया। बाघसिंह इस सबसे बड़े मान का आदर करते किले के बाहरी दरवाजे पर तैनात हो गया। गढ़ के दरवाजों, परकोटे व कोट पर मेवाड़ के सभी राजपूतों ने मोर्चाबंदी कर लड़ाई के लिए कमर कसी।

म्लेच्छों की सेना ने किले को घेर लिया। तब वि.सं. 1592 चैत्र शुक्ल पंचमी (8 मार्च, 1535) को शक्ति उपासना के पावन पर्व की प्रातःकालीन वेला में अपने धर्म-संस्कृति व मान-मर्यादा की रक्षार्थ क्षत्रिय परंपराओं की पालना में राजमाता कर्मवती ने किले की सभी स्त्रियों को जौहर का आह्वान किया। सभी स्त्रियाँ अपनी चँवरी की पोशाकों में धार्मिक रस्में संपन्न कर अपने सत के प्रभाव से अग्नि में समा गईं। कुछ ही क्षणों में वे सभी तेरह हजार क्षत्राणियाँ स्वर्ग सिधार गईं।

किले में जौहर की ज्वाला ज्यों ही धधकी, राजपूत वीरों ने केसरिया बाना पहना, तुलसी-पत्र व गंगाजल लिया और हर-हर महादेव के नारों के साथ म्लेच्छों पर टूट पड़े। म्लेच्छों ने एक सुरंग लगाकर जोरदार विस्फोट किया, जिससे किले की 45 हाथ लंबी दीवार उड़ गई और बहुत से मेवाड़ी वीर काम आए। बादशाह ने तोपों को आगे बढ़ाकर जोरदार आक्रमण किया। इसी समय महाराणा साँगा की राठौड़ रानी जवाहर बाई पुरुष वेष में अश्वारूढ़ होकर

कुछ सैनिकों के साथ शत्रुओं पर टूट पड़ी। उसने कई शत्रुओं को काटकर स्वर्गारोहण किया।

तब रावत बाघसिंह व अन्य सरदारों ने साका करने का निश्चय किया कि "धर्मयुद्ध के खुले रणांगण में वीरगति पाकर स्वर्ग पाना क्षत्रिय के लिए श्रेयस्कर है।" अत: उन्होंने किले के दरवाजे खोल दिए और वे तलवार-भाले लेकर भूखे सिंह की भाँति शत्रुओं पर टूट पड़े।

असंख्य मुसलमानों को मौत के घाट उतारते स्वयं भी अपनी बोटी-बोटी कटने पर अदम्य साहस वीरता के साथ वीरगति प्राप्त करते गए। म्लेच्छों की विशाल सेना से आखिरी साँस तक जूझती-जूझती पूरी मेवाड़ी सेना ने वीरगति पाई।

इस युद्ध में हुए रक्तपात का नाला बरसाती नाले की भाँति बहकर मुख्यद्वार तक पहुँच गया। अपनी उज्ज्वल कीर्ति, आन-बान, स्वाधीनता, परंपरा-मर्यादा की रक्षा के निमित्त चित्तौड़ के इस द्वितीय जौहर-साका में 32 हजार राजपूत वीरों और 13 हजार क्षत्राणियों ने आत्मबलिदान देकर चित्तौड़ के इतिहास में फिर एक स्वर्णिम अध्याय जोड़ दिया।

इन्हीं दिनों बहादुरशाह और हुमायूँ के बीच अपने-अपने स्वार्थों के कारण अनबन हो गई। हुमायूँ ने बहादुरशाह पर चढ़ाई की तो वह मंदसोर की ओर भाग गया। बहादुरशाह के जो बचे-खुचे सैनिक किले में रह गए थे, वे भी डर के मारे किला छोड़कर निकल गए। ऐसा सुअवसर देख मेवाड़ी सरदारों ने 5-7 हजार की फौज इकट्ठी की और विक्रमादित्य और उदयसिंह को बूँदी से चित्तौड़ ले आए और किले पर धावा किया। मेवाड़ी वीरों ने कुछ ही दिनों के पश्चात् किले पर पुन: अधिकार जमा लिया।

महाराणा के स्वामिभक्त सरदारों ने राज्य की व्यवस्था को सँभाला, उसको नियंत्रित करने लगे, पर महाराणा ने ऐसे भले सरदारों को भी शासन-व्यवस्था से दूर कर दिया और दुराचारियों का संग कर लिया। चित्तौड़ की रक्षा के लिए मेवाड़ी वीरों द्वारा दिए गए बलिदान को भी वह भूल गया।

मेवाड़ की ऐसी बिगड़ती राज्य-व्यवस्था में मौका देखकर पृथ्वीराज

का पासवानिया बेटा बनवीर चित्तौड़ आ पहुँचा और राजकार्य में दखल देने लगा। थोड़े ही दिनों में वह राज्य का मुसाहिब बन गया। महाराणा निरंकुश हो गया, किसी की भली बात मानता भी नहीं था। इसलिए महाराणा के नेक और स्वामिभक्त सरदारों ने महाराणा से स्वतः ही दूरी बना ली और वे अपने थान-मुकाम चले गए। मेवाड़ राज्य की बिगड़ती व्यवस्था में बनवीर की राज्य-प्राप्ति की लिप्सा दिनोदिन बढ़ ही रही थी कि उसने अवसर देख महाराणा विक्रमादित्य को तलवार से मार डाला। एक ओर चित्तौड़ के रनिवास में रुदन-कोहराम होने लगा तो दूसरी ओर सामंतों की ओर से नए महाराणा के सम्मान में हर्ष ध्वनि गूँज उठी।

बनवीर की अभी भी खून की प्यास मिटी नहीं थी। उसने पहले ही सोच रखा था कि गद्दी के दूसरे हकदार उदयसिंह को भी समाप्त कर दिया जाए। इसी दुर्भावना से कसाई की तरह हाथ में रक्त-रंजित तलवार लेकर वह तेजी के साथ उस महल की ओर गया, जहाँ राजकुमार उदयसिंह पन्ना धाय के संरक्षण में रहा करता था।

पन्ना ने उदयसिंह को भोजनादि करवाकर सुलाया ही था कि महल में राजकुमार के जूठनादि उठाने के लिए बारिन ने प्रवेश किया। वह काँपती हुई कहने लगी, "चित्तौड़ का सत्यानाश हो गया। अभी-अभी बनवीर ने महाराणा विक्रमादित्य की हत्या कर दी।" यह सुनते ही पन्ना का हृदय धक-धक करने लगा। उसे समझते देर नहीं लगी कि वह कातिल चुप नहीं बैठेगा, वरन् अब उदयसिंह को भी नहीं छोड़ेगा। उसने अपने हृदय पर शिला रखकर हिम्मत से निर्णय लिया, चाहे मेरे सुपुत्र की बलि देनी पड़े तो भी चित्तौड़ के उत्तराधिकारी के जीवन को बचाने का मेरा परम कर्तव्य और सौभाग्य है। आखिर पन्ना सच्ची क्षत्राणी थी, जो अपनी मातृभूमि और राजा के लिए सर्वोच्च त्याग व मर-मिटने की सदैव अभिलाषा रखती थी।

पन्ना को इस विकट घड़ी में एक उपाय सूझा। उसने महल में जो फलादि रखने का एक बड़ा टोकरा था, उसमें अविलंब निद्रालीन उदयसिंह को सुला दिया और उसे पत्तों से अच्छी तरह ढककर बारिन के हाथों देकर कहा, "इस

टोकरे को लेकर तू अभी की अभी दुर्ग से निकल जा। किसी को कोई भेद नहीं देना।" स्वामिभक्त बारिन तत्काल दुर्ग से निकल गई। पन्ना ने उसी क्षण राजकुमार के स्थान पर अपने छोटे बेटे चंदन को सुला दिया। इतने में ही घोर अंधकार को चीरता हुआ हाथ में तलवार लिए बनवीर महल में घुसा और इधर-उधर राजकुमार को खोजने लगा। यह देख पन्ना के प्राण सूखते जा रहे थे। हत्यारा बनवीर कड़ककर बोला, "उदयसिंह कहाँ है?" एक कोने में देवमूर्ति सी खड़ी पन्ना ने बिना बोले, भय व व्याकुलता के साथ राजकुमार के पलंग की ओर हाथ से इशारा किया। बनवीर ने उसे उदयसिंह ही जानकर तलवार के एक ही वार से दो टुकड़े कर दिए।

पन्ना ने अपने पुत्र का बलिदान देकर राजकुमार उदयसिंह को यमराज स्वरूप बनवीर की तलवार से बचा लिया, पर वह अभागिन अपने हृदय के टुकड़े होते देखकर भी जी भरकर रो नहीं सकी। उसने अपनी छाती को वज्र के समान कठोर बना अपने ही हाथों अपने लाड़ले पुत्र का अंतिम संस्कार किया। रनिवास में इस जघन्य हत्या के रहस्य का किसी को पता न लगा। उनको यह पता ही नहीं चला कि पन्ना ने अपने पुत्र का बलिदान देकर महाराणा के वंश और मेवाड़ की गद्दी के वास्तविक हकदार को विनाश से बचा लिया है।

पन्ना प्राणों से अधिक प्यारे लाड़ले की चिताग्नि को अपने ही आँसुओं से बुझाकर किले से झट बाहर निकल गई। उसके साथ उसका और बारिन का पति भी था। वह भटकती-भटकती उस जनशून्य स्थान पर पहुँची, जहाँ बारिन राजकुमार के टोकरे को सिर पर लिए हुए उसकी प्रतीक्षा कर रही थी। पन्ना वहाँ से आगे किसी सुरक्षित शरण स्थान की आशा में रवाना हुई। आगे की राह बड़ी विकट थी। वह नदी-नाले, पहाड़-घाटियाँ, काँटे-झाड़ियों को लाँघती चिराग की तरह देवालिया की ओर अविराम चल रही थी।

सवेरा होते-होते वे रावत रायसिंह के घर पहुँचे और आश्रय देने की प्रार्थना की। उसने अतिथियों की खातिर की, पर बनवीर के भय से उनको वहाँ से विदा कर दिया। फिर पन्ना डूँगरपुर गई। वहाँ के रावल आसकरण ने भी वैसा ही व्यवहार किया। तब वह वहाँ से आगे बढ़ी, विश्वासी भीलों के संरक्षण

में दुर्गम पहाड़ी प्रदेश को पार करती-करती कुंभलमेर (कुंभलगढ़) पहुँची। पन्ना ने उदयसिंह को वहाँ के किलेदार आशाशाह (आशादेपुरा) की गोद में देते हुए विनतीपूर्वक कहा कि अपने राजा के प्राण बचाइए।" आशाशाह ने भी बनवीर के डर से राजकुमार को गोद से उतारना चाहा। पर उस वक्त उसकी माता वहीं खड़ी देख रही थी। उसने अपने पुत्र की भीरुता और विवशता देख उसे फटकारा और कहा, "वफादारी कभी खतरों या मुसीबतों को नहीं देखा करती। वह तुम्हारा मालिक और साँगा का बेटा है और ईश्वर की सदिच्छा से परिणाम गौरवपूर्ण होंगे।"

माता की फटकार कारगर हुई। आशाशाह का भय मिट गया। उसने उदयसिंह को अपना भाणजा मानते हुए आदरपूर्वक आश्रय दिया। पन्ना का कर्तव्य पूर्ण हुआ, उसने अपने-आपको धन्य समझा। पन्ना ने विचार किया कि अब यहाँ रहने से मेरा व राजकुमार का भेद खुल जाएगा। अत: वह वहाँ से शीघ्र ही विदा हो गई।

उदयसिंह ने आशाशाह के संरक्षण में करीब 7 वर्ष अज्ञात वनवास की तरह गुजार दिए, पर सत्य आखिर कब तक छिपा रहता। धीरे-धीरे यह रहस्य प्रकट होने लगा कि महाराणा साँगा का असली उत्तराधिकारी कुंभलमेर में बड़ा हो रहा है। उधर बनवीर चित्तौड़ पर निशंक राज कर रहा था। पर वहाँ बनवीर व रावत खान पूर्विया चहुवाण से अनबन हो गई। वह कुंभलमेर पहुँच गया और उसने उदयसिंह को नजराना पेश किया। उसने वहाँ से खास रुक्के लिखवाकर केलवा, बेदला, बागोर, कोठारिया, सलूंबर आदि सामंतों को भी बुला लिया। पन्ना और उसके सहयोगियों ने यह सुनहरा अवसर जानकर सब सामंतों के समक्ष राजकुमार की रक्षा का पूर्ण विवरण दिया। उनकी गवाही से महाराणा साँगा के असली उत्तराधिकारी पुत्र के बारे में जो संदेह था, वह मिट गया। फिर भी यत्-किंचित् जो संदेह रह गया, इस हेतु आशाशाह ने भोजन की व्यवस्था करवाई और एक वृद्ध चौहान सामंत ने उदयसिंह के साथ एक ही थाल में भोजन किया। इससे सरदारों का साँगा के राजकुमार के प्रति विश्वास और भी दृढ़ हो गया।

उदयसिंह अपनी मातृ-स्वरूपा पन्ना धाय से मिला। उसने पन्ना धाय के चरण स्पर्श किए। पन्ना ने उसका शीश चूमा, आशीर्वाद दिया। राणा भावविभोर हो गया, रोमांचित होकर कहने लगा, "माँ! तुमने ही मुझे नवजीवन दिया। मैं तो जन्म-जन्म में भी तेरे उपकार से उऋण नहीं हो सकूँगा, तुम मेरे लिए गंगा स्वरूप हो। मैं तो तुम्हारी शीतल गोद में पला-पोसा हूँ। सुना है, मेरी माँ तो मेरी शैशवास्था में ही जौहर की धधकती चिता में समा गई थी। मेरे बदले मेरा अनुज गया। तुम्हारा पुत्र बलिदान व वात्सल्य अमूल्य है, अब मंगलकामनाओं के साथ मुझे चित्तौड़ फतह करने के लिए आज्ञा प्रदान करो, माँ!"

उदयसिंह ने अपने सरदारों को खास रुक्के भेजकर कुंभलमेर बुला लिया और अपनी सेना के साथ चित्तौड़ पर कब्जा करने के लिए प्रस्थान किया। बनवीर को समाचार मिला तो उसने भी अपनी सेना तैयार की। महोली के पास दोनों सेनाओं में मुकाबला हुआ। बनवीर के बहुत से सैनिक काम आए। महाराणा की फतह हुई। महाराणा की फौज वहाँ से आगे बढ़ी। महाराणा के मंत्री ने चित्तौड़ के किलेदार को लालच देकर अपनी ओर मिला लिया। उसने रात्रि में किले के दरवाजे खोल दिए। महाराणा के सैनिक किले में घुस गए। दोनों ओर से राजपूत मारे गए। महाराणा की सेना ने किले पर कब्जा कर लिया। बनवीर किले से भागकर दक्षिण में नागपुर की ओर चला गया। मेवाड़ पर महाराणा उदयसिंह का पूर्ण अधिकार हो गया।

हिंदुस्तान के सबसे शक्तिशाली तत्कालीन राजा महाराणा साँगा के स्वर्गारोहण के पश्चात् मेवाड़ की राज्य व्यवस्था चरमरा गई। साँगा के बाद उसका पुत्र रत्नसिंह चित्तौड़ की गद्दी पर बैठा। उसने 4-5 वर्ष राज्य किया और बूँदी के सूर्यमल्ल के साथ लड़कर दोनों मृत्यु को प्राप्त हुए। उसके बाद विक्रमादित्य चित्तौड़ का मालिक बना, जो अयोग्य शासक हुआ। वैधव्य काट रही राजमाता कर्मवती के लिए ये दिन घोर कठिनाई एवं विपदा के थे। मेवाड़ राज्य की ऐसी दुर्दशा और दुर्बलता देख बहादुरशाह ने चित्तौड़ पर आक्रण किया। कर्मवती ने अपने असीम साहस, विवेक व धैर्य से काम लिया। उसने मालवा की कुछ भूमि से मेवाड़ का कब्जा हटाकर बहादुरशाह को शांत कर

युद्ध बंद करवाया। पर विक्रमादित्य फिर भी शासन सँभाल नहीं सका। तब बादशाह ने चित्तौड़ पर दूसरा आक्रमण किया। इस बार कर्मवती के आह्वान पर मेवाड़ के राजपूतों एवं वीरांगनाओं ने चित्तौड़ के इतिहास प्रसिद्ध दूसरे जौहर व साके का स्वर्णिम इतिहास रचा। उसने स्वयं जौहर व्रत की अगवानी कर चित्तारोहण किया। मेवाड़ राज्य की शासन दुर्दशा, आततायियों के चित्तौड़ पर दो भारी आक्रमण की विकट परिस्थितियों में वैधव्य काट रही राजमाता के असीम साहस, धैर्य, विवेक और संघर्ष को जितना श्रेय दिया जाए, अल्प ही रहेगा।

राजकुमार उदयसिंह की जीवनदात्रि पन्ना धाय का नाम इतिहास में सदैव स्वर्णिम अक्षरों में अंकित रहेगा। उसने राजस्थान ही नहीं, वरन् भारत की समस्त नारियों का गौरव बढ़ाया। विश्व के इतिहास में राजकुमार की जीवन-रक्षार्थ अपने पुत्र का बलिदान देने का ऐसा अनुपम उदाहरण कहाँ मिलेगा! चित्तौड़ के गौरवमय विशाल मुकुट में हीरों, मुक्ताओं व माणकों के मध्य वह हरित पन्ना की तरह सदैव चमकती रहेगी।

राजमाता कर्मवती व पन्ना धाय का मणिकांचन योग सिद्ध हुआ। एक ने आत्मबलिदान देकर चित्तौड़ की स्वतंत्रता, गौरव व कीर्ति को बचा लिया तो दूसरी ने चित्तौड़ के वास्तविक व भावी राजा का जीवन अपने पुत्र का बलिदान देकर उबार लिया। दोनों का त्याग, साहस, निर्भयता, अद्भुत, बेमिसाल और वर्णनातीत है। वे भारतीय सांस्कृतिक धरोहर की वास्तविक प्रतीक हैं।

□

मेड़ताधीश जयमल मेड़तिया

जयमल मेड़ताधीश राव दूदा का पौत्र व मेड़ताधीश राव वीरमदेव का ज्येष्ठ राजकुमार था। जयमल का जन्म शुक्रवार 17 सितंबर, 1507 ई. (आश्विन शुक्ल 11,1564) को हुआ। वह पिता के देवलोक गमन के पश्चात् छत्तीस वर्ष की आयु में मेड़ता की गद्‍दी पर बैठा।

वीरमदेव का अधिकांश जीवन युद्धों और संघर्ष में बीता। पिता के इन युद्धों और संघर्ष काल में जयमल उनके साथ रहा। वीरमदेव व जोधपुर के राव मालदेव के बीच वैर-वैमनस्य था। अत: जयमल जानता था कि मालदेव अवसर पाते ही मेड़ता पर हमला करेगा, इसलिए उसने सैनिक तैयारी कर ली, साथ ही अपने भाई-बांधवों को जागीरें प्रदान कीं। इस पर मालदेव जयमल पर नाराज हुआ। उसने मेड़ता पर आक्रमण के लिए कूच कर गांगरड़ा ग्राम के समीप सैनिक डेरा डाला।

जयमल ने सोचा कि मालदेव की विशाल सेना से मुकाबला करना कठिन होगा। अत: उसने बीकानेर के रावल कल्याणमल से सैनिक सहायता माँगी। उसने अपने सात हजार सैनिक सहायतार्थ भेज दिए। जयमल भाई-बंधुवों के इस युद्ध को टालना चाहता था। उसने अपने सरदारों के साथ मालदेव को युद्ध टालने का कहलाया, पर अहंकारी व लोभी मालदेव माना नहीं; उसने मेड़ता पर आक्रमण कर दिया। घमासान युद्ध में दोनों ओर के वीर रणखेत रहे। जयमल की सेना ने इतना भीषण युद्ध किया कि मालदेव की सेना को पीछे हटना पड़ा। स्वयं मालदेव अपनी जान बचाकर युद्धक्षेत्र से हट गया। उसे सामंत चाँदा ने जोधपुर पहुँचाया। मालदेव की विशाल सेना के समक्ष जयमल की यह विजय

आश्चर्यकजनक थी। मालदेव इस पराजय से इतना घबरा गया कि अगले कई वर्षों तक वह मेड़ता पर आक्रमण करने की हिम्मत नहीं जुटा सका। इस अवधि में जयमल को मेड़ता के विकास के लिए सुअवसर मिल गया। उसने कोट में भव्य महलों का निर्माण करवाया।

जयमल की इस विजय के बारे में लोक धारणा है कि आक्रमण के समय जयमल श्रीचारभुजानाथ (कृष्ण भगवान्) की पूजा में विराजमान था। श्रीचारभुजानाथ ने अपने अनन्य भक्त की रक्षार्थ जयमल का रूप धारण कर युद्ध किया, जिससे जयमल की जीत हुई। इस संबंध में यह दोहा भी प्रसिद्ध है—

जयमल जपे जाप जप माला।
भाग्या राव मंडोर वाळा॥

मालदेव मेड़ता की हार के बाद हर समय मेड़ता को अधीन करने के बारे में ही सोचता रहता था कि उसे एक अवसर मिल गया। हरमाड़ा गाँव में हाजी खाँ और महाराणा उदयसिंह के बीच युद्ध हुआ, जिसमें मालदेव के सैनिक हाजी खाँ के साथ थे तथा जयमल महाराणा के साथ था। युद्ध में हाजी खाँ की जीत हुई। इस युद्ध से क्षत-विक्षत, हारी-थकी जयमल की सेना पर मालदेव ने आक्रमण की तैयारी की। इसकी सूचना पाकर जयमल ने स्वजनों के आपसी झगड़े को टालने की सद्भावना से मेड़ता छोड़ दिया। तब मालदेव ने मेड़ता पर आसानी से अधिकार कर लिया। उसने द्वेष भावना से दूदा कोट व चारभुजा मंदिर को छोड़कर जयमल के महलों को गिराकर वहाँ मूलों की खेती करवाई। मेड़ता का नाम बदलकर 'नया नगर' कर दिया।

परिस्थितियोंवश मेड़ता के छूट जाने पर जयमल ने महाराणा उदयसिंह के पास जाना उचित समझा। वस्तुत: मेवाड़ राजघराने व मेड़ता राजघराने में आपसी घनिष्ठ पारिवारिक संबंध थे। अत: महाराणा ने बड़े आदरभाव के साथ उसे बदनोर का ठिकाना प्रदान किया। पर मालदेव ने जयमल का पीछा करना अभी भी नहीं छोड़ा। उसने जोधपुर की सेना भेजकर बदनोर पर भी आक्रमण करवाया। जयमल बड़ी वीरता से लड़ा, पर जोधपुर की विशाल सेना के आगे उसे पीछे हटना पड़ा और बदनोर को छोड़ना पड़ा। फिर भी वह मेड़ता की पुन:

प्राप्ति के लिए यत्नशील था।

जयमल यह जानता था कि अकबर भी मालदेव से नाराज है, अतः उसने अकबर से संपर्क साधकर मेड़ता पर आक्रमण करने की सलाह दी और विश्वास दिलाया कि मेरी सेना भी आपका साथ देगी। अकबर को यह सलाह उचित लगी। शरफुद्दीन के नेतृत्व में उसकी सेना ने मेड़ता पर आक्रमण किया तो मेड़तिया राठौड़ों की सेना ने साथ दिया। घोर युद्ध हुआ। दोनों ओर के सैनिक काम आए। आखिर ई.स. 1563 को जयमल का शरफुद्दीन की सहायता से मेड़ता पर पुनः अधिकार हो गया।

जयमल का मेड़ता पर अधिकार तो हो गया, पर उसके भाग्य ने साथ नहीं दिया। अतः उसका मेड़ता पर अधिक समय तक अधिकार नहीं रह सका। किन्हीं कारणों से अकबर शरफुद्दीन पर कुपित हो गया। अतः मारे जाने के डर से वह बागी होकर जयमल की शरण में आ गया। अकबर के लिए यह अति असहनीय था। वह जयमल पर नाराज हुआ। उस समय शरफुद्दीन का परिवार व सैनिक नागौर में थे। शरफुद्दीन के निवेदन करने पर उसके परिवार व सैनिकों को नागौर से सुरक्षित लाने के लिए जयमल ने अपने पुत्र शार्दूल को भेजा। शार्दूल परिवार को लेकर लौट रहा था, तब शाही सेना ने उस पर आक्रमण किया। शार्दूल बड़ी वीरता से लड़ता हुआ 40 योद्धाओं सहित रणखेत रहा। पर शरफुद्दीन के सैनिक व परिवार मेड़ता सकुशल पहुँच गए। शरफुद्दीन को शरण देने पर जयमल को विदित हो गया कि अब अकबर मेड़ता पर भी अवश्य हमला करेगा। अतः उसने अपने राज परिवार को बदनोर भेज दिया।

इन्हीं दिनों में महाराणा को विशेष समाचार मिले कि अकबर चित्तौड़ पर विशाल सेना के साथ आक्रमण करने वाला है। अतः महाराणा ने निमंत्रण देकर जयमल को चित्तौड़ बुला लिया। जयमल मेवाड़ की रक्षा व अकबर से प्रतिशोध लेने की भावना से प्रेरित होकर अपने भाई-बंधुओं के साथ मेड़ता से चित्तौड़ के लिए विदा हुआ। जयमल का मेड़ता की धरती को यह अंतिम नमस्कार था, वह फिर कभी मेड़ता लौटकर नहीं आया।

महाराणा उदयसिंह जयमल की अजेय शूर-वीरता को भली प्रकार जानता

था। अतः जयमल के चित्तौड़ पहुँचने पर महाराणा ने उसे चित्तौड़ का दुर्गाध्यक्ष नियुक्त किया और प्रसन्नतापूर्वक उसे कोठारिया की जागीर भी प्रदान की।

चित्तौड़ पर अकबर के आक्रमण की आशंका से सरदारों ने महाराणा से निवेदन किया कि आप राजपरिवार सहित इस युद्ध से बाहर रहकर शत्रुओं से छपामार युद्ध करें और हम आखिरी साँस तक दुर्ग की रक्षा करेंगे, शत्रुओं की छाया तक नहीं पड़ने देंगे। महाराणा सरदारों के निवेदन को स्वीकार कर पहाड़ों में चले गया। दुर्ग की सुरक्षा का उत्तरदायित्व वीरवर जयमल के ऊपर रहा।

अकबर ने चित्तौड़ दुर्ग पर अधिकार हासिल करने के लिए अपने सैनिक डेरे चित्तौड़ के उत्तर में नगरी गाँव के पास किए, फिर दुर्ग का घेराव किया, पर जब कोई सफलता नहीं मिली तब मुगलों ने साबत और सुरंगों के माध्यम से बारूद से विस्फोट करने शुरू किए, जिनसे दुर्ग की प्राचीर को थोड़ी क्षति पहुँचती, कई सैनिक भी हताहत होते। जयमल रात्रि के समय अपने वीर सैनिकों से दुर्ग प्राचीर की मरम्मत करा देता।

अकबर करीब चार महीनों से बनजारों की तरह पड़ा-पड़ा हैरान हो गया, दुर्ग हासिल नहीं हो सका। तब उसने कूटनीति से राजा टोडरमल के साथ जयमल को लालच भरा गुप्त संदेश भेजा और कहलाया कि "दुर्ग मुझे सुपुर्द कर दे, मैं आपको जो माँगे वही दूँगा, कई परगने भी दूँगा।' जयमल ने टोडरमल के प्रस्ताव को अमान्य करते हुए दृढ़ शब्दों में कहा, "तुम्हारे बादशाह को मेरा यह उत्तर सुना देना—

जयमल लिखे जवाब, यूँ सुनिए अकबरशाह।
आँण फिरै गढ़ ऊपराँ, पड़िये धड़ पतशाह॥
है गढ़ म्हारौ म्हैं धणी, असुर फिरै किम आँण।
कूंच्याँ जे चित्रकोट री, दीधी मोहि दिवाण॥"

जयमल के ऐसे दृढ़ जवाब को सुनकर टोडरमल निराश होकर चला गया। उसने अकबर को जयमल का जवाब सुना दिया।

जयमल रात्रि के समय तोड़ी गई दुर्ग प्राचीर की मरम्मत करवा रहा था कि अकस्मात् उसके पैर में किसी अज्ञात शत्रु की गोली लगी, वह घायल हो

गया। फिर भी उसने साहस व धैर्य नहीं खोया। युद्ध के लंबी अवधि तक चलने से दुर्ग में अन्न-जल का अभाव हो गया था। ऐसी परिस्थितियों में जयमल के परामर्शानुसार स्त्रियों ने जौहर व क्षत्रिय वीरों ने दुर्ग का द्वार खोलकर साका करने का निश्चय किया।

वि.सं. 1624 की चैत्र कृष्ण एकादशी के उषाकाल में जयमल और पत्ता सिसोदिया की पत्नियों की अगवानी में जौहर साका स्मारिका 2019 के अनुसार करीब 7,000 राजपूत वीरांगनाओं ने अपनी मान-मर्यादा की रक्षार्थ जौहर की धधकती ज्वाला में अपने-आपको समर्पित कर दिया। देखते-ही-देखते सती नारियों के स्वर्णिम शरीर भस्मी में परिणित हो गए। उन्होंने अपना सत और धर्म निभाया। जौहर की प्रचंड धधकती ज्वाला देखकर अकबर हतप्रभ रह गया। तब पास में ही खड़े आमेर के भगवंतदास कछवाह ने अकबर को बताया कि क्षत्रिय जब युद्ध में प्राणोत्सर्ग का निश्चय कर लेते हैं तो क्षत्राणियाँ अपनी मान-मर्यादा बचाने के लिए जौहर-ज्वाला में भस्म हो जाती हैं और वे शत्रु पर टूट पड़ते हैं। जौहर करने वाली वीरांगनाओं में मुख्य रूप से पत्ता की माँ सज्जनाबाई, सामंतसी की पुत्री जीजाबाई, सहसमल की पुत्री मदालसा बाई, ईसरदास की पुत्री भगवती, पद्मावती झाली, फूल कँवर (जयमल की बहन), डूंगरसी की पुत्री आसाबाई आदि थीं।

जौहर संपन्न होते ही जयमल ने वीरों को शाके का आह्वान किया। वीरों ने केसरिया वस्त्र धारण कर जयमल के हाथों से अफीम का पान किया। जयमल घायल अवस्था में भी रणांगण में क्षत्रियोचित वीरगति प्राप्त करने का अभिलाषी था। जयमल की अंतिम इच्छा को देखते हुए वीर कल्ला राठौड़ ने उसे अपने कंधों पर बैठा लिया। उधर ज्यों ही दुर्ग के द्वार खोले गए, योद्धा तेजगति से शत्रुओं पर टूट पड़े। जयमल व कल्ला अपने-अपने दोनों हाथों की तलवारों से असंख्य शत्रुओं को काटते आगे बढ़ रहे थे। अंत में लड़ते-लड़ते दोनों वीरों ने हनुमान पोल व भैरवपोल के बीच प्राणोत्सर्ग कर भारत के इतिहास में अनुपम कीर्ति पाई। मेवाड़ के निमित्त अपना शीश अर्पण कर जयमल ने अपने पिता के

समक्ष की गई प्रतिज्ञा का पालन किया। दोनों ही महावीरों की स्मृति में छतरियाँ बनाई गईं, जो अद्यावधि विद्यमान हैं। ऐसी लोक धारणा भी है कि कल्ला ने सिर कटने पर भी कबंध युद्ध किया, अनेक शत्रुओं को मार गिराया।

जयमल व कल्ला के प्राणोत्सर्ग के बाद पत्ता (जयमल का बहनोई) ने जोश के साथ सैकड़ों मुगलों को खत्म कर दिया। उनकी कीर्ति में यह दोहा बहुत प्रचलित है—

पत्तो लड़वे पोळियाँ, जैमल म्हेलां बीच।
राय आँगण कल्लौ लड़ै केसर हंदा कीच॥

करीब तीन प्रहर के भीषण युद्ध में मेवाड़ की सेना ने हजारों मुगलों को मौत के घाट उतार दिया। इस ऐतिहासिक युद्ध में प्राणोत्सर्ग करने वाले मुख्य वीरों में डोडिया सांडा, ईसरदास मेड़तिया, रावत सांईदास, राजराणा जेता सज्जावत, राजराणा सुलतान आसावत, राव संग्रामसिंह, रावत साहिब खान, जयमल का अनुज प्रतापसिंह, राठौड़ नैतसी, अर्जुन मेड़तिया, रूपसी मेड़तिया, करमचंद मेड़तिया आदि थे। इनके साथ ही करीब पाँच हजार की मेवाड़ की सेना ने लाखों मुगलों से लोहा लेकर अपने प्राणों की आहुति दी। सनातन धर्म-संस्कृति-परंपरा-मान-मर्यादा एवं मेवाड़ की स्वायत्तता-स्वतंत्रता के लिए किया गया चित्तौड़ का यह तीसरा जौहर-साका पूर्ण हुआ।

अकबर की सेना ने दुर्ग में प्रवेश करके करीब चालीस हजार निरपराध प्रजा का नरसंहार किया। इस जघन्य हत्याकांड के पश्चात् अकबर का चित्तौड़ पर कब्जा हो सका, जो आगे कुछ वर्षों तक ही रहा। इस बर्बतापूर्ण कत्लेआम का अकबर पर एक और अमिट कलंक लग गया। वैसे वह पहले से कुलीन हिंदुओं की सुंदर नारियों को नौरोज की ओट में मीना बाजार में बुर्का पहनकर उनको जाल में फँसाकर उनकी लज्जा भंग करने के लिए कलंकित था।

इस युद्ध के बारे में अकबर के आश्रित इतिहासकार अबुल फजल ने लिखा—"किसी ने ऐसा युद्ध कभी नहीं देखा, न अनुभवी ऐसे किसी दूसरे युद्ध का हाल बताते हैं। मैं क्या इस मुकाबले और युद्ध का वृत्तांत कहूँ, मैं तो लाख में एक का भी बयान नहीं कर सकता।"

कर्नल जेम्स टॉड ने जयमल व पत्ता की अनुपम वीरता के बारे में जो लिखा उसका हिंदी रूपांतरण—

"परंतु मेवाड़ के इतिहास के विपत्तियों के विवरणों से भरे हुए पृष्ठों में सबसे अधिक प्रकाशमान नाम बदनोर के जयमल एवं केलवा के पत्ता के हैं, जो मेवाड़ के उच्च श्रेणी के सोलह उमरावों में से थे तथा जिनके नामों को प्रत्येक चारण और सच्चे राजपूत पवित्र मानते हैं और जिनको स्वयं अकबर ने अपनी लेखनी से अजर-अमर कर दिया है। इसमें प्रथम (जयमल) मारवाड़ की वीर शाखाओं में सबसे अधिक बहादुर राठौड़ों की मेड़तिया शाखा के थे और दूसरा (पत्ता) चूंडावतों की एक प्रधान शाखा जगावतों के मुखिया थे। जयमल और पत्ता के नाम घर-घर में सुविख्यात हैं, जिनको मेवाड़ से कभी पृथक् नहीं किया जा सकता और जब तक राजपूतों के पास उनके पूर्वजों की संपत्ति का कुछ भी अंश अथवा पुरातन घटनाओं की कुछ भी यादें शेष रहेंगी, तब तक उनके नाम बड़े सम्मान एवं गौरव के साथ स्मरण किए जाएँगे।"

काउंटनोअर ने जयमल के अद्‌भुत शौर्य से प्रभावित होकर उसे 'चित्तौड़ केसरी' (Lion of Chittor) की संज्ञा दी।

वीरवर जयमल ने राव मालदेव से अनेक युद्ध तो अपने राज्य मेड़ता की रक्षा के लिए ही किए, पर एशिया के सबसे शक्तिशाली बादशाह अकबर का सामना मेवाड़ की स्वतंत्रता, स्वायत्तता, सनातन धर्म-संस्कृति एवं शरणागत की रक्षार्थ किया था। जब तक विश्व में अदम्य वीरता, स्वाधीनता, स्वाभिमान, सत्यता, प्रतिज्ञा पालन, शरणागत रक्षा आदि गुणों की प्रतिष्ठा-मान रहेगा, तब तक जयमल का वीरचरित इतिहास में स्वर्णाक्षरों में अंकित रहेगा।

संतति—राव जयमल के 14 पुत्र थे—1. सुरताण, 2. केशवदास, 3. गोयंददास, 4. माधवदास, 5. कल्याणदास, 6. रामदास, 7. विट्‌ठलदास, 8. मुकुनदास, 9. श्यामदास, 10. नारायणदास, 11. नरसिंहदास, 12. द्वारकादास, 13. हरीदास, 14. सादुल। ये सभी पुत्र वीर-योद्धा थे, जिनसे मेड़तियों की प्रसिद्ध उपशाखाओं का विकास हुआ।

□

महाराणा प्रताप

महाराणा उदयसिंह की रानी जयवंती सोनगरी की कोख से 9 मई, 1540 ई. को प्रताप का जन्म हुआ। यह दिन संपूर्ण देश के लिए शुभ था। प्रताप के जन्म की घड़ी व नक्षत्र देखकर ज्योतिषियों ने भविष्यवाणी की, "यह अपने कुल का नाम उज्ज्वल करेगा और इसकी कीर्ति विश्व में अमर रहेगी।"

प्रताप का बाल्यकाल व प्रारंभिक जीवन कुछ कष्टमय रहा। राणा उदयसिंह की दूसरी रानी भटियानी अपने पुत्र जगमाल को युवराज बनाना चाहती थी और राणा का झुकाव भी उसी ओर हो गया था। प्रताप की माता ने बड़े धैर्य के साथ उनका लालन-पालन किया। आयु बढ़ने के साथ प्रताप में क्षत्रियोचित गुणों का विकास होता रहा।

प्रताप करीब 14 वर्ष का ही हुआ था कि महाराणा ने उसे डूँगरपुर पर चढ़ाई का आदेश दिया। कारण कि पन्नाधाय जब उदय सिंह को आश्रय के लिए डूँगरपुर पहुँची तो डूँगरपुर रावल ने बनवीर के डर से आश्रय देने से मना कर दिया था। जैताणा गाँव के पास दोनों सेनाओं में युद्ध हुआ, जिसमें प्रताप की विजय हुई। प्रताप की इस विजय पर महाराणा अति प्रसन्न हुए। प्रताप का विवाह 17 वर्ष की आयु में मामरख पँवार की पुत्री अजबदे से हुआ, जिसकी कोख से अमरसिंह का जन्म हुआ। इसी अवसर पर उदयसिंह ने 'उदयपुर' की नींव रखी।

मेवाड़ के छप्पन क्षेत्र पर सोनग राठौड़ों (ईडर) के वंशजों का अधिकार था। उनको हटाने महाराणा ने प्रताप के नेतृत्व में एक सेना भेजी। प्रताप ने

उन राठौड़ों को वहाँ से खदेड़कर पूरे छप्पन प्रदेश पर अधिकार कर लिया।

गोड़वाड़ भू-भाग पर पहले मेवाड़ राज्य का अधिकार था, जिसे जोधपुर के शासक राव मालदेव ने अपने राज्य में मिला लिया। महाराणा ने प्रताप के नेतृत्व में एक सेना भेजी और बिना किसी लड़ाई के प्रताप ने अपने घोड़े घुमाकर वहाँ आधिपत्य जमा लिया।

महाराणा उदयसिंह जब अकबर के समक्ष नहीं झुका तो अकबर ने स्वयं विशाल सेना के साथ चित्तौड़ पर चढ़ाई की। जयमल-पत्ता के नेतृत्व में भीषण जंग हुई और फिर जौहर-साका किया गया, जिसका विवरण 'मेड़ताधीश जयमल मेड़तिया' में दिया जा चुका है। महाराणा व प्रताप को इस युद्ध से सामंतों की सलाह से विलग रखा गया। इस युद्धोपरांत चित्तौड़ पर अकबर के कब्जे और उसके द्वारा निरपराध प्रजा को कत्लेआम घटना से उनके हृदय पर भारी चोट लगी। उन्होंने अकबर से बदला लेने का प्रण किया। रणथंभौर का किला महाराणा उदयसिंह के अधिकार में था। चित्तौड़ पर कब्जा करने के बाद अकबर ने इस किले का घेराव कर मोरचाबंदी की। महाराणा का किलेदार सुरजन हाडा मुगलों का मुकाबला नहीं कर सका, उसने समझौता कर लिया, जिससे इस सुदृढ़ दुर्ग पर अकबर का अधिकार हो गया। इस घटना से महाराणा व प्रताप दोनों को ही आघात लगा। कुछ समय बाद उदयसिंह का स्वास्थ्य खराब होने से गोगुंदा में उनका देहांत हो गया।

प्रताप महाराणा उदयसिंह का ज्येष्ठ पुत्र था, फिर भी महाराणा ने अपनी मृत्यु पूर्व जगमाल को युवराज घोषित कर दिया था। प्रताप के मामा मानसिंह सोनगरा व मेवाड़ के प्रमुख सरदारों की आपत्ति पर प्रताप का 1 मार्च, 1572 को होली के दिन गोगुंदा में राज्याभिषेक हुआ।

अब प्रताप कुंभलगढ़ और गोगुंदा को अपना मुख्य केंद्र बनाकर राज्य का संचालन करने लगा। उसने अपने पड़ोसी राज्यों के साथ मैत्री संबंध स्थापित कर सभी को मुगलों से स्वतंत्र रहने के लिए प्रेरित किया।

प्रताप को अपने अधीन करने के लिए अकबर ने अपने दूत भेजे। अकबर की आज्ञानुसार कुँवर मानसिंह कछवाह गुजरात से डूँगरपुर से होता

हुआ प्रताप से मिला। प्रताप ने उदयपुर में उसका स्वागत किया। मानसिंह ने प्रताप को कई प्रकार से समझाने का भरपूर प्रयत्न किया, मनसब दिलाने और बादशाही मेहरबानियाँ दिलाने के लिए भी कहा और शाही दरबार में चलने का आग्रह किया। परंतु प्रताप फौलाद की तरह खड़ा रहा, मुड़ा नहीं। प्रताप ने शाही दरबार में जाने के लिए बिल्कुल मना कर दिया।

महाराणा ने कुँवर मानसिंह के लिए उदयसागर तालाब पर भोजन का आयोजन करवाया। महाराणा ने मानसिंह के साथ भोजन करने से मना कर दिया तो मनमुटाव गहरा हो गया और मानसिंह कुपित होकर वहाँ से चला गया। मानसिंह के जाने के बाद महाराणा ने खाने की चीजें, चाँदी-सोने के बरतनों आदि को तालाब में फिंकवा दिया। जहाँ मानसिंह खड़ा था, वहाँ दो-दो गज जमीन खुदवाकर गोबर से लिपवाई, गंगाजल छिड़कवाया और सब राजपूतों को स्नान करवाकर कपड़े बदलवाए। मानसिंह ने यहाँ का पूरा हाल अकबर को सुनाया, उसने स्वयं का अपमान समझा।

अकबर ने राजा भगवंतदास (आमेर) की अध्यक्षता में कुछ सेनानायकों को महाराणा को समझाने और अधीनता स्वीकारने के लिए भेजा। उन्होंने प्रताप को अकबर के दरबार में चलने का आग्रह किया, पर प्रताप ने स्पष्ट मना कर दिया। इसके बाद राजा टोडरमल भी इसी मंतव्य से प्रताप से मिला, पर वह भी हताश होकर लौटा। अकबर भली प्रकार समझ गया कि प्रताप बिना सैनिक अभियान दबेगा नहीं। उसने प्रताप पर सेना भेजने का निर्णय लिया और मानसिंह को प्रताप के विरुद्ध चढ़ाई करने का आदेश दिया।

शाही सेना अजमेर से प्रस्थान कर मांडलगढ़ होते हुए खमनौर के निकट हल्दीघाटी के पास पहुँची और सेना ने बनास नदी के किनारे पड़ाव डाला। उधर महाराणा की सेना भी युद्ध के लिए तैयार थी, जो वहाँ पहुँच गई। नैणसी ने महाराणा की सेना की संख्या 9 से 10 हजार दी है और मुगल सेना 40 हजार बताई है। जबकि बदायूँनी के अनुसार महाराणा की सेना 3 हजार और मुगलों की 5 हजार थी। जिसे इतिहासकारों ने स्वीकारा है।

महाराणा ने अपनी सेना की व्यूह रचना की, जिसमें हरावल में हकीम

सूरी, भीमसिंह डोडिया (सरदार गढ़), रावत कृष्णदास चूंडावत (सलूंबर), रावत साँगा चूंडावत (देवगढ़), रामदास मेड़तिया (जयमल का पुत्र) आदि योद्धा थे। दाहिनी तरफ रामसिंह तँवर (ग्वालियर राजा) अपने पुत्रों शालिवाहन, भवानी सिंह व प्रतापसिंह के साथ भामाशाह व उसके अनुज ताराचंद को रखा। चंदावल (पीछे) में सरदार राणा पूँजा, पुरोहित गोपीनाथ, मेहता जयमल बछावत, चारण जैसा और केशव आदि को नियुक्त किया।

18 जून, 1576 को प्रातःकाल होते ही रणभेरी बजने लगी। चारण व भाटों ने वीररस के काव्यों का पाठ किया। पहर दिन चढ़ने पर घाटी पर दोनों फौजों का मुकाबला हुआ। यह लड़ाई हल्दीघाटी के दर्रे के बाहर और बनास नदी के निकट खमनोर (खमणोर) गाँव में हुई। अबुलफजल ने लिखा—"ये दोनों लश्कर लड़ाई के दोस्त और जिंदगी के दुश्मन थे, जिन्होंने जान तो सस्ती और इज्जत महँगी कर दी।" महाराणा ने युद्ध की पहल की। प्रताप का हाथी मेवाड़ का ध्वज लहराता दर्रे से बाहर निकला। हकीम सूरी शत्रुओं पर आक्रमण करने पहाड़ियों से आगे बढ़ा। मेवाड़ की सेना मुगलों पर टूट पड़ी, जिससे उनकी हरावल में खलबली मच गई। उनका साहस और धैर्य टूट गया, भेड़ों के झुंड की तरह मैदान छोड़कर पाँच या छह कोस (करीब 15 या 18 किलोमीटर) तक भाग छूटी। तभी धूर्त मुगलों ने हल्ला मचाया कि 'अकबर आ गया, बादशाह आ गया' तब कहीं जाकर मुगलों के पैर रुके।

महाराणा की हरावल फौज ने शाही फौज को शिकस्त दी। दोनों सेनाओं के हाथियों को भी लड़ाई में लगाया गया। महाराणा की तरफ से लूणा हाथी और शाही फौज का गजमुक्ता हाथी आपस में लड़ने लगे। फिर महाराणा के रामप्रसाद हाथी और शाही फौज के गजराज हाथी में लड़ाई हुई।

महाराणा प्रताप ने अपने चेतक घोड़े को एड़ लगाई कि प्रताप के घोड़े के अगले दोनों पैर मानसिंह के हाथी के सिर पर लगे। महाराणा ने मानसिंह पर भाले का वार किया, पर मानसिंह हाथी के हौदे में झुककर बच गया, भाला हौदे में लगा। हाथी के सूँड़ में जो खाँडा था, उसके वार से महाराणा के घोड़े का पिछला एक पैर कट पड़ा। महाराणा ने घोड़े को पीछे मोड़ा और वह

समझ गया कि मानसिंह का काम तमाम हो गया।

युद्ध में प्रताप के नामी योद्धाओं—रामदास मेड़तिया, रामशाह तँवर अपने तीन पुत्रों सहित, भीम डोडिया, मानसिंह सोनगरा, काँधल प्रताप के अनुज कान्हा व कल्ला आदि ने अपने प्राणों की बलि दी। महाराणा चारों ओर से शत्रुओं से घिर गए, शत्रु उस पर जबरदस्त प्रहार करने लगे, उनके सात गहरे घाव लगे। तीन घाव भाले के, एक गोली का तथा तीन तलवार के घाव लगे थे। तब झाला सरदार ने महाराणा को बचाने राणा का राजकीय छत्र उतारकर अपने सिर पर धारण कर लिया। मुगलों ने झाला सरदार को ही प्रताप समझ लिया और वे झाला पर टूट पड़े। झाला मुगलों से लड़ता हुआ वीरगति को प्राप्त हुआ, स्वामीभक्ति का अनुपम उदाहरण प्रस्तुत किया। घोड़े की लगाम पकड़कर महाराणा को रणभूमि से जबरदस्ती विलग किया गया। अपने राज्य मेवाड़ से मुगलों को मार भगाना और चित्तौड़ के गौरव को पुनः हासिल करने के लिए महाराणा ने 'हटकर बढ़ने की तैयारी' का निश्चय किया।

प्रताप युद्धक्षेत्र से बाहर निकले तो यवन सैनिकों ने उसका पीछा किया। उस समय शक्ति सिंह, जो शाही सेना में था, ने अपने भाई की रक्षार्थ यवनों का पीछा किया और उन्हें वहीं मार गिराया। चेतक तीन ही पैरों से पहाड़ी पगडंडी को पार करता आगे बढ़ रहा था कि पीछे से परिचित आवाज सुनाई दी, "औ नीला घोड़ा रा असवार रुक जौ, रुक जौ।" प्रताप ने मुड़कर देखा—शक्ति सिंह आ रहा है। घोड़े के आगे पानी का नाला आ गया, उसने आखिरी दम लगाया, छलाँग लगाकर नाला पार किया। तभी शक्तिसिंह पहुँच गया, महाराणा से गले मिला और चेतक ने अपने स्वामी से अंतिम विदा ली। आज उसी जगह उसका स्मारक 'चेतक चबूतरा' है।

अपराह्न तक दोनों ओर की सेनाओं के हजारों सैनिकों से रणांगण पट गया। दोनों ओर से सैनिक युद्ध से थक चुके थे, आखिर युद्ध बंद हुआ। अकबर इस युद्ध में अपने हजारों भाड़ेती सैनिकों को मरवाकर कुछ भी हासिल न कर सका। महाराणा न मारा गया, न अधीन किया जा सका और न उसकी भूमि पर कब्जा किया जा सका।

विशाल मुगल साम्राज्य के अत्याचार के विरुद्ध महाराणा प्रताप की यह ऐतिहासिक विजय मानी जाती है। इस ऐतिहासिक विजय पर वह सदा के लिए अमर हो गया।

अकबर के आदेशानुसार शाहबाज खाँ ने प्रताप पर तीसरी बार चढ़ाई की। प्रताप गोडवाड़ की ओर सूँधा के पहाड़ों में चला गया। शाहबाज खाँ मेवाड़ से विफल लौट गया तो महाराणा पुनः मेवाड़ चला आया और सायरा परगने के ढोलाणा गाँव में रहा।

प्रताप ने राजपूत सरदारों समेत दिवेर के शाही थाने पर हमला किया। थाने पर सुल्तान खाँ मुगल मुख्तार था। अमरसिंह ने उस पर बरछे का वार किया, जो छाती व घोड़े में होता हुआ पार निकल गया। वह घोड़े सहित मारा गया। इसके बाद जहाँ-जहाँ शाही थाने थे, वहाँ से मुगल डरकर भाग गए। बहलोल खाँ नामी मुगल के प्रताप के हाथ की तलवार लगी, वह घोड़े समेत कत्ल हुआ। इस थाने के दूसरे मुगल भी मारे गए। महाराणा का दिवेर की नाल पर अपना कब्जा हो गया। दिवेर की यह लड़ाई महाराणा प्रताप के मुगलों पर महान् विजय की प्रतीक बन गई। इस विजय से प्रताप के जीवन में नया मोड़ आया, विकट परिस्थितियाँ मिटने लगीं। उनकी जय-जयकार होने लगी।

दिवेर विजय के बाद प्रताप कुंभलगढ़ की ओर बढ़ा। मुगल सैनिकों को प्रताप के आने की सूचना पर वे बिना लड़े ही किला खाली कर चले गए। प्रताप ने ससैन्य गढ़ में प्रवेश कर वहाँ पर अधिकार कर लिया।

प्रताप का मुगलों के विरुद्ध आक्रमण व बढ़ती प्रतिष्ठा से बेचैन हो अकबर ने जगनाथ कछवाह को विशाल सेना के साथ मेवाड़ अभियान पर भेजा। वह प्रताप की तलाश में खानाबदोश की तरह पहाड़ों में डोलता फिरा, वह पूर्णरूपेण विफल रहा। इसके बाद अकबर स्वयं भी मेवाड़ गया। कई महीनों तक वहाँ रहा, पर प्रताप को अधीन करने में सर्वथा असफल रहा। मुगलों ने हारकर मेवाड़ से अपनी कई चौकियाँ भी उठा लीं।

प्रताप ने छप्पनियाँ राठौड़ों को परास्त कर चावंड के लूणा राठौड़ को वहाँ से निष्कासित कर वहाँ अपना अधिकार कायम किया। चावंड में

ही उसने राजधानी स्थापित की। वहाँ मुगलों का कोई आक्रमण नहीं हुआ। संकट काल समाप्त हुआ। वहाँ उसने करीब 12 वर्ष व्यतीत किए। उसने वहाँ राजप्रासाद बनवाए। इसके साथ यहाँ ललितकला, वाणिज्य व्यापार की उन्नति हुई। कुँवर अमरसिंह ने मुगल विरोधी अभियान के तहत मेवाड़ से 40 थाने उठा दिए। महाराणा प्रताप की एक बड़ी अभिलाषा थी कि वह चित्तौड़ पर अधिकार करे। उसके लिए उसने प्रतिज्ञा कर रखी थी कि "जब तक अपने पूर्वजों के गढ़ को विजय नहीं करूँगा, तब तक सभी प्रकार के विलास तथा वैभव की सामग्रियों से दूर रहूँगा, पत्तों पर भोजन करूँगा और तृण की शैया पर सोऊँगा।" इस प्रण को उसने जीवन भर निभाया।

जनवरी 1597 में बाघ का शिकार करते समय धनुष की प्रत्यंचा खींचने के कारण प्रताप की आँत पर जोर पड़ गया, जिससे वह सख्त बीमार पड़ गया। साँस नहीं निकल रहा था। तब सलूंबर के रावत ने कारण पूछा। तब प्रताप ने कहा, "यदि आप लोग मेरे पीछे मेवाड़ राज्य के गौरव की रक्षा करने का प्रण करें तो मेरी साँस आराम से निकलेगी।" चावंड में उपस्थित मेवाड़ के समस्त सरदारों ने बापा रावल की गद्दी की शपथ खाकर जब प्रतिज्ञा की, तब 19 जनवरी, 1597 ई. को मेवाड़ की स्वतंत्रता का परम पुजारी, शौर्य-वीरता का प्रतीक, आतताइयों का घोर विनाशक, महान् राष्ट्रभक्त, त्यागी-तपस्वी, अपराजेय हिंदुवा सूरज (प्रताप) स्वर्गारोहण कर गया और इसके साथ ही देश में स्वतंत्रता संग्राम के स्वर्णिम युग की समाप्ति हो गई।

महाराणा प्रताप के 17 पुत्र थे—अमर सिंह, भगवानदास, सहसा (सहसमल) गोपाल, कचरा, साँवलदास, दुर्जनसिंह, कल्याणदास, चाँदा, शेखा, पूरणमल, हाथी, रामसिंह, जसवंतसिंह, माना, नाथा और रायभाण।

मेवाड़ के स्वतंत्रता-स्वाभिमान संघर्ष में महाराणा प्रताप अपने छोटे से राज्य के बल पर अकबर के समक्ष न झुका, न रुका, न थका, न हारा, हिमालय की तरह अडिग रहा। महाराणा का यह युद्ध था—आतताइयों की धर्मांधता, मुगल साम्राज्य का विस्तार, हिंदुत्व दमन के विरुद्ध, मेवाड़ की सैकड़ों वर्षों से उपार्जित उज्ज्वल परंपरा की रक्षा, स्वतंत्रता और हिंदू

धर्म-संस्कृति की रक्षार्थ। घोर कष्टों, अभावों और विपदाओं में भी बादशाह अकबर से लगातार पच्चीस वर्षों तक युद्धों में संघर्षरत रहते हुए राष्ट्रीय गौरव के प्रतीक 'हिंदुवा सूरज' (महाराणा प्रताप) की अखंड ज्योति युगों-युगों तक भारतीयों को निरंतर देशभक्ति की प्रेरणा देती रहेगी। वस्तुतः भारत का स्वतंत्रता-संग्राम प्रताप की प्रेरणा से ही जन-जन से प्रारंभ होकर सफल हुआ।

प्रताप के शौर्य, स्वाभिमान, स्वतंत्रता की कीर्ति में राजस्थानी के सुप्रसिद्ध कवि दुरसा आढ़ा चारण ने एक दोहा कहा, जो अत्यधिक प्रसिद्ध है—

अस लेगो अणदाग, पाग लेगो अणनामी।
गौ आडा गवड़ाय, जिको बहतो धुर वामी॥
नवरोजे नह गयो, न गो आतसाँ नवल्ली।
न गो झरोखाँ हेठ, जेथ दुनियाण दहल्ली॥

अपने घोड़ों को दाग नहीं लगवाया, अपनी पाग (सिर) को किसी के आगे नहीं झुकाया, तू अपना यशोगान करवा गया, जो कि हिंदुस्तान के भार की गाड़ी को बाईं तरफ से खींचने वाला था। नौरोज में न गया, न बादशाही डेरों में गया, कभी शाही झरोखे के नीचे खड़ा न रहा, तेरा रोब दुनिया पर गालिब था।

इसी प्रकार एक अन्य कवि ने भी प्रताप की प्रशस्ति में कहा है—

पग-पग भम्या पहाड़, धरा छोड़ राख्यौ धरम।
महाराणा मेवाड़, हिरदै बसिया हिंद रै॥

□

छत्रपति शिवाजी

शिवाजी भोंसले खानदान के शाहजी के पुत्र थे। इनका जन्म 19 फरवरी, 1630 को जीजाबाई की कोख से शिवनेरी के निजामशाही किले में हुआ। वह अपनी माता के सबसे छोटे पुत्र थे। बाल्यकाल में वह अपने पिता के साथ बंगलोर में रहे। शिवाजी करीब बारह वर्ष के हुए थे, तब पिता ने निश्चय किया कि शिवाजी और उसकी माता पूना चली जाएँ और अपनी जागीर की देखभाल करते रहें। शाहजी के कहने पर शिवाजी अपनी माता के साथ शाहजी के अधिकारियों के साथ पूना चले गए।

जीजाबाई सच्चरित्र, संकल्पशक्ति वाली संततुल्य नारी थीं। माता की सुशिक्षा से ही शिवाजी में देश, हिंदू धर्म-संस्कृति के प्रति अटूट आस्था और निष्ठा अंकुरित हुई। वह माता की सीख को देववाणी तुल्य मानते थे। माँ की बेटे के प्रति ममता और बेटे की माँ के प्रति श्रद्धा तथा आज्ञापालन का ऐसा अनुपम उदाहरण इतिहास में बहुत कम है। शिवाजी के जीवन-संघर्ष में वे प्रेरणा की महान् स्रोत थीं।

शिवाजी केवल 14 वर्ष का ही हुए थे कि मोहम्मद आदिलशाह उनके पिता शाहजी से नाराज हो गया। उसने अपनी सेना को पूना में शाहजी की जागीरों को नष्ट करने की आज्ञा दी, जिससे शाहजी को अपार क्षति हुई। इससे शिवाजी के हृदय में मुगलों के विरुद्ध प्रतिशोध की ज्वाला भड़क उठी। अत: शिवाजी ने युवा अवस्था से ही म्लेच्छों के विरुद्ध अभियान शुरू कर राजगढ़ और तोरणा पर अधिकार कर लिया। फिर कोंडाणा पर अधिकार किया, जिसे

सिंहगढ़ नाम दिया गया। शिवाजी की इन विजयों से बीजापुर के राजदरबार में खलबली मच गई। इस पर आदिलशाह ने शिवाजी के विरुद्ध सेना भेजी, जो उससे पराजित होकर भाग गई।

शिवाजी एक के बाद एक यवनों के ठिकानों पर हमला करने लगे और पूना, चाकण, बारामती, इंदापुर, जावली, रायगढ़, जुन्नार, अहमदनगर पर भी कब्जा जमा लिया।

औरंगजेब शिवाजी की बढ़ती शक्ति से गुस्से में पागल हो गया। अपने अधिकारियों को पत्र लिखकर निर्देश दिए—"शिवाजी के इलाकों में घुस जाओ, तमाम गाँव बरबाद कर दो, बेरहमी से लोगों की हत्या करो और उन्हें बुरी तरह लूट लो। शिवाजी की पूना और चाकण की जागीरें पूरी तरह नष्ट कर दी जाएँ और लोगों की हत्या और उन्हें गुलाम बनाने में जरा सी भी ढील न दी जाए।"

औरंगजेब ने शिवाजी को एक प्रलोभन भरा पत्र लिखा और दूसरी ओर बीजापुर आदिलशाह शासक को पत्र लिखकर शिवाजी के विरुद्ध फौज भेजने को कहा। पर वहाँ शिवाजी के भय से कोई सेनापति तैयार नहीं हुआ। तब आदिलशाह ने भरे दरबार में पान का बीड़ा रखवाया, जिसे अफजल खान उमराव ने उठा लिया और अहंकार में कहने लगा, "मैं घोड़े पर बैठे-बैठे ही शिवाजी को हराकर बाँध लाऊँगा।"

शिवाजी को मिटा देने या सजा देने अफजल दस हजार घुड़सवारों सहित बीजापुर से निकल पड़ा। शिवाजी ने उसको कूटनीतिपूर्ण दोहरे अर्थों वाला पत्र लिखकर उसे गढ़ जावली बुलाया। उसकी मति मारी गई और उसने जावली जाने का घातक निर्णय कर लिया।

यह निश्चय किया गया कि शिवाजी और अफजल खान प्रतापगढ़ के किले के बाहर एक मंडप में मिलेंगे। दोनों के अंगरक्षक होंगे, पर मंडप में दो या तीन से अधिक सेवक नहीं रहेंगे।

शिवाजी के लिए यह संकट की घड़ी थी, पर कहते हैं कि शिवाजी को देवी भवानी ने स्वप्न में दर्शन देकर आशीर्वाद दिया कि "तू अफजल पर

चढ़ाई कर तेरी विजय होगी।" जिससे वे निर्भीक और उत्साहपूर्वक अफजल से मिले। शिवाजी के पास लंबी छुरी और बाघनख (बाघ के पंजे) थे, जबकि अफजल के पास एक तलवार और एक खंजर था। शिवाजी को धोखा देने की नीयत से अफजल ने अपनी तलवार सेवक को दे दी। शिवाजी ने भी अपनी छुरी सेवक को सौंप दी। अफजल ने कहा, "अपना हाथ मेरे हाथ में दीजिए और मुझे गले लगने दीजिए।" यह कहकर उसने अपने बाएँ हाथ से शिवाजी की गरदन पकड़ी और दूसरे हाथ से उसके बगल में छुरा मारा।

कुश्ती में कुशल शिवाजी ने एकदम गरदन छुड़ाई और छुरे का वार बचा लिया और तुरंत अपनी छुरी अफजल खान के भीतर भौंक दी, बाघनाख से आँतड़ियाँ निकाल दीं। अफजल लड़खड़ाते इतना ही कह पाया, "इसने मुझे मार दिया। शत्रुओं को तुरंत खत्म करो।" इसके बाद शिवाजी पर भी हमला किया गया। इस लड़ाई में अफजल सहित सभी रक्षक मारे गए या घायल हो गए। शिवाजी अपने किले के भीतर लौट गए।

इस लड़ाई में अफजल खान की फौज का नाश हो गया और लूट का माल मराठों के हाथ लगा, जिसमें 65 हाथी, 4,000 घोड़े, 1,200 ऊँट, 3 लाख रुपए के आभूषण, 7 लाख रुपए नकद, तोपें, बंदूकें और सभी तरह के हथियार थे।

इस विजय के बाद शिवाजी की एक सेना पन्हाला तक पहुँची, जबकि दूसरी सेना ने कोंकण पर हमला किया। फलस्वरूप एक वास्तविक मराठा राज्य विस्तृत हो रहा था। शिवाजी ने बीजापुर के प्रसिद्ध पन्हाला किले पर कब्जा कर लिया। बीजापुर और शिवाजी की सेनाओं के बीच पन्हाला के निकट युद्ध हुआ, जिसमें शिवाजी के शत्रु भाग खड़े हुए।

शिवाजी की बढ़ती हुई शक्ति से भयभीत औरंगजेब ने दक्कन के सूबेदार शाइस्ता खान को हुकम दिया, "वह शक्तिशाली सेना के साथ कूच करे, नीच का दमन करने का प्रयास करे, उसके इलाकों और किलों को हथिया ले और क्षेत्र को तमाम अशांति से मुक्त कर दे।"

शिवाजी ने विचार किया कि कोई ऐसा साहसिक कार्य किया जाए,

जिन्होंने मुगल घबरा जाएँ और देशवासियों में उत्साह का संचार हो। इस भावना से उसने शाइस्ता खान के शिविर पर एक रात में साहसिक हमला बोल दिया। जिसमें शाइस्ता खान की अंगुलियाँ कट गईं, उसका पुत्र अबुल फतह मारा गया। मृतकों और घायलों की संख्या 50 से अधिक थी। शिवाजी शाइस्ता खान के शिविर से सकुशल निकल गए। देश भर में शिवाजी की जय-जयकार होने लगी। मुगलों के विरुद्ध शिवाजी के साहसिक संघर्ष से प्रभावित होकर पुर्तगालियों ने शिवाजी से अच्छे संबंध बनाने की नीति अपनाई।

शिवाजी ने अपनी सफलताओं से उत्साहित होकर सूरत के समृद्ध बंदरगाह पर आक्रमण का निश्चय किया। वे दस हजार सैनिकों के साथ वहाँ पहुँचे, मुगल सूबेदार भाग खड़ा हुआ और मराठों ने नगर को लूट लिया। संघर्ष की इसी अवधि में शिवाजी ने बेंगुर्ला नगर पर आक्रमण कर उसे लूट लिया।

शिवाजी द्वारा सूरत और बेंगुर्ला की लूटपाट से औरंगजेब अत्यंत अपमानित हुआ। उसके दिल में यह भय बैठ गया कि मराठों को पराजित करना असंभव है। तब उसने आमेर के मिर्जा राजा जयसिंह को शिवाजी के विरुद्ध युद्ध अभियान पर भेजा। जयसिंह एक विशाल सेना सहित पुरंदर पहुँचा और किले की घेराबंदी कर दी। मराठों और मुगलों के बीच कड़ा संघर्ष हुआ। मराठे किले से बार-बार निकलते और मुगलों पर हमला करते। ऐसी एक मुठभेड़ में मराठा सेना प्रमुख मुरारबाजी ने अपने प्राणों की बलि दी। इस घोर संकट में भी मराठा सेना डटी रही। शिवाजी ने देशहित में इस विनाशकारी युद्ध की समाप्ति पर विचार कर जयसिंह से संपर्क साधा और परिस्थितियोंवश सम्मानजनक शर्तों पर रजामंदी के साथ युद्ध समाप्त हुआ। जयसिंह ने शिवाजी को औरंगजेब के दरबार में चलने के लिए किसी प्रकार राजी कर लिया।

शिवाजी अपने पुत्र शंभाजी के साथ आगरा में औरंगजेब के दीवान-ए-खास में पहुँचे। उस दिन बादशाह का जन्म दिन था। शहजादों और राजा जसवंतसिंह को खिलअत (परिधान) दिए गए। उस समय शिवाजी का आदर नहीं होने से वे उठकर चले गए। कुमार रामसिंह ने उनको समझाया, पर उसने

कहा, "मैं उनका सेवक नहीं बनूँगा। आप चाहें तो मुझे मार डालें, कैद कर लें, पर मैं खिलअत नहीं पहनूँगा।"

औरंगजेब ने शिवाजी को मारने अथवा कारावास में बंद करने का मानस बनाकर उसे विट्ठलदास की हवेली में रखने का निश्चय किया और उसके चारों ओर सेना तैनात करवा दी। शिवाजी ने धैर्य और साहस नहीं खोया। अपनी-बुद्धि चातुर्य से वहाँ से फलों की खाली हुई टोकरियों में बैठकर पिता-पुत्र दोनों निकलने में सफल हो गए। कुछ दिनों की कठिन यात्रा के बाद वे रायगढ़ पहुँच गए।

आगरा से लौटते ही शिवाजी ने सोचा कि माँ भवानी की असीम कृपा से मैं अपमानजनक कुमौत के फंदे से मुक्त हो गया हूँ। अत: उन्होंने मुगलों के विरुद्ध संघर्ष को बड़े धैर्य-साहस के साथ तेजी से आगे बढ़ाया। इस बार वह अपनी गृहभूमि को मुगलों से मुक्त कराने इतनी प्रचंडता से बरसे कि मुगल भौंचक्के हो गए। वह एक के बाद दूसरा किला जीतते गए। मराठों ने पूना के निकट सिंहगढ़ पर प्रख्यात मराठा योद्धा तानाजी मालसुरे के नेतृत्व में हमला किया। किला मराठों के हाथ लगा, पर युद्ध में तानाजी ने वीरगति पाई, जिससे शिवाजी को गहरा दु:ख हुआ, बरबस उसके मुख से निकल पड़ा, "मैंने एक किला जीता है, परंतु एक शेर खो दिया है।" मराठों ने मजबूत पुरंदर किले पर विजय प्राप्त की। वे लौहगढ़ पर भी चढ़ गए, कब्जा कर लिया। रोहीड़ा किले का भी यही हाल हुआ। शिवाजी ने माहुली पर हमला कर अपने अधीन कर लिया। इससे पूर्व मराठे कल्याण और भिवंडी ले चुके थे। उन्होंने प्रभावलगढ़, करनाला को भी हासिल किया।

मुगलों के विरुद्ध शिवाजी की जीत से पूरे भारत में उनकी कीर्ति-पताका लहराने लगी, प्रजा में हर्ष छा गया। सभी वर्ग के लोगों के मन में अभिलाषा जगी कि राजतंत्र शासन व्यवस्था की स्थापना कर शिवाजी को महाराज के रूप में राजमुकुट पहनाया जाए। इसी भावना से प्रेरित हो बनारस का एक विद्वान् ब्राह्मण विश्वेसर (गागा भट्ट) शिवाजी से भेंट करने बनारस से चलकर आया। उसने शिवाजी से कहा, "महाराज! आपने चार राज्यों

पर अधिकार किया, 75,000 घोड़ों वाली सेना बनाई और अनेक किलों पर कब्जा कर लिया है, अत: अब सिंहासन ग्रहण करना चाहिए।" शिवाजी उसके आग्रह को सहर्ष मानकर अपनी इष्टदेवी भवानी के प्रति श्रद्धा सुमन अर्पित करने प्रतापगढ़ गए। उन्होंने देवी को तीन मन वजन और 56,000 रुपए मूल्य के स्वर्ण का चढ़ावा दिया।

शिवाजी के संघर्षमय जीवन में भाग्योदय का उत्कर्ष आया। 6 जून, 1674 ई. को प्रात:काल की शुभ वेला में वैदिक परंपरानुसार शिवाजी को बत्तीस मन रत्नजड़ित सोने के सिंहासन पर आरोहण कराकर राज्याभिषेक किया गया। भारत के इतिहास में यह एक युगांतकारी घटना थी, निस्संदेह एक स्वर्णिम ऐतिहासिक दिन। सैकड़ों वर्षों के उपरांत छत्रपति बनने वाले वे एक मराठा नरेश थे। शिवाजी ने अपने साहस एवं शौर्य से संप्रभुता-संपन्न हिंदवी स्वराज्य (भारतीय शासन) की स्थापना कर हिंदुओं को नव जागरण का मंत्र दिया। राज्याभिषेक के बाद अपने सिक्के निकाले और नया संवत् प्रारंभ किया। दोनों ही उनकी स्वतंत्रता के प्रतीक थे।

राज्याभिषेक के बाद शिवाजी ने मुगल विरोधी संघर्ष को और तेज किया। वे संपूर्ण महाराष्ट्र को स्वतंत्र कराने में पूर्ण सफल हो गए।

शिवाजी 1680 ई. में ज्वर से पीड़ित हो गए। वे कुछ दिन बीमार रहे और देश का एक महान् योद्धा संसार से विदा हो गया।

अपनी जन्मभूमि की रक्षा हेतु विशाल मुगल साम्राज्य से तीन दशकों तक घोर छापा मार संघर्ष कर एक स्वतंत्र कल्याणकारी राज्य की स्थापना की। वे अदम्य साहसी योद्धा थे, जो अपने समय के उत्कृष्ट सेनापति थे, युद्ध और कूटनीति में प्रवीण थे। उन्होंने बुंदेलखंड के नायक छत्रसाल को अपनी गृहभूमि से मुगलों से लड़ाई के लिए प्रोत्साहित किया, मराठा नौ सेना की स्थापना की। शिवाजी देवी भवानी के भक्त थे और संतों के प्रति वे गहरी श्रद्धा रखते, उनसे प्राय: भेंटकर आशीर्वाद लेते थे।

इसलामीकरण के प्रबल विस्तारक क्रूर औरंगजेब के साथ अगर भारत के हिंदू राजा, उमराव आदि नहीं होते तो निस्संदेह शिवाजी मुगल साम्राज्य को

जड़मूल से उखाड़ देते और वे दिल्ली के छत्रपति होते।

मुगलों के प्रलयंकारी काल में हिंदू संस्कृति और मातृभूमि की रक्षार्थ अपना सर्वस्व न्योछावर करने का संदेश देकर वे भारतीयों में नव-जागरण का शंखनाद कर गए। उनके द्वारा स्थापित जनकल्याणकारी राजतंत्र भारतीय इतिहास में एक बिरला संयोग था।

शिवाजी के समकालीन कवि भूषण ने काव्य-रचना कर शिवाजी की कीर्ति को अमर कर दिया—

कंस के कुटिल बलबंसन बिधंसिबें कौं
भयौ जदुराय बसुदेव को कुमार है।
पृथ्वी पुरहुत साहितके सपूत सिवराज
म्लेच्छन के मारिबेकौं तेरो अवतार है॥
हिंदुन की चोटी रोटी राखि है सिपाहिन की
काँधे में जनेऊ राख्यौ माला राखी गर में।
राखी रजपूती राजधारी राखी राजन की
धरा में धरम राख्यौ गुनराख्यौ गुनी में।
कासीहू कला गई मथुरा मसीत भई
सिवाजी न होतो सुनति होती सबकी॥

□

राजकुमारी चारूमती व हाड़ी रानी

जोधपुर के मोटा राजा उदयसिंह के पुत्र किशनसिंह ने अपने नाम पर 'किशनगढ़' बसाया और उसे अपनी राजधानी बनाया। उसके बाद किशनसिंह का पौत्र एवं भारमल का इकलौता पुत्र रूपसिंह किशनगढ़ का महाराजा हुआ। वह अत्यंत तेजस्वी, वीर, कुशल राजनीतिज्ञ एवं कवि था। रूपसिंह ने किशनगढ़ से 24 किलोमीटर की दूरी पर अपने नाम पर 'रूपनगढ़' बसाया और वह वहीं रहने लगा।

रूपसिंह के राज्यकाल में औरंगजेब व दाराशिकोह के मध्य मुगल साम्राज्य के उत्तराधिकारी हेतु 1658 ई. को सामूगढ़ में युद्ध हुआ। रूपसिंह दाराशिकोह के पक्ष में हरावल में सेनानायक था। वह बड़ी वीरता से लड़ता हुआ रणखेत रहा। उसके पीछे केवल तीन वर्ष का राजकुमार मानसिंह उसकी गद्दी पर बैठा। रूपसिंह के असामयिक वीरगति पाने पर उसके एक विवाह योग्य राजकुमारी चारूमती (चंचल कुमारी) कुँवारी रह गई थी। चारूमती इतनी रूपवती थी कि ऐसी रूपवान देशों-द्वीपांतरों में ढूँढ़ने पर भी नहीं मिले। चारूमती जितनी सुंदर थी, उतनी ही गुणों की खान, जैसे मणि-कांचन का योग। वह सांसारिक मोह-माया से दूर सदैव कृष्ण-भक्ति में मग्न रहती।

चारूमती के रूप की प्रशंसा सुनकर कामांध, क्रूर, धर्मांध औरंगजेब की मति मारी गई। उसने किशनगढ़ राज्य में नाबालगी देख मानसिंह को खास रुक्का भेजकर हुक्म दिया कि "तुम्हारी बहन से हम शादी करेंगे। इसका विवाह किसी दूसरी जगह नहीं किया जाए।" औरंग ने चारूमती का डोला

ले आने के लिए दो हजार घुड़सवारों की सैन्य टुकड़ी भी रूपनगढ़ के लिए रवाना कर दी।

चारूमती को औरंग की इस करतूत का पता चला तो उसने इस संबंध को बिल्कुल घृणापूर्वक ठुकरा दिया।

उसने अपने परिवारजनों को स्पष्ट बता दिया कि यदि मेरा विवाह म्लेच्छ से तय करोगे तो मैं अन्न-जल त्यागकर अथवा विषपान करके पहले ही जीवन लीला समाप्त कर दूँगी।

राज परिवार के लिए भारी दुविधा हो गई कि इस विकट परिस्थिति में क्या किया जाए? तब राजपरिवार वालों ने परस्पर विचार-विमर्श किया कि इस संकट के निवारण के लिए मेवाड़ महाराणा राजसिंह के अतिरिक्त कोई दूसरा राजा, महाराजा, राव-उमराव नहीं है, जो औरंग से सीधी टक्कर ले सके। अत: चारूमती के स्वयं के हाथ से एक आर्तभाव से खास पत्रिका लिखवाकर महाराणा को अर्ज की जाए कि "आपश्री जी एक नारी की लज्जा बचाइए।"

राज परिवार के इस निर्णय पर चारूमती ने अपने विश्वासी पुरोहित अनंतराम मिश्रा को बुलाया और एक विनतीपूर्वक पत्र महाराणा राजसिंह के नाम लिखकर उदयपुर भेज दिया। चारूमती ने पत्र में लिखा, "जिस भाँति राजा भीष्मक की पुत्री रुकमणि को विवाह करने शिशुपाल चंदेरी से चढ़कर आया था और रुकमणि की प्रार्थना पर कृष्ण द्वारका से आए व विवाह करके ले गए। उसी भाँति मुझे औरंगजेब के पंजे से मुक्त करवाइए। मेरा धर्म व प्राण बचाकर विवाह कर उदयपुर ले जाइए। यदि इसमें विलंब हुआ तो मैं प्राण त्याग दूँगी, जिसका उत्तरदायित्व श्रीमान पर ही होगा।"

किशनगढ़ का इतिहास डॉ. अविनाश पारीक की पुस्तक से उद्धृत पत्र में यह भी लिखा था—"क्या हंसिनी सारस की पत्नी बन सकती है? एक शुद्धरक्त वाली राजपूतानी बंदर के समान मुख वाले जंगली पुरुष की पत्नी बन सकती है?" चारूमती का यह पत्र बड़ा मार्मिक था, हृदय पर आघात करने वाला था। पत्र को पढ़कर महाराणा ने अपने म्यान से तलवार निकाल ली।

उसने धर्म तथा देश की रक्षा के लिए सबकुछ खतरे में डाल देने का निश्चय किया और चारूमती का उद्धार करने अपनी फौज के साथ रूपनगढ़ जाने का प्रण किया। 1660 ई. में वहाँ पहुँचकर गाजे-बाजे के साथ धूमधाम से चारूमती से विवाह कर उदयपुर लौट आए।

औरंगजेब को जब इस विवाह का पता चला तो 'काटे तो खून नहीं।' एशिया के शक्तिशाली बादशाह की मगनी को मेवाड़ का महाराणा धूमधाम से विवाह कर ले गया और वह शर्मिंदा हो, मुँह उतारकर रह गया। उसने अपनी प्रतिष्ठा बचाने के लिए एक सैन्य टुकड़ी रूपनगढ़ भेजी। वस्तुत: यह महाराणा के विरुद्ध अप्रत्यक्ष आक्रमण था। अत: महाराणा ने सलूंबर के चूंडावत सरदार रतनसिंह को मुगल सेना के विरुद्ध तत्काल कूच करने का आदेश दिया।

हालाँकि रतनसिंह का विवाह कुछ दिनों पूर्व बूँदी के हाड़ा संग्रामसिंह की पुत्री हाड़ी रानी से संपन्न हुआ था। पर महाराणा का आदेश तो सदैव सिर पर रहता है, अत: उसकी अवहेलना कैसे करता? पर प्रेम और मोह ने उसके मनोभावों को विचलित कर दिया था। हाड़ी रानी ने पति के मनोभावों को समझते निवेदन किया कि 'धर्मयुद्ध में प्रस्थान करते सांसारिक सुख-भोग की वासना का त्यागकर साहसपूर्वक शत्रु पर टूट पड़ना चाहिए।"

पति के युद्ध प्रयाण की शुभ वेला में हाड़ी रानी ने निर्भय होकर साहसिक निर्णय लेकर अपने ही हाथों खांडे से अपना शीश उतारकर सेवक के साथ अपने पति को भेज दिया, ताकि उनके कर्तव्यपालन में किसी प्रकार मोह बाधक नहीं बने। हाड़ीजी का शीश देखकर चूंडावत सरदार का जोश द्विगुणित हो गया। उसके सांसारिक मोह-ममता के समस्त बंधन टूट गए और अब धर्मयुद्ध के अलावा दूसरे कोई विचार भी नहीं रहे। वह रुद्र की भाँति गले में पत्नी का शीश लटकाकर आततायी मुसलमानों का विध्वंस करने चल पड़ा। खातोली (किशनगढ़-रूपनगढ़ मार्ग पर किशनगढ़ से 6 मील की दूरी पर एक गाँव) नामक स्थान पर दोनों पक्षों में घमासान युद्ध हुआ, जिसमें चूंडावत सरदार ने अनेक शत्रुओं का संहार कर स्वर्गारोहण किया।

युग-पर-युग बीत गए, फिर भी चारूमती की मान-मर्यादा, धर्मनिष्ठा; उदयपुर महाराणा राजसिंह द्वारा नारी लज्जा की रक्षा, हाड़ी रानी के शीश की सेनाणी और सलूंबर सरदार चूंडावत के शौर्य-बलिदान व कर्तव्यपालन की कहानी भारत की वीर धरा पर सदा गूँजती रहेगी। इस प्रसिद्ध ऐतिहासिक घटना के संदर्भ में किसी कवि ने सटीक ही कहा है—

सत री सहनाणी चही, समर सलूबंर धीस।
चूड़ामण मेली सिया, उण धण मेल्यौ सीस॥

□

दुर्गादास राठौड़

दुर्गादास का जन्म सालवा गाँव के ठाकुर आसकरण करणोत की तीसरी पत्नी नेत कँवर भटियाणी की कोख से वि.सं. 1695 के द्वितीय श्रावण शुक्ल 14 चतुर्दशी सोमवार (13 अगस्त, 1638 ई.) को हुआ। नेत कँवर जैमला गाँव के भगवानदास रूपसिंहोत केलण भाटी की पुत्री थी। आसकरण की दूसरी पत्नी की भतीजी थी, जो अपनी शूरवीरता और साहस के लिए प्रसिद्ध थी।

आसकरण के तीन पत्नियाँ थीं। अत: उसने गृह-कलह से बचने के लिए दुर्गादास व उसकी माता के लिए सालवा से 6 किमी. दूर लूणावा (गांगाणी) में रहने की व्यवस्था कर दी। दुर्गादास का बचपन यहीं बीता, उसको यहीं शिक्षा मिली। थोड़ी सी मिली हुई भूमि पर माता-पुत्र का जीवन निर्वाह हुआ। दुर्गादास की माता ने दुर्गादास का पालन-पोषण बहुत ही स्नेह और सावधानीपूर्वक किया। उसको वीरता, साहस, निर्भीकता, देशभक्ति के सुसंस्कार दिए। अपनी मातृभूमि की रक्षा के लिए उसे सदैव यही शिक्षा देती कि—

इळा न देणी आपणी, हालरियै हुलराय।
पूत सिखावै पालणै, मरण बडाई माय॥

पर पिता द्वारा दुर्गादास पर विशेष ध्यान नहीं दिया गया। दुर्गादास 17-18 वर्ष का हुआ ही था कि उसके जीवन में एक ऐसी घटना घटी, जिसने उसका भाग्य और जीवन ही बदल दिया।

एक बार दुर्गादास गाँव के खेतों की ओर गया, तब उसने देखा कि ऊँटों का टोला खड़ी फसलों को चौपट कर रहा है। उसने चरवाहे (राईका) को टोळै को खेतों से बाहर निकालने को कहा तो उसने कोई परवाह नहीं कि और ऊपर से कहने लगा कि 'यह टोला तो यों ही चरेगा, तुम जानते नहीं कि यह टोला 'बिना छत का सफेद खँडहर' वालों का है।" चरवाहे की धृष्टता और जोधपुर किले के लिए कहे गए अपशब्दों से वह इतना आहत और क्रोधित हुआ कि उसने अपनी तलवार के एक ही वार से राईका को मार गिराया। इस अपराध पर दुर्गादास को जोधपुर महाराजा जसवंतसिंह के समक्ष पेश किया गया। महाराजा के पूछने पर दुर्गादास ने पूरी घटना बताई और अपना अपराध भी स्वीकार किया। दुर्गादास की निर्भीकता, साहस, स्पष्टवादिता, आत्मविश्वास को देखते हुए महाराजा ने उसको अपराध से मुक्त ही नहीं किया, वरन् सदैव के लिए अपनी सेवा में रख लिया और अब वह जीवन के भावी विकट समर में उतर गया।

उन दिनों दिल्ली की मुगल सल्तनत में उत्तराधिकार को लेकर संघर्ष चल रहा था। उस वक्त शाहजहाँ ने जसवंतसिंह को मालवा का सूबेदार नियुक्त कर रखा था। मालवा के धरमत (धरमात) स्थान पर शाही सेना व औरंगजेब के बीच आपसी जंग छिड़ गई। जसवंतसिंह शाही सैनिकों और दाराशिकोह के साथ थे। दुर्गादास भी इस युद्ध में जसवंतसिंह के साथ था। युद्ध में दोनों ओर की सेनाओं में भारी रक्तपात हुआ। युद्ध में दुर्गादास ने अप्रतिम वीरता दिखाई। उसने एक के बाद एक चार घोड़ों की सवारी की। जब चारों ही घोड़े एक-एक करके मारे गए तो अंत में वह पाँचवें घोड़े पर सवार हुआ, वह भी मारा गया। दुर्गादास के इतने घाव लगे कि वह घायल होकर युद्धभूमि पर गिर पड़ा। जसवंतसिंह के आदेश से दुर्गादास को रणक्षेत्र से बाहर निकाला गया, युद्ध में जसवंतसिंह के भी गहरे घाव लगे। उसने रणखेत रहने की ठान ली थी, पर राठौड़ सेना प्रमुखों ने उसके घोड़े की लगाम पकड़ी और उसे रणक्षेत्र से बाहर निकाला गया। युद्ध समाप्ति पर जसवंतसिंह और दुर्गादास दोनों ही घावों के उपचार हेतु मारवाड़ आ गए।

धरमत युद्ध की जीत के बाद औरंगजेब ने सामूगढ़ के युद्ध में दाराशिकोह को परास्त किया, अपने पिता-शाहजहाँ को कैद किया और भाई मुराद को बंदी बनाकर हत्या करके अपने-आपको मुगल राज्य का बादशाह घोषित कर दिया और सिंहासनारूढ़ हो गया। तब जसवंतसिंह ने भी औरंग के अधिकार को स्वीकार करना समयोचित समझा। जसवंतसिंह ने औरंग के शासन में करीब दो दशक तक महत्त्वपूर्ण भूमिका निभाई। इन वर्षों में दुर्गादास सदैव उनकी सेवा में रहा। दुर्गादास की निष्ठापूर्वक सेवाओं और उसकी वीरता से प्रसन्न होकर जसवंतसिंह ने उसे 12 हजार रुपए की रेख के पाँच गाँव-झँवर, जगीसा कोटड़ी, आंबा रो वाड़ो, समदड़ी व अमरसर जागीर के रूप में प्रदान किए।

औरंगजेब को भी अन्य मुगल शासकों की तरह अफगानों के विरुद्ध लंबा संघर्ष करना पड़ा। अत: अफगानों को दबाने के लिए उसने जसवंतसिंह को जमरूद का थानेदार नियुक्त किया। तब जसवंतसिंह अपने वीर 2,500 घुड़सवारों के साथ थाने पर पहुँचा। इस अभियान में दुर्गादास भी अपने स्वामी के साथ था। जसवंतसिंह ने ओरछा नरेश पूरणमल बुंदेला के बाग में डेरा डाला। जसवंतसिंह ने अपने कुशल संचालन एवं रणनीति से अफगानों को नियंत्रित कर वहाँ शांति स्थापित कर दी।

एक दिन जसवंतसिंह जंगल में विश्राम कर रहा था। उसके पास ही दुर्गादास निद्रा में सो रहा था। उसके मुँह पर धूप आ गई तो जसवंतसिंह ने अपने दुशाले से उस पर छाया कर दी। वहीं बैठे सरदारों ने कहा, "बापजी हुकम। आपने यह तकलीफ क्यों की?" जसवंतसिंह ने कहा, "यह तकलीफ नहीं है। मैंने तो आज इस पर थोड़ी सी छाया की है, कभी यही दुर्गा पूरे मारवाड़ पर छाया करेगा।"

उन दिनों जसवंत सिंह स्वयं कई कारणों से व्यथित था। उनके दो पुत्रों की पहले अकाल मृत्यु हो चुकी थी और अब उनके कोई उत्तराधिकारी नहीं रहा। औरंग का जसवंतसिंह के साथ दुर्व्यवहार, द्वेष और औरंग का हिंदू विरोधी दुराचरण उनकी चिंता के कारण थे। इन्हीं चिंताओं और व्यथा से

ग्रसित वह बीमार हो गया और कुछ ही दिनों के बाद 28 नवंबर, 1678 ई. को उनका स्वर्गवास हो गया। बुंदेला बाग में ही उसका दाह संस्कार किया गया और वहीं बारहवें के दिन पूरे किए। जसवंतसिंह की मृत्यु के बाद उसकी गर्भवती महारानियों को मारवाड़ के प्रमुख सरदारों ने उनको सती न होने की सलाह दी। क्योंकि मारवाड़ का भविष्य रानियों के भावी बच्चों पर निर्भर था। रानियों को मनाने में दुर्गादास की प्रमुख भूमिका थी। जसवंतसिंह की मृत्यु के बाद दुर्गादास और कुछ अन्य सरदारों ने अपनी सेवाओं के लिए जोधपुर राजघराने से वेतन नहीं लेने का निर्णय किया। जसवंतसिंह के स्वर्गारोहण के समाचार से देश भर में शोक छा गया और जन-जन के कंठों से यही उच्चारित हुआ—

जसवंत जब लग जीवियो, थिर रहया सुरथांण।
अंगुल एक अवरंग सूं, पड़ियो नह पाखाण॥

परंतु जसवंतसिंह के देहांत पर क्रूर बादशाह औरंग ने प्रसन्नता व्यक्त करते हुए कहा कि "दर्वाजए कुफ्र यिशकस्त" (आज कुफ्र (धर्म विरोध) का दरवाजा टूट गया। पर उसकी बेगम ने यह हाल सुना तो उसने उलाहना देते हुए कहा, "इमरोज जाए दिल गिरिफ्तगीस्त के ईं चुनी रुकने दौलत ब शिकस्त" (आज शोक का दिन है कि बादशाह का ऐसा स्तंभ टूट गया)। जसवंतसिंह के देहांत के बाद मारवाड़ का सैन्य दल पेशावर से दिल्ली के लिए रवाना होकर लाहौर पहुँचा। दोनों रानियों का प्रसवकाल निकट होने से दल ने वहाँ की एक हवेली में पड़ाव डाला।

हिंदू विरोधी, मंदिर भंजक औरंग हिंदुओं के प्रबल रक्षक जसवंतसिंह से नाराज तो पहले से ही था, अब उसकी मृत्यु के बाद उसके राज्य मारवाड़ पर अधिकार करने का उसे सुनहरा अवसर मिल गया। उसने अपने मुसलमान अधिकारियों को मारवाड़ पर कब्जा करने के लिए भेजा।

लाहौर में सैन्य पड़ाव के दिनों में ही जसवंतसिंह की रानी जादमनजी से सतमासे पुत्र का जन्म हुआ। करीब आधे घंटे बाद कछवाहीजी रानी ने पुत्र को जन्म दिया। बड़े का नाम अजीतसिंह व छोटे का नाम दलथंभन रखा गया।

लाहौर के मारवाड़ शिविर में अपार खुशियाँ मनाई गईं। जन्म का दशोटन बड़ी धूमधाम से मनाया गया। उसके बाद रानियों और राजकुमारों के साथ मारवाड़ का सैन्यदल आगे की यात्रा पर रवाना हुआ। सैन्यदल में दुर्गादास विशेष प्रतिष्ठित व्यक्ति था, जो लाहौर से दिल्ली तक साथ रहा।

मारवाड़ दल के दिल्ली पहुँचने पर दोनों रानियों व दोनों राजकुमारों को जोधपुर हवेली में ठहराया गया। दल के अधिकारियों ने औरंग को निवेदन किया कि जोधपुर राजपरिवार के भरण-पोषण के लिए कुछ व्यवस्था की जाए। इस पर औरंग ने कोई जवाब नहीं दिया। औरंग ने उलटा राठौड़ सरदारों में फूट डालने के लिए नागौर के इंद्रसिंह को जोधपुर का राजा बना दिया, जो अयोग्य साबित हुआ। कृतघ्न इंद्रसिंह ने जोधपुर दल से अपनी हवेली खाली करा दी, तब जसवंतसिंह के परिवार ने किशनगढ़ के रूपसिंह की हवेली में जाकर आश्रय लिया।

ऐसी विकट परिस्थितियों में दुर्गादास की अगवानी में सरदारों ने भावी रणनीति तैयार की। जिसके तहत तय किया कि कैसे ही राजकुमारों को औरंग के क्रूर पंजों से छुड़ाया जाए। उसकी योजनानुसार मुकनदास खीची ने सपेरे का भेष बनाकार राजकुमारों को अपने साथ लिया और उन्हें बलूंदा के ठाकुर मोहकमसिंह की पत्नी बाघेली, जो गंगास्नान करके लौट रही थी और अपने देश मारवाड़ जा रही थी, को सौंप दिया। मोहकमसिंह की पत्नी ने राजकुमार अजीतसिंह के बदले अपनी छह माह की पुत्री को अजीत की धाय को दे दिया। दलथंभन का देहावसान तो वहीं हो गया था। अजीतसिंह पर कड़ा पहरा रहते हुए भी वहाँ से निकालने में शाही सेना को भनक भी नहीं पड़ने दी।

औरंग ने तो राजकुमारों को शाही हरम में रखने का आदेश जारी कर दिया था। पर दुर्गादास औरंग के हर आदेश और दबाव को दृढ़तापूर्वक अस्वीकार करता गया। औरंग की बार-बार अवहेलना होने से वह भड़क उठा और उसने कोतवाल फौलाद खाँ को आदेश दिया कि जसवंतसिंह की दोनों महारानियों और दोनों राजकुमारों को रूपसिंह राठौड़ की हवेली से उठाकर नूरगढ़ में ले जाए। अगर राठौड़ इसका प्रतिरोध करें तो उन्हें दंड दिया जाए

और जो सरदार जोधपुर लौटना चाहें, उन्हें जाने दें।"

फौलाद खाँ कोतवाल तोपखाना, घुड़सवार व सैनिकों को लेकर हवेली पहुँचा और हवेली को चारों ओर से घेरकर कहा, "राजकुमारों और महारानियों को हमें सौंप दो।" अब जोधपुर दल, जिसमें सरदार, घुड़सवार व अन्य कर्मचारी मिलाकर 818 थे, युद्ध के अतिरिक्त कोई विकल्प नहीं था।

दुर्गादास ने राठौड़ रूपसिंह, जोधा चंद्रभान के साथ रणनीति बनाई। राठौड़ों ने केसरिया बाना पहना, हाथों में कृपाणें लेकर 'नागणैच्याँ माता की जय हो' के युद्ध घोष के साथ हजारों की मुगल सेना पर शेरों की तरह टूट पड़े। उन्होंने आक्रमण इतना तेज किया कि देखते-ही-देखते तोपखाने को काबू में कर लिया। मुगलों को काटते गए दिल्ली की गलियाँ सिंदूरी हो गईं। दोनों महारानियाँ भी वीर वेश में घुड़सवार हो शत्रुओं पर तलवारें भाँज रही थीं। उनके लड़ते-लड़ते अत्यधिक घाव लगे, जीने की कोई आशा नहीं दिखाई दी, तब जोधा चंद्रभान ने उनको यमुनाजी में प्रवाहित कर अंतिम संस्कार कर दिया।

विशाल शाही सेना के मुकाबले जोधपुर दल के मुट्ठीभर वीर अंतिम साँस तक लड़ते असंख्य मुगलों को धराशाही करते जा रहे थे। दुर्गादास जिधर भी बढ़ता, मुगलों को काटता जाता। वह उन्हें काटता-काटता किसी प्रकार दिल्ली से बाहर निकल गया और वह अनगिनत घाव लिए अपने छह: साथियों के साथ बलूंदे के रथवालों से जा मिला। राजकुमार अजीतसिंह बलूंदे के 'खटले' के साथ सुरक्षित बलूंदा पहुँच गया। दुर्गादास के जीवन का यह एक अति महत्त्वपूर्ण अध्याय पूरा हुआ। उसने एशिया के शक्तिशाली एवं प्रबल हिंदू विरोधी क्रूर बादशाह की राजधानी में से हजारों शाही सैनिकों से युद्ध कर सैकड़ों वीरों के बलिदान के बदले राजकुमार अजीतसिंह को सुरक्षित निकालकर उसे मारवाड़ पहुँचा दिया।

दुर्गादास ने राजकुमार अजीतसिंह की विमाता अतिसुखदे रानी की सलाह से अजीतसिंह को सिरोही के कालंद्री गाँव में जयदेव पुरोहित के सरंक्षण में पहुँचा दिया। उसने जोधपुर राज्य की स्वतंत्रता के लिए औरंग के विरुद्ध

दीर्घकालीन छापामार युद्ध प्रारंभ करके मुगल चौकियों पर लूट मचा दी। रात-दिन अविराम घोड़े की पीठ पर ही बैठना, सोना, बाटी सेंकना, खाना और युद्ध करना उसकी दिनचर्या बन गई।

आठ पहर चौसठ घड़ी, घुड़लै ऊपर वास।
सैल अणी सूं सैकतो, बाटी दुरगादास॥

औरंग राठौड़ों को दबाने के लिए बड़ी सेना के साथ अजमेर पहुँचा; उसने मारवाड़ को मुगल साम्राज्य में विलय कर जजिया कर लगा दिया।

दुर्गादास ने औरंग के विरुद्ध एक महत्त्वपूर्ण कूटनीतिक चाल चली। उसने औरंग के शाहजादे अकबर को विश्वास में लेकर कहा, "औरंग को हटाकर तुम्हें बादशाह बन जाना चाहिए, हम तुम्हारे साथ हैं।" अकबर ने दुर्गादास की सलाह को मानते हुए राजस्थान के नाडोल में अपने-आपको दिल्ली का बादशाह घोषित कर दिया। औरंग ने अपने बेटे को मनाने की पुरजोर कोशिश की, पर निरर्थक रही।

इस कूटनीतिक जीत के बाद दुर्गा दास ने निश्चय किया कि मारवाड़ के साथ अकबर और मराठा शक्ति मिल जाए तो दिल्ली का तख्त पलटा जा सकता है। उसने बिना समय गँवाए 500 राठौड़ों के साथ अकबर को मराठा राजा शंभाजी से मिलाने दक्षिण की ओर कूच किया। दुर्गादास ने अकबर के शहजादा बुलंद अख्तर व शहजादी सफियतुन्निसा की सुरक्षा हेतु जोशी गिरधर रघुनाथ साँचोरा के संरक्षण में बाड़मेर के निकट सुदूर मरुभूमि के मध्य एक दुर्गम गढ़ी में भेज दिया, जहाँ परिंदे का पहुँचना भी कठिन था।

दुर्गादास अकबर को साथ लेकर मराठा शासक शंभाजी के राज्य में पहुँचे तो गया, पर काफी दिनों तक उनकी शंभाजी से भेंट नहीं हो सकी। अत: अकबर की अभिलाषाओं पर पानी फिर गया। उसने महाराष्ट्र से निकलने का निर्णय कर लिया। वह ईरान जाने के लिए राजापुर बंदरगाह पहुँचा। दुर्गादास उसे विदाई देने बंदरगाह पहुँचा। अकबर ने रवाना होने से पूर्व दुर्गादास को रुँधे कंठ से कहा—

"मेरे बाल-बच्चे आपके ही संरक्षण में भली प्रकार रखना और कभी

बादशाही फौज उनको घेर ले या बंदी बनाने लगे तो आप उनके गले छुरी फेर देना, परंतु औरंगजेब को मत सौंपना।" इतनी भोलावण देकर अकबर जहाज से रवाना हो गया।

दुर्गादास अकबर को विदा कर दलबल सहित दक्षिण से मारवाड़ में लौट आया और उसने औरंग के विरुद्ध विद्रोह का नेतृत्व पुनः सँभाल लिया। औरंग अपने पौत्र-पौत्री को पाने के लिए बहुत चिंतित था। उसने ईश्वरदास के मार्फत दुर्गादास से संपर्क साधकर निवेदन किया—"आप किसी भी शर्त पर मेरे पौत्र-पौत्री को लौटा दें।" दुर्गादास को जब औरंग पर भरोसा हो गया कि वह इनको तहेदिल प्यार से रखेगा, तब पौत्री को उसके पास पहुँचा दिया। पौत्री ने औरंग को बताया कि दुर्गाबाबा ने एक मुसलिम अध्यापिका नियुक्त कर मुझे कुरान कंठस्थ करवाई थी। वह एक सच्चा फरिश्ता है। कुछ दिनों बाद दुर्गादास ने औरंग के पौत्र को भी उसके पास पहुँचा दिया।

दुर्गादास कूटनीतिज्ञों का महान् गुरु था। उसने मारवाड़ के अत्यंत विरोधी औरंग को दक्षिण में जाने के लिए बाध्य कर वहाँ की राजनीति में ऐसा उलझाया कि वह जिंदगी भर उस कुचक्र से बाहर निकल नहीं पाया। अंततोगत्वा 21 फरवरी, 1707 को अहमदनगर में औरंग का इंतकाल हो गया।

अजीतसिंह को औरंग की मृत्यु का समाचार मिलते ही वह सूराचंद से रातोरात चलकर जोधपुर पहुँचा। जोधपुर में शाही किलेदार उसके भय से भाग खड़ा हुआ। अजीतसिंह ने करीब 30 वर्षों के उपरांत किले पर आधिपत्य जमाकर अपना झंडा फहरा दिया। शहर में खुशियाँ मनाई गईं।

कुछ दिनों बाद दुर्गादास भी जोधपुर आया, अजीतसिंह से मिला। अजीतसिंह ने उसे राज्य का प्रधानमंत्री पद सँभालने का आग्रह किया, परंतु उसने स्पष्ट मना कर दिया। वह अजीतसिंह की नीयत को भली प्रकार जानता था। अतः उसने मना करना उचित समझा। दुर्गादास अपने परिवार सहित सादड़ी (गोडवाड़ क्षेत्र में) चला गया।

दुर्गादास जीवन के अंतिम वर्षों में महाराज अमरसिंह (द्वितीय) के आग्रह पर उदयपुर चला गया। कालांतर में महाराणा संग्राम सिंह ने उसको रामपुरा के

सुप्रबंध का कार्यभार सौंपा। उसने वहाँ जाकर अपनी प्रबंध कुशलता-विवेक से शांति स्थापित कर दी। जीवन का अवसान निकट जानकर महाकालेश्वर की शरण में आराधना के लिए वह पवित्र क्षिप्रा नदी तट स्थित उज्जैन चला गया। मारवाड़ के महान् सपूत ने अपनी जन्मभूमि से सैकड़ों मील दूर उज्जैन में शिवम्-शिवम् का जप करते 22 नवंबर, 1718 ई. को स्वर्गारोहण किया। उस समय उनकी आयु 80 वर्ष 3 महीने और 28 दिन थी। उनकी स्मृति में क्षिप्रा के तट पर एक सुंदर छतरी बनाई गई है।

दुर्गादास के 4 पुत्र थे—तेजकरण, मेहकरण, अभयकरण, चैनकरण। मारवाड़ की स्वतंत्रता के लिए अपना जीवन अर्पित करने वाले दुर्गादास ने स्वेच्छा से अपनी जन्मभूमि छोड़ी अथवा उसे निर्वासित किया गया, यह अत्यंत खटकने वाला और विचारणीय प्रश्न है। इस संदर्भ में जो लोक धारणा है, वह निम्न दोहे से समझी जा सकती है।

महाराजा अजमाल री जद पारख जाणी।
दुरगो देशाँ काढियो, गोलाँ गाँगाणी॥

वीर शिरोमणि दुर्गादास जैसा व्यक्तित्व पूरे हिंदुस्तान में मिलना दुर्लभ है। यहाँ के कवियों और इतिहासकारों ने उसकी ख्याति को अमर कर दिया। कर्नल जेम्स टॉड ने महान् देशभक्त दुर्गादास की अनुपम ख्याति पर लिखा, "राजपूती गौरव में जो भी निहित तत्त्व है, वीर दुर्गादास उनका एक शानदार उदाहरण है। शौर्य, स्वामिभक्ति, सत्यनिष्ठा के साथ-साथ तमाम कठिनाइयों में उचित विवेक का पालन, उसके ऐसे गुण हैं, जिनके कारण वह आज भी प्रशंसा के साथ याद किया जाता है। उसको जो प्रलोभन दिए गए, उनसे कोई भी विचलित हो जाता। दुर्गा जो भी ईनाम चाहता, उसे मिल सकता था…वह अमोल था, कोई भी कीमत उसे खरीद नहीं सकती थी, वह अनोखा था… अद्वितीय…अपने शुभ कर्मों के फलस्वरूप मिलने वाले अमरत्व को उसने पा लिया, उसे हमेशा याद किया जाता रहेगा।"

दुर्गादास का इससे भी सर्वोच्च सम्मान कवि ने इस भाव से अभिव्यक्त किया है—

माई एड़ा पूत जण, जेड़ा दुर्गादास।
मार मंडासौ थामियो, बिन थंबा आकास॥

राष्ट्रहित में दुर्गादास के अमूल्य योगदान का महत्त्व निम्न दोहे में कहा गया है—

ढंबक ढंबक ढोल बाजै, दे दे ठोर नगाराँ की।
आसे घर दुरगा नहीं हो तो, सुन्नत होती साराँ की॥

(ढोल पर डंकों की चोट से पैदा गूँज (ढ़बक-ढ़बक) भी यही उद्घोषित कर रही है कि यदि आसा (आसकरण) के घर दुर्गा पैदा नहीं होता तो सबको इसलाम धर्म अंगीकार करवा दिया होता।)

इस प्रकार भारत के इतिहास में दुर्गादास को एक महान् राष्ट्रीय विभूति के रूप में सम्मान दिया गया।

□

लेखक प्रो. (डॉ.) गोविंदसिंह राठौड़ का वंशवृक्ष

मारवाड़ में राठौड़ों के आदि पुरुष राव सीहाजी से

1. राव सीहाजी – जन्म वि.सं. 1251; कन्नौज (उ.प्र.) से पुष्कर-द्वारका तीर्थयात्रा गए, तब भीनमाल के ब्राह्मणों की आर्त पुकार पर आततायी मुसलमानों को मारकर वहाँ अधिकार किया; पाली (एशिया का तत्कालीन प्रसिद्ध व्यापारिक नगर) के व्यापारी पल्लीवाल ब्राह्मणों की रक्षा का उत्तरदायित्व लेकर पाली पर अधिकार किया; अनेक युद्ध करते हुए अंत में पाली के पास विदेशी आक्रांता मुसलमानों से वीरतापूर्वक युद्ध करते वि.सं. 1330 में वीरगति को प्राप्त हुए। अधीनस्थ प्रदेशों के स्वायत्त स्वामी (1268 से 1330 वि.सं.)

↓

2. राव आसथानजी – पाली, खेड़, ईडर (गुजरात) के स्वायत्त अधिपति-वि.सं.1330 से 1348 पाली में मुसलमानों से युद्ध करते वि.सं.1348 में रणखेत रहे।

↓

3. राव धूहड़जी – खेड़ के स्वायत्त अधिपति-(वि.सं. 1349 से 1366) थोभ और तरसींगड़ी गाँवों के बीच पड़िहारों से युद्ध करते काम आए।

↓

4. राव रायपालजी – खेड़-महेवे के स्वायत्त अधिपति-(वि.सं. 1366 से 1370)

↓

5. राव कनपालजी – खेड़–महेवे के स्वायत्त अधिपति (वि.सं. 1370 से 1380) भाटियों और मुसलमानों की संयुक्त सेना से युद्ध करते रणखेत रहे।
↓
6. राव जालणजी – खेड़ के अधिपति (वि.सं. 1380 से 1385); भाटियों और मुसलमानों की संयुक्त सेना से युद्ध करते वीरगति पाई।
↓
7. राव छाडाजी – खेड़ के स्वामी (वि.सं. 1385 से 1401); जालोर प्रांत के रामा गाँव के पास सोनगरा–देवड़ा चौहानों से युद्ध करते वीरगति पाई।
↓
8. राव तीडाजी – महेवे–भीनमाल के स्वायत्त स्वामी (वि.सं. 1401 से 1414); सिवाना में मुसलमानों से युद्ध करते हुए वि.सं. 1414 में रणखेत रहे।
↓
9. राव सलखाजी – महेवे के कुछ भाग और भिरड़ कोट पर अधिकार (वि.सं. 1414 से 1431); आततायी मुसलमानों से युद्ध करते काम आए।
↓
10. राव वीरमजी – सेतरावा और आस–पास के गाँवों के स्वामी (वि.सं. 1431 से 1440); जोहियों से युद्ध करते हुए वीरगति पाई।
↓
11. राव चूंडाजी – मंडोर के स्वायत्त अधिपति (वि.सं. 1451 से 1480); मुलतान के सलीम, जैसलमेर के भाटियों व जांगलू के सांखलों की सम्मिलित सेना से युद्ध करते रणखेत रहे।
↓
12. राव रणमल्ल (रिड़मलजी)– मंडोर के स्वायत्त अधिपति (वि.सं. 1485 से 1495); चित्तौड़ में रहते इन पर रात्रि के समय धोखे से हमला किया गया, बड़ी वीरतापूर्वक लड़ते हुए वीरगति पाई।
↓
13. राव जोधाजी – जोधपुर नगर के संस्थापक; मारवाड़ राज्य के स्वायत्त अधिपति वि.सं. 1510 से 1546; इनका जोधपुर,
↓

मंडोर, फलोदी, पोकरन, महेवा, भाद्राजून, सोजत, गोडवाड़, जैतारन, शिव, सिवाना, सांभर, अजमेर और नागौर प्रांतों पर अधिकार था। अनेक युद्धों में विजयी रहे।

14. राव दूदाजी – मेड़ता नगर के संस्थापक; मेड़ता के स्वायत्त अधिपति 1495 से 1515 ई.; कई युद्धों में विजय प्राप्त की। राठौड़ों की मेड़तिया शाखा के मूल पुरुष।

15. राव वीरमदेवजी – मेड़ता के स्वायत्त अधिपति–1515 से 1544 ई.; अनेक युद्धों में अद्‌भुत वीरता दिखलाई।

16. राव जयमलजी – मेड़ता के स्वायत्त स्वामी 1544 से 1568 ई. चारभुजा के अनन्य भक्त; मीराँबाई के चचेरे भाई; चित्तौड़–अकबर युद्ध में चित्तौड़ की सेना के नायक–दुर्ग–अध्यक्ष; अलौकिक वीरतापूर्वक युद्ध करते हुए वीरगति पाई।

17. माधवदासजी – माधोदासोत मेड़तिया खाँप के आदिपुरुष; ठिकाना रियाँ के जागीरदार; अनेक युद्धों में भाग लेकर अंत में मुगलों से लड़ते हुए वि.सं. 1656 में वीरगति पाई।

18. सुंदरदासजी – ठिकाना रियाँ के जागीरदार।

19. सगतसिंहजी – रियाँ ठिकाने से अलग होकर कीतलसर में नया ठिकाना स्थापित किया; जोधपुर महाराजा सूरसिंहजी की सेना के साथ गुजरात में कोलियों से युद्ध करते रणखेत रहे।

20. हिम्मतसिंहजी – ठिकाना कीतलसर के जागीरदार; जोधपुर महाराजा अजीतसिंहजी के संकट–काल में पूरा साथ देकर मारवाड़ से मुगलों के थाने उठाने में वीरता का परिचय दिया।

21. रतनसिंहजी – बूटाटी, कीरड़, पालड़ी, कोरिया के जागीरदार;

↓ महाराजा अजीतसिंहजी के औरंगजेब से संघर्षकाल में पूर्ण सहयोग।

22. पदमसिंहजी – ठिकाना बूटाटी के जागीरदार; जोधपुर महाराजा अभयसिंहजी के साथ सर बुलंद से अहमदाबाद की लड़ाई (वि.सं. 1787) में तलवार बजाई। सिर कटने पर भी कबंध युद्ध कर कई शत्रुओं को मारकर स्वर्गारोहण किया।

↓

23. सुंदरसिंहजी – ठिकाना चुई के जागीरदार; भरतपुर के राजा जवाहरमल जाट और जोधपुर महाराजा विजयसिंहजी की सम्मिलित सेना से जयपुर महाराजा माधोसिंहजी की सेना के मध्य मांवडा (नीम का थाना के पास) में वि.सं.1824 में हुए युद्ध में अद्‌भुत वीरतापूर्वक लड़ते वीरगति पाई। युद्धस्थल पर देवल बने हुए हैं।

↓

24. हरीसिंहजी – चुई के जागीरदार

↓

25. सुजानसिंहजी – चुई के जागीरदार

↓

26. नन्दसिंहजी – चुई के जागीरदार

↓

27. गोपालसिंहजी – चुई के जागीरदार

↓

28. कानसिंहजी

↓

1. आसूसिंहजी
   - स्व. नारायणसिंहजी
   - गंगासिंहजी

2. धनसिंहजी ↓

3. सवाईसिंहजी (युवा अवस्था में स्वर्गवास)

29. धनसिंहजी – 3-प्रथम पंजाब रेजीमेंट की ओर से द्वितीय विश्वयुद्ध (1941-43) में ब्रिटिश आर्मी के साथ अफ्रीका व यूरोप के युद्ध अभियानों में भाग लिया। फ्रांस में जर्मन सेना से घमासान युद्ध करते ग्रेनेड लगने पर गंभीर रूप से घायल हुए, परंतु रणक्षेत्र में डटे रहे। अदम्य साहस व वीरता के लिए कई मेडल्स के साथ 'The African Star' से सम्मानित किया गया व उत्कृष्ट सेवाओं के लिए आदर्श चरित्र (Exempalary Character) के रूप में उल्लेख किया गया।

जन्म – सन् 1905 ई.

स्वर्गवास – 20 जून, सन् 1980 (ज्येष्ठ शुक्ल अष्टमी, सं. 2037)

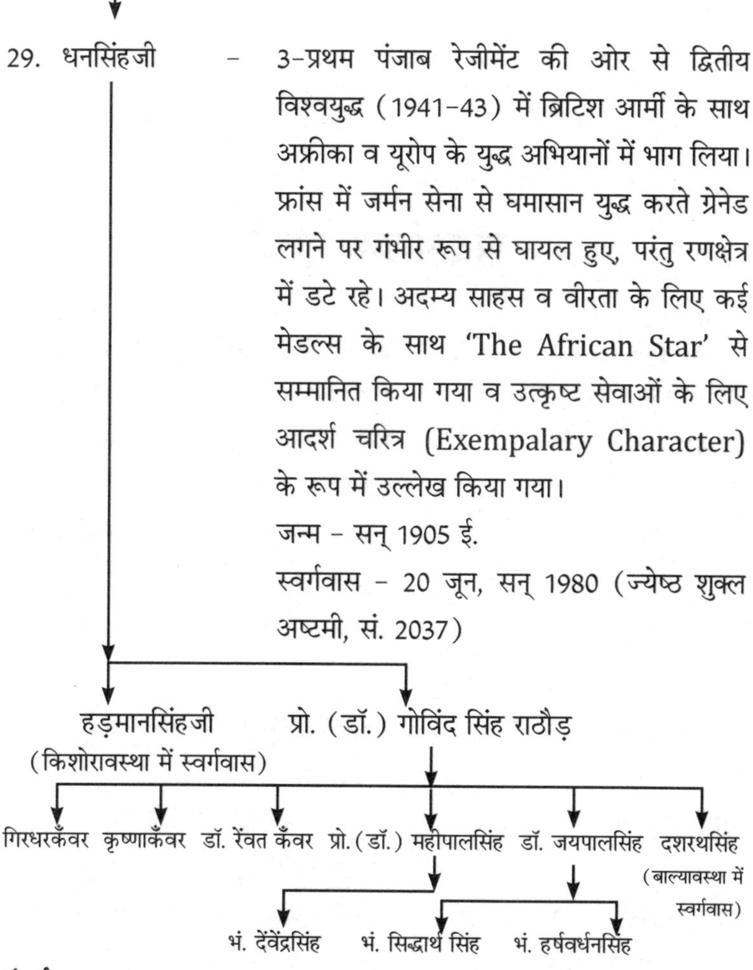

संदर्भ—

1. मेड़तिया राठोड़ों का राजनीतिक और सामाजिक इतिहास—डॉ. हुकमसिंह भाटी
2. मारवाड़ का इतिहास, भाग-प्रथम, द्वितीय, पं. विश्वेश्वरनाथ रेऊ
3. गाँव चुई री तवारीख
4. जगड़वास राणीमंगा (रावजी) की बही
5. मेड़तियों के गौरव गीत सं. डॉ. जयपाल सिंह राठोड़

□

संदर्भ ग्रंथ सूची

डॉ. अविनाश पारीक : किशनगढ़ का इतिहास, 2014

डॉ. आर.के. सक्सेना : तारीख–ए–किला रणथंभौर, 1982

ओंकार सिंह लखावत : संसार का सिरमौर सिंध और महाराजा दाहरसेन, 2012

के.सी. श्रीवास्तव : प्राचीन भारत का इतिहास तथा संस्कृति, 2009–10

कर्नल जेम्स टॉड : राजस्थान का पुरातत्त्व एवं इतिहास, 2015

ठा. गोपालसिंह राठौड़ : जयमल वंश प्रकाश बदनोर (मेवाड़) एवं

मेड़तिया मेड़तिया राठौड़ों का इतिहास, प्रथम एवं द्वितीय खंड, 2013

डॉ. गौरीशंकर हीराचंद ओझा : वीर शिरोमणि महाराणा प्रताप, 2010

डॉ. गौरीशंकर हीराचंद ओझा : उदयपुर, राज्य का इतिहास, 1997

डॉ. गौरीशंकर हीराचंद ओझा : राजपूताने का इतिहास, 1933

चंद्रदान चारण : गोगाजी चौहान की राजस्थानी गाथा, 2000

सं. डॉ. जयपालसिंह राठौड़ : मेड़तियों के गौरव गीत, 2018

LT General Dalip Singh : Pratirodh, 2022

देवीसिंह मंडावा : सम्राट् पृथ्वीराज चौहान, 2019
देवीसिंह मंडावा : प्रतिहारों का मूल इतिहास, 2018
दशरथ शर्मा : चौहान सम्राट् पृथ्वीराज तृतीय और उनका युग, 1972
दशरथ शर्मा : Rajasthan through the Ages, 1966
सं. डॉ. नारायणसिंह भाटी : मारवाड़ रा परगनां री विगत, 1968
सं. डॉ. नारायणसिंह भाटी : जैसलमेर री ख्यात, 1981
नयचंद्र सूरि : हम्मीर महाकाव्य, 1968
डॉ. बिंध्यराज चौहान : गोगादेव चौहान, परंपरा और इतिहास, 2018
सं. बदरी प्रसाद साकरिया : मुंहता नैणसी री ख्यात, 1984
सं. डॉ. ब्रजमोहन जावलिया : हमीरायण, 1999
डॉ. मांगीलाल मयंक : जैसलमेर राज्य का इतिहास, 1984
डॉ. मोहनलाल गुप्ता : प्राचीन भारत का इतिहास, 2021
डॉ. मोहनलाल गुप्ता : मध्यकालीन भारत का इतिहास, 2020
डॉ. मोहब्बतसिंह राठौड़ : बापा रावल, 2015
रघुवीर सिंह : दुर्गादास राठौड़, 1990
राधाकुमुद मुखर्जी : प्राचीन भारत, 2017
रामलखनसिंह : प्रतिहार राजपूतों का इतिहास, 2018
डॉ. रमेशचंद्र मजूमदार : प्राचीन भारत, 2023
पं. विश्वेश्वरनाथ रेउ : मारवाड़ का इतिहास (प्रथम, द्वितीय भाग) 1938
सं. ठा. रूपसिंह शक्तावत : जौहर साका स्मारिका, 2019
Roopesh Tiwari : Porus in the shadow of Betrayalas, 2022
डॉ. विक्रमसिंह राठौड़ : प्रणपाल दुर्गादास राठौड़, 2000

सं. श्यामसुंदरदास : हम्मीर रासो, सं. 2006
शर्मा, व्यास : भारत का इतिहास, 2022
श्यामलदास : वीर विनोद, सं. 1943
सवाईसिंह धमोरा : चित्तौड़ के जौहर व शाके, 2019
सवाईसिंह धमोरा : सम्राट् चौहाण पृथ्वीराज, स. 2072
हरीश चंद्र तलरेजा : चच नामाह, 2020
डॉ. हुकमसिंह भाटी : मेड़तिया राठौड़ों का राजनीतिक और सामाजिक इतिहास, 2014
डॉ. हुकमसिंह भाटी : महाराण प्रताप, 2001
डॉ. हुकमसिंह भाटी : भाटी वंश का गौरवमय इतिहास, 2003
डॉ. हुकमसिंह भाटी : सोनगरा साँचोरा चौहानों का वृहत् इतिहास, 2013
डॉ. हुकमसिंह भाटी : राठौड़ां री ख्यात, 2007
सं. डॉ. उदयसिंह भटनागर : गोरा बादल पद्मिणी चऊपई, 1966
ठा. उम्मेदसिंह राठौड़ : जयमल और चित्तौड़, 2004
डॉ. गौरीशंकर हीराचंद ओझा : जोधपुर राज्य का इतिहास,
यदुनाथ सरकार : हिस्टरी ऑफ औरंगजेब
यदुनाथ सरकार : हाऊस ऑफ शिवाजी
यदुनाथ सरकार : शिवाजी ऐंड हिज टाइम्स
सं. कांतिलाल बलदेवराम व्यास, जोधपुर : कान्हड़ दे प्रबंध
जगदीशसिंह गहलोत : दुर्गादास राठौड़
रिजवी : खिलजी कालीन भारत, 1955

□□□